陌上嬌醫 上

言笑晏晏 著

風 文創 652

目錄

序

言笑晏晏

《陌上嬌醫》是我寫的第一篇言情小說，在晉江文學城連載的時候恰逢我人生中一個重要的轉捩點——離開自己的安樂窩，找到了一份覺得還不錯的工作，打算從此以後做個不緊不慢的上班族。

然而，也就是從這個時候開始，我就陷入了工作與寫作難以平衡的深坑——每天六點起床，走很遠的路去上班，回家後吃外賣、洗洗刷刷，然後撐著睏意寫到半夜兩點。如此迴圈了一個月，悶出了一臉又紅又腫的痘，幾乎整張臉都毀了，然而當時並沒有在意，甚至連醫院都沒有去，因為根本沒有意識到這種狀態很糟糕。

今時今日，回頭想想，那真是一段熱血卻又苦澀的日子。

後來還是把工作辭了，開始了全職寫作，雖然產量依舊不高，但至少能做到每一個故事都能全心全意地去構思，每一句話都能踏踏實實地敲到螢幕上。

說回這篇文，不妨小小地自誇一下，儘管寫作過程中無數次自我懷疑、自我否定，後面又因為斷更的問題流失了許多讀者，我依舊沒有棄坑、沒有敷衍，堅強地按照自己的心意寫到了結尾。

總結來說，這大概是一篇「萬事如意」的小暖文，儘管過程中有些小波折，好在無論是作為主角的蘇木、雲實，還是作為配角的姚金娘、蘇鐵，包括那些在杏花村勤勞生活、淳樸卻又有些小心思的村民們，最終都得到了應有的結局。希望這樣一篇小故事能在茶餘飯後，為您帶來些許暖意。

記得那是一個溫暖的午後，編輯殊沐透過QQ告訴我，這篇文通過了狗屋出版社的初審，我一下子愣住了，繼而把那段初審意見反反覆覆讀了許多遍，依舊難以置信——第一本言情、筆力有限、錯漏尤多、結局遲遲沒有發表……種種問題讓我根本不敢奢望這本書能夠出版。

反應過來的時候已經過了下班時間，我還是忍不住同編輯反覆確認，問了各種幼稚的問題，成功地塑造出一個出版小白的形象（^_^）。

感謝編輯殊沐的耐心，願意耽誤下班的時間來照顧我這個驚喜交加的小白作者，也謝謝您的推薦，讓這本書得以賣出繁體版權。

感謝狗屋出版社的編輯老師給予機會，讓這個故事能夠被更多的人看到。同時，還要對校對老師說一聲感謝，還有抱歉，文稿中錯字、別字、不恰當的標點想來十分之多，您真是辛苦了。

當然啦，還要感謝耐著心思讀到這裡的您，謝謝您選中了這本書，如果其中的某句話、某個人物能讓您會心一笑，便是我最開心的事。

第一章 公主抱

老人們都說，杏花村是天上的神仙送給凡人的禮物。

當年瀦龍河發了好大的水，殃及整個直隸府，其中祁州災情最為嚴重，數十萬百姓流離失所。

大水退去之後，沙河、磁河、孟良河交會處出現了一片高地，綿延上百畝，土質黝黑，十分肥沃。失去家園的百姓就是利用這片土地種出一粒粒糧食，幸運地活了下來。

高地正中間有一棵枝幹虬結的老杏樹，不知道如何出現在這裡，也不知道存活了多少年，人們發現它的時候，粉紅的杏花開得正豔。

或許正是這樹紅豔豔的杏花讓人們看到了生的希望，無論是親人逝去還是田地被毀，人們最終都堅強地挺了過來。

災難過後，大多數人紛紛回到自己原來的村子重建家園，也有人選擇留下來組成了一個新的村莊。

直隸府的大人親自給這個新建的村子起了個極美的名字——杏花村。

後來又有大人物經過，看到那棵仙風道骨的杏樹，詩興大發，接連題了十幾首詩。再後來，越來越多的文人雅士慕名而至，杏花村好生熱鬧了一陣子。

當然，也只是一陣子而已。人群散去之後，杏花村還是那個安靜、普通的小村莊。

幾百年間，豬龍河幾經改道，杏花村卻始終存在，一代代村民在這片黑土地上生息繁衍，徹底扎下了根。

就這樣，時間不緊不慢地走到了仁宣十五年。

這一天，日色漸沈，一排排低矮的屋簷染上了金黃的顏色，家家戶戶的煙囪裡都冒出縷縷炊煙，陣陣飯香在村子裡瀰漫開來。

在這樣的氛圍中，杏花村東頭那個方方正正的土坯房顯得格外扎眼。

這個房子雖然不大，只有五間，卻敦實、穩當，牆面抹著白灰，屋頂鋪著青瓦，比村子裡四處可見的茅草屋不知道要強上多少倍。此時，當別人家熱熱鬧鬧張羅著吃飯的時候，這家屋頂的煙囪口依舊空空蕩蕩，一絲動靜也沒有。

「吱呀」一聲，低矮厚重的木門被推開，一個穿著白色素褂、紮著兩個包包頭的半大娘子，急匆匆地從屋子裡走了出來。

小娘子顯得十分著急，卻習慣性地壓著步子，若隱若現的鞋面上蒙著一層烏黑的紗布，竟然是戴著孝。

只見她站在一塊大土坯上，隔著低矮的院牆朝隔壁喊道：「桂花大娘，您可看到我家阿姊沒有？」

屋子裡應了一聲，出來一位手握鍋鏟的精幹婦人。

桂花大娘剛剛在屋子裡滋啦滋啦地炒菜，沒聽清小女孩的話，於是便又問了一句。「二丫頭，妳剛剛說啥？」

蘇丫皺著那張清秀的小臉，細聲細氣地說：「我家阿姊過了晌午出去的，到現在還沒有回來，我這心裡著實有些擔心……」

桂花大娘聞言反而鬆了口氣，笑了笑，說：「木娘子肯定是給她爹娘上墳去了，今兒個不是她爹的『頭七』嘛，木娘子情意重，肯定有忒多話說，一時回來晚了也不稀奇——妳且放寬心，再等會兒吧！」

蘇丫微微點了點頭，看了眼桂花大娘手裡的鍋鏟，連忙說道：「大娘您快做菜去吧！」

桂花大娘應了一聲，又寬慰了蘇丫兩句，便急匆匆地掀開門簾鑽回了屋子裡。

蘇丫站在牆根底下，心裡還是有些不安。看看外面的天色，她握了握拳，暗暗給自己鼓了把勁，這才下定決心。

蘇丫走到屋前，隔著窗對裡面囑咐道：「蘇娃兒，我到墳上尋阿姊，你且好生待著，別再亂跑，灶上的飯菜一口也不能吃，等阿姊回來再開飯。」

「知道了，真囉嗦！」屋裡邊傳來一個悶悶的孩童聲音，聽起來頗有些不滿。

蘇丫嘆了口氣，沒再多說，便腳步匆匆地朝著院門外走去。

杏花村附近沒有山，田間的路十分平坦。

此時天還沒黑透，莊稼也沒長起來，蘇丫一個人走在地裡，心裡倒是沒有半點畏懼。

雖不畏懼，卻免不了擔憂。

往日這個時候，阿姊一定已經吃過晚飯，洗過手，漱好口，要麼坐在窗下讀書，小聲地誦上幾句；要麼磨上半硯香墨，一筆一畫地寫上幾頁漂亮的小楷。

然而，自從爹娘出事之後，阿姊就像變了個人似的，整日裡一言不發，像個木頭雕的、紙片剪的，每日的飯菜也吃不了兩口，著實讓人擔心。

唉聲嘆氣的工夫，蘇丫就已經走到了蘇家的墳地。

原本蘇家在杏花村是沒有墳地的，蘇木的父親是外來戶，在娶蘇木的母親之前孑然一身，後來還是蘇木的外公把自家墳地劃出一塊，好讓女兒百年之後能離自己近一點——老先生當初怎麼也沒想到，女兒、女婿走得這麼早。

這塊劃出來的墳地很小，小到蘇丫一眼就看到那個伏在墳塋上的單薄身影。

「阿姊？」蘇丫低低地叫了一聲。

然而，對方沒有絲毫反應。

蘇丫這才急了，三兩步跑過去，扶著蘇木的身子一迭聲地叫道：「阿姊？阿姊妳怎麼了？阿姊妳醒醒啊！」

蘇丫叫著、叫著，便哭了。

她一邊哭一邊試圖把人往背上揹，然而吃奶的勁兒都使出來了，也沒有把暈迷的人給抬起來。有一次差點要成功了，腳底下卻不小心踩到一個土疙瘩，深深躬著的身子猛地一歪，背上的人「咚」的一聲，摔到了地上。

蘇木身子一抽，依舊沒醒，額頭卻明顯紅腫了一片，原本素白的衣服也沾滿了泥土。

蘇丫「哇」地一聲，崩潰地大哭起來。她跪到地上，一邊哭一邊傻傻地守著蘇木，再也不敢嘗試。

由於蘇丫哭得傷心，並沒有注意到，有人踏著壟間的雜草，循聲而來。

雲實是杏花村最高大、最英俊的漢子，蘇丫一直都這樣認為。當他穿著一身粗布麻衣，手裡握著打蛇棍，微微皺著眉頭出現在蘇丫面前的那一刻，其英俊程度在小娘子的心裡瞬間衝到了最高峰——阿姊有救了！

雲實的視線在蘇丫臉上轉了一圈，繼而放在素白的身影上，聲線微冷。「她暈過去了。」

蘇丫慌亂地抹了抹眼淚，儘管心裡忐忑又羞怯，卻還是鼓起勇氣帶著哭腔求道：「雲實哥，你能幫我把阿姊扶到背上嗎？我想把她揹回去。」

雲實一雙星目微微垂著，厚薄適中的唇抿成一條直線。半晌，他才點了點頭，淡淡地說道：「妳揹不動。」

蘇丫一愣，沒有明白雲實到底想不想幫忙，一時有些不知所措。

雲實看著地上單薄的女子，抿了抿唇，再次開口，語氣無比認真。「妳別說出去。」

「啊？」蘇丫完全跟不上他的節奏。

雲實並未解釋，直接用行動證明——他蹲下身，伸出健壯的雙臂，一手托著肩，一手勾著腿，輕輕鬆鬆地把人抱了起來。

然而，姿勢卻十分彆扭——他的兩隻手臂送得遠遠的，一雙眼睛直愣愣地看著前面坑坑窪窪的土路，始終沒有朝著蘇木瞄上一眼。

蘇丫看著他的樣子，反而悄悄地鬆了口氣，拒絕的話也嚥回肚子裡——雲實哥這般正直，定然不會污了阿姊的名聲。

雲實人高腿長，蘇丫只得小跑著才能勉強跟上。

半大的娘子已經到了知事的年紀，蘇丫一邊慶幸有人幫忙，一邊又擔心向來矜莊持重的阿姊知道了這件事會生氣，一時間心裡忐忑難安，腳下也便沒了章法。

雲實回頭，不明所以地看了她一眼。

蘇丫連忙整理好表情，對著雲實微微一笑，帶著濃濃的感激之情。

雲實沒有在意，面無表情地收回視線，不經意間掃過懷中那張精緻的面龐，向來穩重的漢子像被馬蜂螫到似的，迅速揚起下巴，目不斜視。

那模樣實在有些好笑。

這個時間，家家戶戶都在做飯、吃飯，從田隴到村口這段路一個人都沒有。蘇家的房子在最東頭，不用進村，正好免了被人看去的尷尬。

村子裡的人雖淳樸，閒言碎語卻也不少。比如正被雲實抱在懷裡的姑娘，就是嬸子、大娘們茶餘飯後的新談資——就連雲實這個年輕漢子都有所耳聞。

蘇丫緊跑兩步，走到前面給雲實開門，同時警戒地看著左右，想來是擔心被別人看見。

蘇娃正在院子裡玩木馬，看到自家阿姊回來，還沒來得及高興，便瞧見了後面那個高大的漢子。半大的小子眉毛一挑，煞有介事地喝道：「蘇丫！妳竟然敢勾搭野漢子！」

蘇丫差點氣個倒仰，一改先前的怯懦模樣，一巴掌拍在蘇娃背上，嬌聲斥道：「胡說什麼！」

雲實完全沒有在意姊弟兩個的小齟齬，一雙星目把面前五間土坯房掃了一圈，淡定地開口。「她住哪兒？」

蘇丫連忙跑過去把堂屋的簾子挑開，客氣地應道：「麻煩雲實哥把阿姊放在太師椅上吧，我們進進出出的也能看顧著些。」

雲實挑了挑眉，知道小娘子是不想讓自己進她阿姊的閨房，不過他並未在意，從善如流地把人放在迎門的太師椅上。

從前何郎中在時家裡頗有些錢財，這把太師椅做得異常寬大，躺下一個身體瘦弱的少女一點問題都沒有。

蘇娃這才注意到「野漢子」懷裡還抱著一個人，仔細一看，居然是家裡那個高高在上的長姊！這小子驚得眼睛都瞪大了，顛顛地跑進屋裡瞧稀罕。

此時正值早春，晚上依舊冷得很，門簾掀開的瞬間，寒涼的晚風不由分說地鑽了進來。

雲實下意識地挪了一步，擋到了太師椅前面。他看著門簾張了張嘴，最後卻什麼也沒說，抬腳往外走去。

蘇丫連忙說道：「雲實哥，先別著急走，多少喝口熱茶，歇一歇。」

「不必了。」雲實應了一聲，腳下不停，臨出門又加了一句。「好好照顧妳阿姊，旁的不必在意。」

蘇丫愣了愣，眼圈又是一紅，她連忙低下頭，小聲說道：「謝謝雲實哥。」

雲實淡然地點了點頭，看向杵在門前的蘇娃。

蘇娃愣愣地往旁邊挪了挪。

雲實抓起簾子的手頓了頓，最後只掀開一條小縫，閃身出了屋子。

蘇丫把這一切看在眼裡，心裡湧起一股暖流。

雲實從蘇家小院走出來，本該回他的棚屋，耳尖地聽到隔壁院子的說話聲，腳步一轉便朝著那邊走了過去。

姚銀娘蹦蹦跳跳地跑出來，一不留神差點和他撞個滿懷。

雲實迅速地往旁邊一閃，小娘子「啊」的一聲驚叫，悲慘地摔到了地上。

姚銀娘撐起身子，「嘶嘶」地吸著涼氣，不滿地控訴。「你有沒有做人表哥的樣子？看到我快摔倒了，也不扶一下，還往旁邊躲？」

雲實也不反駁，不甚溫柔地把人拎起來，張口問道：「舅娘在家嗎？」

姚銀娘拍著身上的土灰，沒好氣地回道：「不在，上阿姊婆家去了。」

「何時回來？」雲實認真地問道。

姚銀娘手上一頓，奇怪地看著雲實，嘴裡嘖嘖稱奇。「我說表哥，你什麼時候好奇心這麼重了？找我娘幹麼？」

雲實眼中閃過一絲不自然，掩飾般轉過身，沈聲應道：「舅娘回來喊她去趟隔壁，就說……蘇家小娘子找她。」

「咦？蘇家娘子找我娘幹麼？不是，表哥，你什麼時候跟那家人這麼熟了？」姚銀娘看著蘇家的柵欄門，疑惑地嘀咕著，扭頭一看，雲實早就走遠了。

「表哥！」她連忙搖著手叫喊。「你走那麼快幹麼？我爹讓你今兒個在我家吃飯！」

「不用了。」雲實頭也不回地說道。

「不用？什麼不用，我這麼著急出門就是去叫你的！」姚銀娘氣得直跺腳。

雲實的背影已經模糊在愈漸深沈的夜色之中。

蘇木就像睡迷了似的，腦袋昏昏沈沈，明明能感覺到外界的動靜，卻一直陷在夢境裡，怎麼也醒不過來。

她聽到有人在她耳邊說話，是一個輕輕柔柔的聲音，溫溫和和地說道：「對不起，是我擅作主張將人帶來這裡，請妳好好生活，就像阿爹期待的那樣。」

蘇木看到她的面容，下意識說道：「妳還這麼年輕，可千萬別想不開！」

「不，我很歡喜，我就要和爹娘永遠在一起了，妳也即將過上一直期盼的生活——妳也很歡喜吧？」

蘇木莫名相信了她關於「歡喜」的話，因為說這個的時候，她的眼睛裡滿是笑意。那是一雙多麼美麗的眼睛，大概就像言情小說裡描繪的那種「翦水秋瞳」。

對方說完便把眼睛閉上，蘇木的世界也隨之陷入一片黑暗。

紛紛雜雜的畫面一條條鑽進她的腦海，記憶、知識、技能一股腦兒灌進來——這讓她異常痛苦。

不知過了多久，直到她再也禁受不住，終於如願昏了過去。

第二章　退婚

蘇木再次醒來時，「夢」中的情景依然歷歷在目。

在夢裡，她既經歷了一個少女富足而短暫的一生，又遭遇了至親接連離世的悲苦境遇：十歲失去溫婉博學的母親，十二歲失去一手把她抱大的外公，十四歲失去將她珍若明珠的父親……每一絲悲傷，每一縷喜悅都令蘇木感同身受。

她長長地嘆了口氣，緩緩地睜開眼睛——素白的床帳、紅木桌椅、做工精緻的梳妝檯……

蘇木不僅沒有絲毫慌亂，反而有種隱隱的興奮。在此之前她從來都沒想到「穿越」這種事真的存在。她，二十六歲的現代女青年蘇木，真真切切地穿越到了十四歲的古代少女蘇木身上。

兩個人同名同姓，皆是父母雙亡，穿越之時她們都在墓地祭拜親人，都因傷心過度而昏厥——大概就是這些巧合才使得蘇木穿越過來，享受自己一直想要的田園生活；另一位小蘇木安然離開，去和她的家人在另一個世界重逢。

蘇木在現代是個兢兢業業的公司白領，做的是醫學器械的銷售工作。說得好聽叫兢兢業業，實際就是不上不下——沒有人脈、沒有背景，甚至連這方面的能力和興趣都沒有。

實際上，畢業那年她原本打算回到鄉下，考個特崗教師或者鄉鎮公務員，陪著外婆踏踏實實地過日子，但外婆的一句話卻打破了她所有的計劃。

外婆辛辛苦苦把她拉扯大，從來沒有對她提過什麼要求，唯有那次苦口婆心地說：「小木啊，妳一定要好好地在城裡生活，做人上人，當別人說起來的時候，外婆臉上也有光！」

每當她快要撐不下去的時候，這句話都會迴盪在她耳邊，蘇木告誡自己，再苦再難也要堅持，她要給外婆爭光。直到這次回老家，她才知道，外婆之所以那樣說，只是希望她能安安心心留在城裡，不想成為她的拖累。

那天，從鄰居口中得知真相的蘇木，跌跌撞撞地跑到外婆墓前嚎啕大哭，哭著、哭著便暈了過去，再醒來時已經換了個殼子。

蘇木撐著痠軟的身體一步步挪到梳妝檯前，對著鏡子露出一個自信的笑。然後，她便滿意了。

她還是她，儘管名字相同、容貌相似，可是她此時眼睛裡的光芒卻與原主大不相同。

蘇木在心裡默默告訴自己，既然上天如此厚待，那麼，便按照自己的心意好好生活吧！

蘇木剛剛做好心理建設，木門便「吱呀」一聲被推開。

在小蘇木的記憶裡，農村的內室都是沒有門的，唯獨堂屋並左右耳房留著朝南開的外門，這裡的人講究坐北朝南，最是吉利。只因小蘇木喜歡安靜，蘇秀才便無視別人的奉勸，單獨為她安了一扇內門。

提到「父親」，蘇木的心驀地一疼。

蘇秀才的死因實在算不上體面——他是被山賊活活殺掉的，連同那位並不親厚的繼母一起。

蘇木心頭不由自主地湧起一股名為「仇恨」的情緒，她知道這種情緒不屬於自己，然而，此時的憤怒和心痛卻又如此真實。

蘇木捂著心口趴伏在梳妝檯上，一時緩不過勁來。

「阿姊，妳怎麼了？」蘇丫驚叫一聲，連忙跑過去，軟軟的小手一下接一下地輕撫著她的後背。「是不是心口痛？」小娘子關切地詢問。

蘇木扭過頭，對上一雙滿是擔憂的杏眼，腦海中的記憶告訴她，這位就是繼母帶過來的妹妹——蘇丫。

蘇木在記憶裡搜索了一陣子，竟然沒有找到一張小丫頭的正臉，連帶著那位叫作「梅子」的繼母，還有一個活潑鬧騰的小弟，她完全想不起來他們長相。可見，小蘇木平日裡把這娘仨無視得有多徹底。

蘇木在心裡笑了笑，相互之間的不瞭解，反而對現在的她來說有莫大的好處。

「阿姊又犯病了？」蘇丫觀察著她的神色，小心翼翼地問。

「不必擔憂。」蘇木拍了拍蘇丫乾巴巴的小手，儘量學著小蘇木平日裡的樣子冷冷淡淡地應道。「算不得什麼病。」

蘇丫愣了愣，以為自己說錯了話，一時間手足無措。

蘇木有些無奈，架子也端不住了，只憑著自己的心思扯了扯小娘子梳得一絲不苟的髮髻，輕笑道：「別胡思亂想。」

蘇丫被她突如其來的變化驚得愣住，一雙杏眼直勾勾地盯在她的臉上——阿姊笑起來真好看……

蘇木屈起手指敲了敲小娘子的額頭。「是不是傻了？」

蘇丫小臉一紅，暗自想道，阿姊今日似乎異常……親切。

蘇木詫異地揚起眉毛——她從不知道，自己還有讓人臉紅的本事。

姊妹二人正在「聯絡感情」，門中突然傳來「咣噹」一聲。虎頭虎腦的小子收回踹門的腳，粗聲粗氣地說：「什麼時候開飯？快要餓死了！」

蘇木挑眉，看來這就是她家小弟——蘇娃了。這小子雖然只有六、七歲大，卻像是天生反骨，整日裡就會招貓逗狗、打架惹禍。在小蘇木的記憶裡，繼母時不時就會拎著小傢伙的耳朵揍一頓。

此時，蘇娃雖然又急又餓，卻依舊沒有跨進門的意思。

蘇木知道，這是繼母在時定下的規矩，生怕蘇娃打擾到她，進而惹得父親不滿。

蘇丫和蘇娃都是繼母帶過來的孩子，不是蘇秀才親生的。當然，在不涉及到蘇木的事情上，他從未虧待過他們。至於「繼母」這樣的稱呼，小蘇木從未叫過，無論是人前人後，她只按照父親說的，稱其「梅姨」。

「到底要不要開飯？」小傢伙惡聲惡氣，眼看著耐心就要耗盡。

蘇丫生怕他惹怒了蘇木，正要呵斥，卻被蘇木搶過話頭。「做了什麼菜？正好餓了。」

「有黏米窩窩、蘿蔔乾臘肉、棒子麵糊糊……對了，還有桂花大娘送來的紅雞蛋——

金娘姊姊昨天夜裡生了娃娃。」蘇丫嘴上答著，眼睛卻偷偷看向蘇木，直到發現她真沒生氣，這才放下了一顆心。

蘇木和她一起往外走，面上不顯，心裡卻嘆了口氣——這得是怎樣的日積月累，才能把孩子嚇成這樣？

小蘇木性子固然冷了些，卻絕不是苛刻之人，她待一雙弟妹雖不親厚，卻從來都禮貌尊重。說到底，還是因為父親太過珍視她，繼母又過於謹小慎微，平日裡時不時在蘇丫、蘇娃跟前耳提面命，導致兩個孩子像對待祭壇上的神像似地供著她。

蘇木不知道的是，這娘仨在進入蘇家之前，著實歷經了多番苦難，也是怕了。

吃完飯，蘇木在院子裡慢慢轉悠，一來熟悉環境，二來鍛鍊身體。她現在最嫌棄的就是這副弱兮兮的身子，真不知道是吃啥長大的，這細細的手腕端個碗都累得慌。

蘇丫正在水缸邊蹲著刷碗，蘇木原本想幫忙，她卻嚇得摔碎了一只厚實的碟子。見小娘子既心疼又惶恐，蘇木再也不敢提幫忙的事。

蘇娃像往常一樣窩在牆角裡玩木馬。木馬晃晃悠悠，小傢伙圓圓的眼睛滴溜溜地看來看去。突然，小傢伙的視線定格在某個方向，小木馬原本歡快的節奏慢了下來。

蘇木順著他的視線看到了一位略微面熟的婦人。

來人約莫三十來歲，上穿水藍色對襟豎領裰扣長襖，下襯豆青色馬面裙；頭上梳著三綹髻，腦後插著纏絲銀簪，看上去貴氣又端莊。

這樣的一個人和村裡那些穿著粗衣、打著補丁的婦人十分不同，蘇木一時沒認出來。

直到蘇丫怯生生地叫了句「石大娘」，她才反應過來，這位便是小蘇木未來的婆婆，也是村裡唯一的「地主夫人」——何田露。

這人論起來還是蘇木的外公——何郎中的遠房姪女，據說這個文雅的名字便是何郎中給起的。

石員外家有房有地，蘇家過得也不錯，兩家門當戶對，在有心人的撮合下蘇木便和石家二子石楠訂了親，也算是親上加親。兩家說好了，等到蘇木年滿十六就把婚事給辦了，誰能料到蘇家突然就出了事。

何田露捏著蘇木的生辰八字在房裡枯坐了一整日，腦子裡一直迴盪著算命先生的話——

「此女生年屬火，生辰又逢雙五之數，天生的命中帶煞，在家為女則剋父剋母，出嫁為婦則剋夫剋子，終生不得安穩，著實不是良配……」

何田露思量再三，最終下定決心，冒著被石員外大罵一頓的風險，咬咬牙來了蘇家。

她的到來對於蘇木來說宛如當頭一棒，打得她風中凌亂——好不容易賺來十年歲月，難道就要這樣結婚生子嗎？

蘇木直愣愣地在那裡站著，甚至忘了招呼人進門，何田露眉頭微蹙。

蘇丫見自家阿姊臉色不對，暗自鼓起勇氣，細聲細氣地說道：「石大娘，屋裡坐吧。」

「叫『姨母』就好，顯著親厚。」何田露溫和地說。

蘇木暗自撇了撇嘴，對未來婆婆的印象頓時拉低了三分——別人都叫「大娘」，偏偏她讓叫「姨母」，她倒沒覺得有多親厚，反而在這個小小的村子裡顯著不倫不類。

何田露的眼睛若有似無地往蘇木的方向瞄了一眼。

到底是普通佃農家的女兒，即便嫁了地主，這段數也沒練出來，不然的話怎麼也該把眼睛裡那絲嫌棄藏得深一些。

蘇木錯開眼，發現何田露身後還跟著一個中年婦人，梳著高髻，戴著包頭，雖是下人打扮卻也十分體面，只是這人臉頰狹長，模樣太過乾瘦，便顯得有些刻薄。

兩個人來了半晌並沒有說上半句關心的話，明顯就不是過來問候的。

蘇木嘆了口氣，默默地為自己的未來擔憂。儘管心裡不忿，她還是客客氣氣地將人迎進屋內。此時此刻她並不知道對方的目的。

何田露已在心裡醞釀許久，剛一坐下便迫不及待地開了口。「原本這話妳爹在時就該提，誰都沒想到他走得那麼突然……」

何田露說著，假惺惺地拿衣袖拭了拭眼睛，原指著蘇木能接話，結果小娘子就那樣直愣愣地看著她，一言不發。

何田露臉上一僵，險些說不下去。幸好，她帶了幫手過來。

李婆子是石家兩個小子的乳母，丈夫死了之後，便帶著唯一的女兒留在石家做長工，順理成章地成了何田露的心腹。

「夫人，我瞅著蘇小姐剛好點，您可不能勾起她的傷心事。」李婆子掀著那雙細薄的唇瓣，尖聲說道。

何田露配合地「哎呀」一聲。「看我這嘴！」她瞧了蘇木一眼，順勢交代了今天來的目的。「小木啊，妳有沒有聽說，我家石楠開了春就要到京城唸書的事？」

「不曾。」蘇木淡淡地應道。

何田露輕咳一聲，自說自話。「妳小楠哥爭氣，府試文章寫得好，被京裡一位有名的先生看中了，要把他帶過去做學生，說是好生培養那麼一、兩年，正趕上參加後年秋天的鄉試。」

提到自家爭氣的二兒子，何田露難得露出真誠的笑。「姨母想著，妳小楠哥若是順利考上，他二十，妳十八，倒也合適；若是萬一不成，還得再蹉跎三年，他是男子，又是讀書人，越大越金貴，小木，妳卻耽誤不起啊！」

石楠在小蘇木的記憶裡還是半大小子，瘦瘦高高，一開口便是之乎者也，書生氣十足。訂親之後兩人便不大見面，即使見了小蘇木也羞得不敢抬眼看。

父母之命，想來也沒有多少感情，退了便退了，蘇木樂得輕鬆。不過，她自己願意是一回事，被人算計就要另當別論了。

蘇木眨了眨眼，無辜地問道：「朝廷莫非有規定，只有考中之後才能成親嗎？」

何田露一噎，面色尷尬地回道：「那倒不是。」

蘇木笑了笑，端的是純良可愛。

看著她那張無辜的面容，何田露怎麼也沒辦法再把話說下去。好在，還有個李婆子。

「蘇小姐，我就直說了吧，我家老爺和夫人的意思，就是想著兩家不如把親事退了，妳也能好好尋個婆家，別讓我家少爺耽誤了妳。」
何田露等她把話說完，十分誇張地瞪了她一眼，氣憤地責備道：「蠢婦，說話如此不中聽，若是把小木氣出個好歹來，看我不收拾妳！」
李婆子嘿嘿一笑，滿臉討好。「老婆子不會說話，夫人勿怪、勿怪。」
何田露又瞪了她一眼，這才轉過臉對蘇木說：「別聽她的，說不上什麼退不退的，這親事原本就是我和妳娘口頭定下的，當不得真。」
蘇木揚了揚眉，看著眼前二人的一搭一唱就像看猴戲似的，當真可笑。
何田露沒指望得到她的回應，自顧自說道：「訂親的小禮不用退，大禮原本也還沒換，正好省事。姨母今兒個只帶著李嬤嬤過來，就是不想把這件事聲張出去，等妳出了孝再提不遲，免得旁人胡亂念叨。」
何田露這麼一說，蘇木倒是想起來她為什麼要急著退婚。小蘇木「剋父剋母」的流言是一方面，恐怕更多的還是考慮到她的三年孝期。說什麼怕耽誤了她，說到底只是不想讓自家兒子等上三年罷了。
至於「不必聲張，免得旁人念叨」這些話，蘇木一個字都不信。小娘子還在孝期便急赤白臉地把婚退了，若是傳揚出去，不僅沒有體面人家再敢和她議親，就連石楠將來的官聲都會受到影響。說到底，不過是自私。
何田露打得一手好算盤，只是未曾料到現在的蘇木，早已不是原來那個不諳世事的小娘子。

蘇木悶悶地低著頭，實際卻在遮掩著眼睛裡的厭惡。

何田露以為她不願意，便親切地拉著她的手，打起了感情牌。「小木不必擔心，就算沒了這層關係我也還是妳的姨母，咱們還當正經親戚來往著，將來妳風光出嫁，姨母少說也添上兩副頭面。」

蘇木眼中閃過一抹諷刺，再抬頭時便恢復了純良模樣。「姨母方才提到訂親的小禮，可算上河坡那兩畝田地？」

何田露一愣，下意識地說道：「自然是算上的。」這話剛一出口，她便恨不得抽自己兩個耳光。

何田露訕訕地笑著，腦子裡快速轉著要怎麼把話往回拾。

蘇木卻沒有給她這個機會，爽快地說道：「就照姨母的意思辦吧！」

何田露嘴巴張張合合，再也說不出一句話。

第三章　初識

坑坑窪窪的土路上，何田露大步流星地往前走，一張臉黑得徹底，哪裡還顧得上地主夫人的體面。

李婆子倒騰著兩條乾瘦的小腿在後面小跑著追趕，同時還不忘壓低聲音提醒。「高興些吧，夫人！院牆裡多少雙眼睛看著呢，可不能讓人看了笑話！」

「妳叫我怎麼高興得起來？」何田露拚命控制著臉上的表情，近乎低吼。「真不知道這丫頭是精還是傻，怎麼就這麼不顧體面，偏生惦記著那兩塊地！」

李婆子一臉尷尬，不知道怎麼接話。

「偏偏是那兩塊！」何田露氣得喋喋不休。「以前就覺得這丫頭陰沈嬌弱，沒想到還這麼不懂事，張口就要地！都十六了，正經女紅不學，一天到晚只知悶頭看書——妳說那些書有什麼好看的，啊？一個丫頭家！」

過往的村民扛著鋤頭從地裡回來，迎面碰上主僕二人，無一不是恭恭敬敬地打招呼。

何田露只得收了聲，然而臉色依舊不大好。

人們不約而同地腦補著近來的大小傳言。

另一邊，蘇木把人送到門外，並沒有急著回去。她拿眼看著路邊隨處可見的小草，腦子裡默默搜索著小蘇木的記憶。

小蘇木記得清楚，何郎中無意中提過，那兩塊地原本是他的，後來外出遠遊時託何田露的阿爹何老漢照看，再後來何田露出嫁，她家裡窮，沒有拿得出手的嫁妝，便把這兩畝地算上了——那時候，何老漢以為何郎中再也不會回來了。

沒想到何郎中後來不僅回來了，還帶回女兒、女婿和外孫女，何老漢愧疚了大半輩子，臨死前把何田露叫到床前，讓她務必把地送回去。

何田露確實同蘇家提過，然而那時候兩家已經議了親，何郎中沒有要，只說算在蘇木的聘禮裡。

蘇木之所以會特意把那塊地要回來，只因外公曾經說過，那裡以前年年都會種上一片金錢草，她母親最喜歡那種黃嫩嫩的小花。小蘇木一直念念不忘。

杏花村無疑是個好地方——三面環水，河灘開闊，往南往北皆是平原，交通最為便利。

蘇木家的房子位於村子的最東邊，挨近兩條大河的交匯處。站在自家小院往外看，村裡村外的景色一覽無遺。

一排排低矮的土屋，或三間，或五間，或鋪青瓦，或蓋茅草，皆是坐北朝南，整整齊齊。各家屋前都有一片小院，或一分，或二分，種些青菜，搭個草棚，各有各的熱鬧。

尖尖的屋頂上是一排排矮墩墩的煙囪，不難想像，早晚之時炊煙裊裊，將是怎樣的美麗景象。

若說唯一有些差強人意的，恐怕就是居住環境。雖然地上鋪著青磚，頭頂上卻露著樑柱和椽子，椽子中間用茅草摻著紅泥厚厚地鋪了一層，震動大些便會撲簌簌往下掉土。牆壁也是土坯壘成，只在外面抹著一層黏土、一層石灰粉，這樣的屋子若是一天不打掃，屋內就能落一層灰。

此時，蘇木正在帶著一雙弟妹熱火朝天地做大掃除。

蘇丫原本就是個勤快又隨和的小娘子，無論蘇木說什麼她都樂意配合。蘇娃大概是對蘇木還有些生疏，一直有意無意地躲著她，只是在一旁自己做自己的。

蘇木暗自嘆了口氣，慢慢來吧，之後還要一起生活許多年呢！

她拿眼掃了一圈院子裡的擺設，一只大水缸，三面矮牆，兩棵剛剛發芽的樹……似乎完全沒有類似茅廁或者糞池之類的地方。

蘇木這才想起來，先前她上廁所的時候是在後院的小間裡，那裡有個專用的馬桶，每天提著倒一回就好，聽蘇丫的意思，似乎村子裡有統一的漚糞池。

「二丫，洗過抹布的水倒在哪兒？」蘇木朝著裡屋問道。

蘇丫聞言，連忙跑出來，誠惶誠恐地說：「阿姊稍坐，我去倒便好。」說著，便要接過蘇木手裡的木盆。

蘇木閃身躲開，笑著說道：「誰倒不是一樣呢，妳就告訴我倒在哪兒吧！」

蘇丫捏著衣襬，眼瞅著蘇木的態度十分堅決，只得朝著柵欄外一指，細聲細氣地說道：「先前阿娘都是潑在道邊上，我見桂花大娘家裡也是這樣。」

蘇木點了點頭。「行，我知道了，妳快進屋去吧，咱們早點收拾完早點做飯。」

蘇丫原本是不放心的，然而聽蘇木這麼一說，便點了點頭，回屋繼續收拾起來。

蘇木端著一盆洗過抹布的髒水，想著打開柵欄門，潑到路旁的雜草上。沒承想，這副身子也是著實不爭氣了些，將將走到柵欄門手腕便瘦得不行，眼瞅著木盆就不受控制地脫手而出。

恰在這時，旁邊突然邁出一條腿，好巧不巧地踢在木盆上，一整盆的髒水便這樣一滴不漏地灑到了他身上。

蘇木「啊」的一聲驚叫，瞪著眼睛看向那個倒楣鬼。

麻布外衫、深色長褲，就這樣濕答答地貼在對方健壯的身體上。

蘇木悄悄抬頭，瞥向對方的臉——唔……劍眉星目，稜角分明，有點小帥。

此時，那雙深邃的黑眸正居高臨下地注視著她，厚薄適中的唇緊緊抿著，面上無波無瀾。

或許是對方的身高太有壓迫性，也或許是對方的表情太過嚴肅，蘇木沒來由地有些緊張。

「抱……抱歉。」她連忙說道。

半晌，對方才淡淡地回了句。「無妨。」說完，還彎腰把木盆撿起來交還給蘇木，之後便大踏步地離開了。

直到對方走出老遠，蘇木才拍拍胸口，大大地鬆了口氣。

這個小插曲很快過去。

再次見面，便到了二月下旬。

彼時剛下過一場春雨，田裡的冬麥開始返青，坡上的楊柳也抽出嫩芽，蘇木站在自家院子裡向外張望，滿眼都是綠油油的麥子地。

「傳說中的那棵大杏樹呢？」蘇木不由問道。

關於杏花村的由來，外公從小就在小蘇木耳邊念叨，外公去世後小蘇木再也沒往杏樹那邊去過。

蘇丫伸出細細的指頭往東邊一指，細聲細氣地應道：「在那邊。」

蘇木順著她指的方向看過去，只找到一棵歪歪扭扭的老樹，雖然已經進入二月，樹枝上依舊光禿禿的，蘇木原本以為那是棵枯樹來著。

「還活著吧？」蘇木忍不住問了出來。

蘇丫笑了起來，杏眼彎彎，清秀可愛。「阿爹說了，杏樹老爺性子慢，長葉、開花都晚。阿爹還說，他老人家是仙人種在這裡的，不會死。」

蘇木笑了笑，往前走了兩步，踮著腳扒在矮牆上想要看得更清楚。就在這時，杏樹後面突然閃出一道高大的身影，把她嚇了一跳。

蘇丫眼睛一亮，小聲說道：「是雲實哥！」

雲實遠遠地聽到動靜，下意識地看了過來。

「雲實哥。」蘇丫禮貌又矜持地叫了一聲，便有些害羞地低下了頭——至少，在蘇木看來是這樣。

蘇木心領神會地揚了揚眉，自認為看出了小娘子的心思。本著替自家妹子相看的心思，她大大方方地觀察起幾十米開外的那個男人。

男人朝這邊走了過來，手裡一晃一晃地拎著什麼東西。

待看清對方的面容，蘇木才反應過來，原來是那天自己拿水潑到的那位。

蘇木看看自家丫頭，再看看漸漸走近的男人，在心裡悄悄地搖了搖頭——兩個人看上去並不般配。男人雖然模樣英俊，身材也好，然而和蘇丫比起來，怎麼都有點老。

雲實察覺到她的目光，淡淡地看了過來。

蘇木被逮個正著，不僅沒有半點害羞，反而大大方方地對著他笑了笑。

雲實一愣，下意識地對她點了點頭——儘管臉上的肌肉僵硬得像個面癱。

蘇丫笑著打招呼。「雲實哥，去抓魚啦？」

雲實淡淡地應了一聲，態度並不熱絡。

蘇丫卻並不介意，反而彎著眼睛說道：「我和阿姊在看大杏樹。」

雲實快速瞄了蘇木一眼，又很快把頭撇開。

蘇木沒在意他倆的對話，只是下意識地看著那幾條滴著水的大魚——這魚不小啊，不然也去撈幾條？

「妳要嗎？」雲實突然開口。

蘇丫機靈地搖了搖自家阿姊的手，小聲提醒。「阿姊，雲實哥問妳話呢！」

「啊？」蘇木有點懵——不是問妳嗎？

雲實沒等她回答，直接挑了條最長的，連同草繩一起放到了矮牆上。

直到鼻子裡鑽進一股嗆人的腥氣，蘇木才反應過來。然而，此時雲實已經推開隔壁家的院門走了進去。

她聽到男人用低沈的嗓音同鄰家婦人說話。「舅娘，我從河裡摸了兩條魚，妳拿給阿姊補身子。」

婦人爽朗地笑道：「哎呀，這才二月天，河水那麼涼，可不能再去捉了！」

雲實沒吭聲，和婦人一同進了屋裡。

婦人拎著魚，樂呵呵地說：「石頭啊，今天留下來吃飯，舅娘給你做點好的。」

「嗯。」雲實這才應了一聲。「不要做魚，兩條都留給阿姊。」

「舅娘知道，你們姊弟倆感情向來好，呵呵！」婦人笑得眼紋深陷。

蘇木拿眼瞅了瞅矮牆上早已嚥氣的大魚，有種占了人家便宜的感覺。

明明之前還潑了他一身水來著……沒承想對方不僅不計較，還送魚給她們，真是好人哪！

蘇木雖然不會做家務，對灶上的活兒卻一點兒都不膽怯。她從小在外婆身邊打下手，光是看著也學了個七成。

春天的魚大多不會太肥，肉質卻勁道，味道也沒那麼腥，添些食補的藥材足夠姊弟三人吃。

蘇木跑到耳房裡翻出些枸杞和杏仁，又拿了幾片川芎、香葉沖洗乾淨備用。之後便把魚俐落地開膛破肚，加上先前準備好的藥材，撒上一把紅豆，燉成了一大鍋香濃補身的枸杞紅豆鮮魚湯。

整個過程中，蘇丫都跟在她身邊，力所能及地打著下手。

小娘子看到蘇木嫻熟的動作，心裡連連驚嘆——阿姊好厲害！

就連蘇娃也被吸引過來，小漢子騎在小木馬上，眼睛偷偷地往這邊看，默默地想著，阿姊好像換了個人似的，還不賴。

姊弟三個心情都不錯，桌上的飯菜也十分豐盛。

蘇木看了眼僅有的一碗銀耳羹，心裡有些不是滋味。她並沒有特意說什麼，只是隨口說道：「吃完飯給桂花大娘送過去吧，正好給金娘姊姊補補身子。咱家還有花布嗎？有的話也扯上幾尺，一併拿過去，算是月子禮。」

「阿姊，這碗銀耳羹是做給妳補身子的……」這是梅姨一慣的做法，蘇丫和蘇娃並不覺得有什麼。

既然把話挑明，蘇木便乾脆地說道：「以後不用再特意為我準備什麼，咱們姊弟三個吃一樣的便好。」

這話一出，姊弟二人雙雙吃了一驚。蘇丫張了張嘴，終究沒有說出反對的話。

蘇木笑笑，巧妙地換了個話題。「咱家不是有砂糖嗎？拿些出來，蘸著黏窩窩吃。」

蘇丫吞了吞口水，小聲說：「砂糖在阿姊屋裡。」

蘇木挾菜的手一頓，這才想起來，這個時候白糖算是奢侈品，蘇秀才以為她愛吃，過年過節都會給她買上一些。

蘇丫和蘇娃原本也有分，卻被梅姨沒收起來，一併送到蘇木屋裡。

這一樁樁一件件想起來，倒叫蘇木心裡怪不是滋味的。她嘆了口氣，打算回屋去取。

蘇丫連忙站起來。「阿姊，我去拿吧，我知道在哪兒！」

蘇木笑了笑。「如果有紅糖的話也拿些——咱們這月禮可以送紅糖嗎？」

「可以的，只是紅糖太貴，一般人家送不起。」蘇丫恢復了溫和的樣子。「上回蘇大娘家生了小孫子，石夫人就給她送了一小包紅糖，不過三、五兩吧，可把蘇大娘高興壞了。」

「那就送些吧，左右鄰居住著，以後大事小情的少不了麻煩人家。」

更何況，剛剛還收了人家的魚。

「曉得了。」蘇丫脆生生地應了，心裡既歡喜又敬佩——以前阿姊只愛讀書、寫字，從來不理這些俗事，如今說道起來，反而比她阿娘還要周全。

到底是會讀書的人呢！蘇丫心裡無比欽佩。

等蘇丫出了堂屋，蘇木才想起來應該找個盛糖的小碟子。不過，這種東西一般都是放在哪兒？她拿眼掃了一圈，一點頭緒都沒有。

蘇娃扒著桌邊，用圓圓的眼睛看著她，大概料到了她的意圖，於是繃著小臉溜下椅子，「蹬蹬蹬」地跑了出去。再回來時，小傢伙手上多了個小碟子——還是特意在水裡浸過一遍的，盤子上、手上，甚至夾襖前襟都沾著濕答答的水漬。

蘇木眼中露出讚賞的神色——真是個機靈的小子。然而，能夠識別這種千里馬的伯樂卻不多，比如……

「蘇娃兒！就這麼一錯眼的工夫，你又到哪裡野去了？怎麼身上都是水？」蘇丫正常情況下是個溫和的性子，唯有涉及到蘇娃的時候，才會顯出幾分潑辣。

反觀蘇娃，在小蘇木的印象裡，這個傢伙就像個混世魔王，連他親娘的帳都不買，唯獨聽蘇丫的話。

或許，這就是所謂的「緣法」。

從未有過兄弟姊妹的蘇木，不禁有些羨慕。

第四章　地契

在杏花村，蘇家之所以顯得比別家富足些，大概就是因為房上的青磚、屋子裡的醫書，還有屋後那片藥田。

蘇木的外公姓何，就連蘇木都不知道他叫什麼，村裡人都尊稱他一聲「何郎中」。

蘇木外婆身子不好，生產過後便去了，只留下女兒的閨名——玉簾。

何郎中重情義，再也沒找填房，就這樣一個人既當爹又當媽，把獨女何玉簾拉扯到十歲。一年又一年，十里八鄉的媒婆幾乎踏破何家的門檻，何郎中不勝其煩，乾脆選了個風和日麗的日子，收拾細軟，帶著女兒四海行醫去了。再回來時，身後便多了一位說話文謅謅的秀才女婿，懷裡還抱著個五、六歲的漂亮女娃——自然就是現在的蘇木。

每每吃過早飯，何郎中和蘇秀才都會雷打不動地走進書房，一人占據一張桌子，一個唸藥方，一個讀子曰。

何玉簾就靠在臨窗的矮榻上，一邊繡鞋面，一邊逗小蘇木玩。

這些和美的日子成了小蘇木短暫的一生中最好的回憶。

直到今天，書房裡的擺設都絲毫沒變。

此時，蘇木一個人待在裡面，撫過父親的方桌、外公的藥典，坐在母親坐過的矮榻上，酸澀的情緒一波波往上湧。

這真是一種奇特的感受——明明不是自己的人生，這些記憶卻深深地烙在了她的骨血裡。

外面傳來隱隱的爭論聲，蘇木透過窗子一看，正瞧見蘇娃凶巴巴地擋在門口，粗聲粗氣地說著。「不許進來！」

被攔的那人，正是前日剛剛來過的石夫人——何田露。

對於蘇娃的維護，蘇木心裡十分感動。她走到小傢伙身邊，屈起細白的手指彈了彈他的腦門。「不如去幫阿姊搬桌子可好？咱們把書搬出來曬一曬。」

蘇娃這才收起粗墩墩的小胳膊小腿，蹬蹬地跑到屋子裡。「吱啦吱啦」地扯起了桌子。

蘇木看著他結實的小身子，嘴角揚得更高。

何田露拿眼瞅著，心裡不由犯起了嘀咕，蘇木這丫頭看上去好像有哪裡不一樣了。

雖然心裡疑惑，何田露面上卻絲毫不顯，只是就著蘇娃說起了開場白。「也是苦了這孩子，這才幾天的工夫？眼瞅著就瘦了一大圈。」

「是嗎？」蘇木不由上了心，默默盤算著怎麼把小傢伙養得又高又壯。

「可不是嘛！」何田露話音一轉，帶上幾分笑意。「小木，往後要是有什麼不方便的，儘管叫二丫來我這裡說，曉得不？」

蘇木連表面的客氣都懶得維持，直接說道：「姨母今天過來有什麼事嗎？」

何田露的笑當即僵在嘴角，半晌才再次開口。「妳先前不是提到河坡上那兩畝地嘛，我回去之後便想著把地契找出來，趁早給妳。誰知妳姨父把那個地契抵押出去了，說是想在城裡開藥材鋪子，氣得我呀！」

何田露悄悄觀察蘇木的神色，見她沒有接話，面上不免有些尷尬，儘管如此，還是要硬著頭皮說下去。

「這事叫我生了一頓好氣，那塊地才值幾個錢？難得小木妳提了出來，姨母原本不想失信於妳，現在看來，卻是不成了。」

蘇木的表情從始至終都是淡淡的，讓何田露看不出任何端倪。她只得繼續自說自話。

「要不這樣，姨母到鎮上給妳置辦兩副上好的頭面，肯定不比那兩畝地差，妳看可好？」

蘇木聽她說完，這才勾起嘴角，不緊不慢地說：「姨母一提，我倒想起來，前幾日收拾爹娘的遺物，不經意從棗木箱子裡翻出一張地契，正是河坡那兩畝。」

何田露瞬間變了臉色，蘇木只當沒看見似的，似笑非笑地看著她。

何田露臉上一陣陣發燒，恨不得找個地縫鑽進去。她原本存著僥倖心理，覺得蘇木年紀小，又是個不理俗事的，想空手套白狼罷了，沒承想卻被人狠狠打了臉。

何田露正不知如何收場，恰好看見桂花大娘推門進來。

「您在呢！」桂花大娘熱情地打招呼。

何田露敷衍地點了點頭，乘機說道：「既然這樣，小木妳便忙著，姨母就先回去了。」說完，也不等蘇木應一聲，便低著頭匆匆地走了，就連桂花大娘的笑臉都沒回應。

「員外夫人今兒個這是怎麼了？竟然改成低頭走道兒了。」

「員外夫人」是村裡的婦人們私下給何田露起的諢名，桂花大娘下意識地把蘇木看作了自己人，不自覺地叫了出來。說完她才想起這兩家的關係，一時臉上訕訕的，恨不得吞掉自己的舌頭。

蘇木權當沒聽見似的，笑盈盈地說：「大娘怎麼過來了？有啥事隔著牆叫一聲就行。」

桂花大娘忙順著臺階說道：「昨兒個妳叫二丫過去送月禮，我剛好去了南石村，沒碰上。」

蘇木想到她大約是為了這事，笑盈盈地問：「金娘姊姊可好？」

「好著呢！」桂花大娘應了一句，便又把話題扯了回來。「銀娘那個沒輕重的，竟然也沒看一眼，我今兒個一翻才看到好大一包紅糖——這個太貴重了，可不行。」

她說著，便把那個沈甸甸的油紙包遞到蘇木手邊，另外還有一個用葦葉編的小籃子。「這籃鴨蛋是我娘家那邊送來的，不多，妳們姊弟三個醃了吃，也算添個菜。」

蘇木知道，這算是壓籃的回禮，按規矩得收下。她把籃子接過去，紅糖包卻沒碰。「既是月禮，送的就是份心意，家裡正好有，對金娘姊姊也好，就沒什麼貴重不貴重的說法。這是給金娘姊姊補身子的，大娘可不能替她作主。」

最後，那包紅糖到底沒有退回去，連帶著那個蘆葦籃也被蘇木扣下了，蘇木覺得模樣別致，十分喜歡。

桂花大娘笑著說：「我娘家祖輩幾代都是做這個的，編壞的賣不出去才留下來自家用，小娘子若是喜歡，改天我給妳挑個好的。」

蘇木也不客氣，乾脆地說：「那就麻煩大娘了。大娘叫我小木就好，隔牆住著，別生分了。」

桂花大娘滿臉喜氣地應了，心裡更加熨帖。她回到家裡，坐在灶臺邊愣愣地想著蘇木的話，火也忘了生，米也忘了下。

姚貴半天等不到飯上桌，忍不住跑到灶臺邊催。「咋的了？傻坐著幹麼？」

桂花大娘終於找到說話的人，便把蘇木的話一句句學給姚貴聽，完了還不由感慨道：「以前只知道這個小娘子性子冷，一年到頭也碰不見幾次，沒想到竟是這樣的心性，為人處事半點不差。」

「那可不，」姚貴無比贊同。「何郎中教養出來的外孫女，差不了！」

桂花大娘連連點頭。

蘇木這幾日一直在為將來的生計作打算。

箱子裡還有些銀兩，都是阿爹平日裡給的，她都攢了下來，有個大事小情也能應付一二。家裡有地，租給了村裡人種著，每季收上來的租子剛好夠吃。

屋後有片藥田，一直由小蘇木打理，如今蘇木繼承了她的知識和手藝，憑著一年兩季的藥材收成也能掙些零花錢。

前院地方不小，卻十分空蕩，若是養上幾口張嘴物，逢年過節也能有個葷腥。

腦子裡有了大致的規劃，蘇木便把蘇丫二人叫過來商議。「咱們養隻鵝怎麼樣？不僅會下蛋，還能看家。」

蘇娃木著小臉聽著，不吱聲。

一旁的蘇丫乖乖點頭。「好。」

「再養頭小豬，正好那邊有棵樹，夏天能遮涼。」

蘇丫繼續點頭。蘇娃一如既往的沈默。

蘇木故意逗著他說話。「三娃以後有事做了，要天天給小黑打豬草。」

小傢伙板著臉「哼」了一聲，圓圓的眼睛卻是亮亮的。

接下來就是買豬崽和鵝崽，蘇木和蘇丫都沒有這方面的經驗，姊妹兩個甚至不知道去哪裡買。

蘇丫眨眨眼，建議道：「不然我去問問銀娘姊姊？」自從上次送了月禮，兩家人來往越發頻繁。

蘇木正要點頭，蘇娃突然開口。「我知道！」

蘇木頓了一下，不明所以地看著他。

「我知道哪裡賣豬崽。」大概是從來沒有被這樣注視過，蘇娃一時間難以適應，緊張之下習慣性擺出一副臭臉表情。「反正我知道，妳們愛聽不聽！」

「怎麼跟阿姊這樣說話呢！」蘇丫眼睛一瞪，就要去揪他的耳朵。

蘇木把她的手抓住，笑盈盈地說：「我們想聽，麻煩你帶我們去好不好？」

蘇娃梗著脖子，不僅沒等來耳朵上的疼痛，反而得到長姊溫和的「請求」，冷冷的小臉一下子紅了。他一聲不吭地從椅子上跳下去，像個小炮彈似地衝出屋子。

蘇丫悄悄觀察著蘇木的臉色，又氣又尷尬，忍不住在後面拍桌子。「你著急什麼，錢還沒拿呢！」

蘇木依舊笑著，看著湛藍的天空、青青的田地，還有活潑的弟妹，心滿意足。

賣豬的那家在村西頭，需要穿過整個村子。

蘇娃表面上跑得飛快，一副根本不想等她倆的樣子，實際上自始至終都和姊妹兩個保持著不遠不近的距離。

這裡的民風對男女大防看得並沒有那麼要緊，尤其是尚未議親的小娘子，平日在村裡走動、玩耍，都不會惹人詬病。

此時正值午後，地裡的活計不多，男人們扛著鋤頭說說笑笑，女人們湊成一堆編草鞋、說閒話。

最近，村裡關於蘇家，尤其是蘇木的風言風語著實不少，姊弟三人從一堆堆男人女人跟前經過，自然吸引了一大波打探的目光。並沒有人主動和他們打招呼，甚至蘇木笑著看過去的時候，對方還會慌忙避開，生怕被她「剋」到似的。

蘇木翻了個大大的白眼——不搭理就不搭理吧，姊不稀罕！

養豬人姓王，在族裡排行老三，他本人長得高高胖胖，因此得了個「胖三」的外號，小一輩的開玩笑叫他「胖叔」，他都是樂呵呵地應下，並不介意。

剛一拐上胖三家的土路，姊弟三個便聞到一股濃濃的異味，耳邊充斥著大豬、小豬的哼哼聲。

蘇木終於知道他家為什麼住得這麼遠了，想來是不願打擾鄰居。

胖三慣會做人，年年殺完豬都會讓他家媳婦兒煮上一大鍋殺豬菜，肥肉瘦肉放得足足的，把左鄰右舍叫上，好好地請客一番。至於家裡有老人的，他每年都會大方地送上一刀肉。

這樣的做法讓他得了個好人緣，村裡人承他的情，也不會白占了他的便宜，大多會找機會請回來，菜色好壞不論，是那麼個意思。

胖三家總共有三頭母豬，一頭種豬，每年從春到秋都會有三窩小豬出生。他家豬崽養得好，價錢也公道，十里八鄉想買豬崽的都會早早地跑過來訂下。

胖三家沒有院牆，西邊是三間坯房，東邊緊挨著壘了三個豬圈。他家的豬圈模樣奇特，除了方方正正的圈坑之外，還有一個高出來的小棚子，地上鋪著乾草擺著食槽，看上去就像個小房間，十分有趣。

蘇娃熟門熟路地繞到東邊，把上衣撩起來捂住鼻子，貓著腰往豬圈那邊湊，那熟稔的架勢一看就知道這事沒少幹。

「又是哪家的小崽子，皮癢了不是？」一個五大三粗的男人從西屋裡出來，扯著嗓子嚇唬人。

蘇娃朝他吐了吐舌頭，一點都不怕。

男人佯裝生氣，撿起拌豬食的木棒就要揍人。

蘇娃蹦蹦跳跳地對他做鬼臉。

胖三給氣笑了，沒什麼威懾力地說道：「臭小子，安靜著些，若是敢把小豬崽嚇得不吃奶了，看胖叔不揍你！」

蘇娃一臉不服氣的樣子，手腳卻放輕下來，老老實實地趴在豬圈沿上看豬崽。

胖三叮囑完蘇娃，一回頭猛地瞧見兩個嬌滴滴的小娘子，一下子愣住了。

「胖叔。」蘇木往前走了幾步，大大方方地說道。「我想買頭小豬崽，還有多出來的嗎？」

胖三養了這麼多年豬，頭一回見到小娘子過來買豬崽——還是長得這麼俊的。他拿眼打量著姊妹兩個，疑惑道：「妳們是哪個村的？家裡可有大人？」

沒等蘇木回答，蘇娃率先說道：「那是我家阿姊！」

胖三一下子明白過來。他雖然外表粗獷，內裡卻實打實是個心軟的人，不由地對姊弟三個多了些同情。「稍等，我叫家裡那個出來和你們說。」

胖三丟下這句，便心情複雜地回了屋子。再出來時，身後跟了一個婦人。婦人身材不高，卻白白胖胖，看上去十分富態——還真是沒有辱沒了「胖嬸」這個稱呼。

胖嬸一上來就往姊妹兩個手裡塞了一把肉脯，不等蘇木拒絕便率先說道：「自家烘的，都是些零碎的瘦肉，不值錢。」

蘇娃見到有肉吃，主動跑過去把黑乎乎的小手伸到胖嬸跟前。

胖嬸臉上露出大大的笑，從背後拿出一個小布包，滿滿的一包肉脯，全都塞到他手裡。

「少不了你的！」

蘇娃嘿嘿一笑，便抓起一大把肉脯塞到嘴裡，一邊嚼一邊看著胖嬸笑。胖嬸的視線一直沒有從蘇娃身上離開，那雙不算大的眼睛裡滿是溫情。

蘇木默默地看著，心下訝異。

蘇娃性子機靈警惕，輕易不會同外人親近，更別說主動要吃的，看來，他和這夫妻二人早就熟識，關係似乎還不錯。

第五章　棄婦

蘇娃領著胖三去家裡壘豬圈，蘇木姊妹兩個被胖嬸拉著說了好一會兒話，等到她們回到家的時候天已經快黑了。

蘇木遠遠看到她家院牆外邊圍了一圈人，有男有女也有小孩子，正七嘴八舌地說著什麼。

蘇木隱隱約約聽到諸如「胖三你膽子不小啊」、「小娘子買了豬崽能養活嗎」、「你不是說沒了嗎，怎麼娘子去買就又有了」之類的話。

蘇娃氣鼓鼓地站在院子裡，朝著院牆外邊扔石頭。

扔到誰身上，便聽到誰發出一聲笑罵，也有說得難聽的，「沒爹沒娘」、「野孩子」之類的，根本不顧及小孩子的感受。

每每這時，胖三就會搭上一、兩句話，無一不是護著蘇娃。

蘇木聽到那些明顯不懷好意的話，臉色不由得沈了沈。她加快腳步，發出明顯的響動。有人扭過頭看到蘇木，並沒有露出任何被抓包的尷尬，反而饒有興致地拍拍旁邊人的肩膀，像看稀罕似地指指蘇木。

蘇丫露出些許怯意，下意識地拉住自家阿姊的衣角。

蘇木抓過她的手，安慰般握了握，神態自若地走進了院子裡，完了還回過身來似笑非笑地說：「各位要進來嗎？」

那些人連忙搖搖頭，大概也是覺得無趣，便三三兩兩地散了。

蘇木哼了一聲，眼中閃過一絲不屑。流言，白眼，欺侮，這些她在前世早就經歷過一回。從前為了不讓外婆擔心，她都是自己承受，現在至少多了一對弟妹，就算彼此的關係暫時還不算親厚，總有一天他們會成為並肩作戰的親人。

蘇木相信，總有那麼一天。

蘇丫湊到她耳邊，小聲說道：「雲實哥也在。」

蘇木這才看到胖三身後還站著一個人。

此時雲實正彎著腰，一鏟接著一鏟地往外掘土。他自始至終都沒有吭一聲，一直默默地幹著活，渾身上下縈繞著一股沈穩的氣質。

蘇木向兩人道了謝，帶著蘇丫去廚房裡收拾晚飯。

胖三大概是怕小娘子們聽了剛剛的話心裡不舒服，便語氣輕鬆地說起了閒話。「雲實啊，你怎麼有空過來了，藥園那邊不忙嗎？」

「李家派了人來幹活，不想讓我看見，便允了我半天假。」雲實的語氣十分平靜，就像在談論一件無關緊要的事。

胖三不滿地嗤了一聲，哼道：「不過幾株藥材，整天弄得神秘兮兮，還怕人偷學不成？從前何郎中在時屋前屋後種得那叫一個滿當，村裡人有個病痛的，都去扯上一把，也沒見人家說什麼！」

見雲實沒吭聲，胖三知道他的脾性，也不在意，後面又說了些關於「李家」、「藥園」之類的話。

蘇木在廚房裡豎著耳朵聽著，漸漸上了心。既然這裡有人能大批量的種植藥材賣錢，她是不是也可以？

小蘇木腦袋裡裝的那些藥材知識，恐怕連某些郎中都比不上。他們家地也不少，如果能種上幾畝藥材，依靠著杏花村便利的交通，肯定不愁賣錢。

想到這裡，蘇木不由興奮起來，如果真能有這麼一個固定的營生，就算不指著發家致富，至少也能混個衣食無憂。

第二天，小豬崽就被蘇娃領回了家。那真是頭壯實的小傢伙，尾巴短小，四蹄粗壯，全身的皮毛烏黑油亮，每天活力十足。

小傢伙一到吃食的時候就搖頭晃腦，開心得不行，整個身子都能埋到盆子裡。

蘇娃對小豬崽付出了全部的耐心，並且勇於嘗試。具體表現就是不像其他人家那樣把小豬圈在欄裡，而是每天拉著牠出去放風，對此，蘇木並沒有阻止。

蘇丫原本想說些什麼，然而看到蘇木鼓勵的態度，便把所有的話都嚥到了肚子裡。她七歲來到這個家，到如今整整五年時間，一直以來都是看著蘇木的身影長大的，蘇木就是她的標竿和榜樣。

與先前冷淡矜貴的阿姊相比，蘇丫更喜歡現在這個，她相信在阿姊的帶領下日子會越來越好。

的確，儘管失去長輩的庇護，儘管沒有成年男丁頂立門戶，蘇家小院的日子還是紅紅火火地過了起來。

桂花大娘去蘆葦溝買小鵝的時候，順手幫蘇木捎上了兩隻，據說是一公一母，母的三十文錢，公的白送。

蘆葦溝在杏花村東邊，需要坐船才能過去。他們整個村子都建在河灘上，土地不多，家家戶戶都以養鴨、養鵝為生。

春、秋兩季有鴨崽、鵝崽賣，其餘時候製作皮蛋。冬天裡鴨、鵝蛋少活不忙，農人們便三五成群地聚在一起，把一簇簇蘆葦割下來，編成草鞋、涼蓆。河灘上還能種些菱角、芋頭，年底商人買辦過來收皮蛋和葦蓆時，這些東西也能當個添頭，若實在賣不出去也能留著自己吃。

這樣的生活說充實也充實，說辛苦也辛苦，有的時候年景不好，鴨、鵝病死得多或下蛋少，就有可能一文錢都賺不到。

所以，很多蘆葦溝的小娘子們都盼著能嫁到杏花村，因為杏花村地多且肥沃，除去每季的租子和稅銀，還能留下不少自家嚼用，總歸不會餓肚子。

桂花大娘就是從蘆葦溝嫁過來的，當家的有門釀酒的手藝，日子過得十分不錯。若說真有什麼遺憾，大概就是一直養不住兒子，膝下只有兩個女兒，老大叫金娘，老二叫銀娘。

此時，桂花大娘正隔著院牆跟蘇木說話。「這倆鵝崽，妳好好養著，如果長大了發現都是公鵝，三十文錢他們一分不要，倘若都是母鵝也不再另外收錢。」

蘇木笑笑，看來大多數人還是純樸而善良的。

桂花大娘臉上盈滿笑意。「後天是妳外甥女十二晌，到時候你們姊弟三個隨我一同去南石村吃酒。」

蘇木笑著道了聲「恭喜」，然後便有些為難地推辭道：「咱們兩家親近，原本是該去的，不過如今我姊弟三個還在孝裡，萬一衝撞了小外甥女可就不好了。」

桂花大娘笑著看她，眼中滿是讚賞。「知道妳重情義，不去就不去吧。不過，要是那倆小的願意去，妳可別攔著，回頭讓妳銀娘妹妹親自去問。」

「大娘，妳得信我！」蘇木撒嬌。

「信妳才怪！」桂花大娘眼角眉梢都是笑意。所謂「人逢喜事精神爽」，大抵如此。沒承想，前一天還笑著說要去吃喜酒的人，隔了一天便哭哭啼啼地回來了。

蘇木聽著院子那邊著實熱鬧，便打發蘇娃過去問。蘇丫擔心渾小子說話不妥帖，便也跟了出去。

結果，蘇丫還沒回來，蘇木便聽到院牆外的叫嚷聲，聽上去有些熟悉。

「你攔我做甚？」雲實皺著眉頭，冷冷地看著面前的漢子。

「你讓我跟著去，我就不攔你。」雲冬青憨聲憨氣地回道。

「你去做什麼？讓開。」雲實顯出幾分急躁。

雲冬青鼓了鼓嘴，說不出個一二三來。雲實伸出手臂，把他撥開。

雲冬青壯壯實實一個人，被他隨手撥得一個踉蹌，只得像個掛件似地緊緊抱住他的手臂。

「放開！」雲實皺眉，似乎真的動了氣。

「你不讓我跟著，我就不放開。」雲冬青徹底耍起賴。

雲實毫不留情地踹了他一腳，在他乾淨的布衣上留下一個灰撲撲的大腳印。「都當爹的人了，怎麼還跟個孩子似的？」

雲冬青梗著脖子嚷道：「就算當爺爺了，我也是你弟弟！」

雲實眼中閃過一絲動容，不過他依舊沒改變主意——如果讓繼母知道他帶著雲冬青去南石村打架，不知道又會惹出什麼事來。

雲冬青看出他的心思，眼神不由得暗了暗，態度更加堅定。「哥，我知道你是想去替金娘姊討公道，舅舅家沒男丁，該著你出面。但是，別忘了你是有兄弟的人，這種時候怎麼也不該自己去。」

雲實冷眼看著他，不吭聲。

雲冬青再接再厲。「金娘姊還沒出嫁時也是把我當弟弟的，每年的鞋面子有你一副就有我一副，如今她遇到麻煩，我怎麼也該出一份力。」

雲實緊抿著嘴，半晌，終於吐出一字。「走！」

雲冬青瞬間放手，恢復了那副憨實的模樣。

蘇木隔著薄薄的窗紗看到這一切，腦子裡有點亂。

今天不是小娃娃的十二晌嗎？這兩人為何一副「找場子」的架勢？

好在，解惑的人很快就來了。

蘇丫冷著一張小臉進門，一屁股坐在太師椅上，絲毫不顧及她的淑女形象。

蘇木挑了挑眉。「說說唄！」

蘇丫再也憋不住，倒豆子般把前前後後的事說了出來，說到激動處忍不住掉了一大串眼淚。

蘇木一邊給她遞手帕，一邊把事情慢慢捋順，說到底，還是封建思想惹的禍！

今天是姚金娘女兒的十二晌，論理夫家應該派人來接親家去吃酒。桂花大娘前兩日就通知了娘家人，那邊的人提前一天過來，就等著今天去南石村赴宴。

說起來也是讓人操心，姚金娘懷過一胎，卻因小產突然沒了，後來足足有兩年沒懷上，如今好不容易生下這一個，不管男女，娘家人無論如何都是高興的。然而，沒想到一眾親戚左等也不見人右等也不見人，眼看著過了時辰，姚貴託了村裡管事的人去問，卻打聽來一個讓人暴跳如雷的消息——對方正在商量著休妻！

原來，那家的婆婆，前幾天請了個廟裡的女尼給姚金娘請平安脈，不知怎麼的就請出來一個「壞了身子、不能生養」的結論。那家人一聽就急了，十二晌也不辦了，正好趁著機會把全族的長輩請過去商量休妻。

桂花大娘整個人都懵了。她下意識地摸摸肚子，耳邊迴響起當年郎中說過的話，漸漸地和當下管事的敘述重合，腦袋裡不由得嗡嗡作響。

「我女兒好著呢，怎麼就不能生養了？」姚貴氣得摔了剛開封的女兒紅，濃郁的酒香散溢出來，惹得過路之人嘴饞地吞了吞口水。

然而，這氣味對於姚貴夫妻來說，越是滿心苦澀。

不就是欺負自己是外來戶嗎？不就是欺負自己後繼無人嗎？

鐵打的漢子從來沒掉過一滴眼淚，卻在女兒受到委屈的時候嚎啕大哭。

雲實沒鬧沒罵，只是趁人不注意時出了院子，要去南石村給表姊討公道。雲冬青怕他一個人吃虧，非要跟著去，這才有了蘇木看到的那一幕。

說起來，姚金娘當年在杏花村是名副其實的一枝花，無論品行、樣貌都讓人挑不出錯來，不知道是多少小夥子心目中的白月光來著。

她父親姚貴有一門釀酒的手藝，經他的手釀出來的女兒紅被稱為「京南一絕」，姚貴也因此得了個「姚老酒」的綽號，逢年過節都會有人慕名而來。

姚貴當年放出話，這門手藝要傳給長女的後人。這話一出，不知道有多少媒人踏平了姚家的門檻。

南石村這樁親事是桂花大娘作主定下來的，其實姚貴有其他打算，最後還是拗不過妻子。

桂花大娘當初看上的是對方家裡人丁興旺。她這半輩子受夠了獨門獨戶的氣，一門心思想著給女兒找個好靠山。沒承想，一拍兩散的時候，當年的長處反而成了戳心窩的刀——若不是對方族裡人多勢眾，斷不敢這樣明目張膽地欺負人！

雲實回來的時候臉上帶著傷，眼睛裡卻神采奕奕。平板車上推著自家表姊，表姊懷裡抱著哭累的外甥女，身後跟著一幫族兄族弟。

雲家是杏花村最大的家族，與馬家在南石村的影響不相上下——或者雲家更厲害些，因為杏花村比南石村地多。

雲實看了眼身邊同樣掛彩的兄弟，眼中帶著不易覺察的笑意。如果不是雲冬青堅持多叫些人，今天他們還真不一定能把姚金娘帶回來。以他在族裡不尷不尬的身分，不見得能叫得動這些人。

年輕小夥子們沒這麼多心思，不過十七、八歲的年紀，正是血氣方剛的時候，架打完了嘴上還在炫耀著自己的「戰績」。

「看到馬家那個龜孫子沒？哥們早看他不順眼了，正好順手打一頓。」一個聲音得意地說。

「我就記得搶棉被了，都沒摸上幾個人！」另一個聲音懊惱地說。

「能搶著棉被還不是大功？不然還不得把咱小外甥女凍著？」

「就該把他炕上那一摞新被子全搶過來，看他拿什麼另娶！」

「……」

姚金娘倚在層層疊疊的棉被之中，原本早已麻木的臉上閃過一絲動容。毫無血緣的表舅都知道心疼孩子，孩子的親爹怎麼就那般狼心狗肺？

長輩們正在屋裡商量對策，不期然聽到外面的叫嚷，出門一看，差點兒氣個倒仰。

「雲實，你去接你表姊了？」姚貴看著面色蠟黃的女兒，禁不住濕了眼眶。

雲實抿著嘴不說話。

姚金娘猛地扭過頭，拿眼盯著雲實，沙啞地問道：「石頭，不是阿爹讓你去接我的？」

雲實梗著脖子，繼續沈默。

姚金娘一看，還有什麼不明白的。她紅著眼圈，把薄薄的襁褓往胸前緊了緊，哽咽道：「送我回去。」

她不能給阿爹、阿娘丟人。

姚貴一下子就急了。「回去做什麼？就是阿爹叫石頭去接妳的——就算之前不是，現在也是了！」

姚金娘心頭一熱，嗚嗚地哭了起來。

桂花大娘聽到動靜也從屋子裡衝出來，和寶貝女兒抱頭痛哭。

瘦弱的小娃娃受到影響，也弱弱地哭了起來，聽起來就像是小貓叫似的，著實可憐。

年輕漢子們看到這樣的情景，不約而同地停止嬉鬧，心裡都不是滋味。

蘇丫站在姚銀娘身邊哭哭啼啼，蘇木心裡也像塞了團棉花似地堵得慌，她無比清晰地意識到，這個時代對女子深深的惡意，姚金娘的遭遇讓她不免有種狐死兔悲之感。

這一刻，蘇木默默地下定決心，唯有強大起來，才不會任人欺辱，唯有強大起來，才能掌握自己的命運。

第六章　手藝

姚金娘的事情並沒有徹底解決，兩個村能說得上話的長輩一直在進行交涉。不過，這一切似乎與母女倆無關，姚金娘算是在娘家安安穩穩地住了下來，好在家裡沒有男丁，沒有嫂子、弟妹嫌棄，也算是小小的安慰。

一大早姚銀娘從家裡跑出來，和蘇丫嘀嘀咕咕地說話。

堂屋就那麼大，兩個人也完全沒有隱瞞蘇木的意思，於是蘇木便完完整整地聽姚銀娘嘀咕了一早上，總結起來，中心意思只有一個——馬家沒讓姚金娘吃好。

孩子在肚子裡的時候還好，桂花大娘隔三差五就會讓渡船的艄公帶些好物給女兒，雖然大部分都用來孝敬家裡的老太太，姚金娘多少還能吃上些，但女兒生出來之後情況便大大不同了。

蘇木送的乾銀耳，雲實冒著春寒摸的魚，桂花大娘跑到鎮上買的紅糖、乾果，姚金娘竟是連聞都沒聞到。

姚金娘起初怕爹娘心疼便沒說，還是後面吃魚的時候不小心說漏了嘴，才被一件件問了出來。

蘇木聽著，果斷地挽起袖子，打算親自下廚給她做兩道菜。

前世，外婆有一門好手藝，專門給富貴人家做月子餐，蘇木從小在她身邊打下手，不知不覺也學會不少。

她最拿手的菜品有三道：第一道，甜薑炒豬肝，薑片本身就有很好的去濕功效，再用溫油摻著白糖細細地煸了，加豬肝、麻油爆炒，便是一道極好的「破血菜」，用來將產婦子宮內殘留的血塊打散，順利排出；第二道，豆腐燉蛋，買來新鮮的豆腐，用筷子攪散，壓出水分，加鹽、香油攪拌，上面打上一層蛋液，放在屜上蒸，等到蛋液變黃、凝固，便可出鍋；第三道，算是一道主食，酒糟糯米糰。外婆是南方人，她常常對蘇木說，老一輩人坐月子都是吃酒糟，就像北方人喝濃稠的小米粥一樣，這是傳統。

蘇木事先泡好了糯米，摻酒糟團成一個個乒乓球大小的糰子，放在屜上蒸。冷水放入，先大火，後小火，這樣蒸出來的糯米馨香甜軟。出鍋後撒上些事先炒好的芝麻，潤腸通便。

最後還有一道湯，用的是雲實剛從河裡摸出來的魚——除了少量鹽和酒，多餘的材料一樣不放，小火燉上一個時辰，骨頭都是軟的。

蘇木做好了打算，便熱火朝天地做了起來。

蘇丫在灶邊燒火，見蘇木越做越溜，連拿鏟子的姿勢都是那麼優美、那麼好看——蘇丫恨不得把所有的好詞都用在她身上。

「阿姊，妳從哪裡學的做菜？真香！」蘇丫著實納悶。

蘇木揮動著鏟子，搖頭晃腦地唸道：「書中自有顏如玉，書中自有黃金屋，書中自有好菜譜！」

蘇丫崇拜地眨眨眼。「阿姊，啥意思？」

蘇木拿勺把戳了戳她秀美的腦門。「這麼簡單都沒聽過？回頭罰妳抄書。」

過了許久，蘇丫那邊一直沒吱聲，蘇木才感到些許異樣。

「怎麼了？」她拽了拽小少女腦袋上的小綹綹。

蘇丫低垂著腦袋，既羞愧又低落地說：「阿姊，我不識字。」

蘇木一愣，險些沒反應過來。按理說，蘇丫七歲過來，在蘇家至少待了五年的時間，有大把光陰認字讀書。蘇秀才不是迂腐之人，看他對小蘇木的態度就知道。這樣一來，只剩下一個可能……

「梅姨不讓妳學？」

蘇丫輕輕地點了點頭。

蘇木皺眉。「蘇娃呢？」

「也沒有。」蘇丫小聲說道。

蘇木抿了抿唇，暗自把這件事記下，打算找個合適的時間跟姊弟兩個談一談，最好是說服他們去上學堂。

蘇木腦子裡轉著這些想法，手上沒停，沒過多久幾道菜便出鍋了。

蘇木把菜裝進竹籃裡，用乾淨的細麻布蓋上，親自送到姚家。

當她把一碟碟模樣精美又香氣撲鼻的菜從籃子裡拿出來時，姚家人驚得目瞪口呆。

尤其是桂花大娘，既不好意思接受如此「隆重」的美意，又實在想讓自家閨女嚐嚐，只得一個勁兒往蘇木的籃子裡裝雞蛋，蘇木拒絕不了，只得接受。

裡屋傳來姚金娘清清柔柔的聲音。「阿娘，是誰來了？」

「妳蘇妹妹，給妳帶了好吃的。」桂花大娘滿是笑意地應道。

「蘇丫妹妹？」

「是我，妳蘇木妹妹。」蘇木挑起簾子進去，澄淨的眼眸中帶著點點笑意。

姚金娘看到這張略顯陌生的臉，目光一閃，臉上笑意更深。「原來是蘇木妹妹。我出閣早，同妹妹見得不多，常聽阿娘提起，只覺得十分親切，快過來坐。」

蘇木笑笑，順勢坐到炕沿上。

姚金娘的視線在她臉上柔柔地掃著，溫聲說道：「比阿娘說的還要好。」

蘇木對姚金娘的印象也十分不錯，此時的她雖面容憔悴，卻掩不住秀麗的眉眼，從她的反應和談吐來看，像是讀過書的。

從後面的閒談中，蘇木果真證實了自己的猜測。

姚金娘大大方方地吃著蘇木給她準備的月子餐，雖略顯急促，卻不失禮儀，真是越看越讓人喜歡。

蘇木笑盈盈地逗著炕上的小娃娃，間或同她搭上一、兩句話，氣氛著實不錯。

姚金娘喝完最後一口湯，情不自禁地說道：「妹妹有這樣的手藝，可曾想過靠這賺些家用？」

蘇木笑意更深，她注定了同姚金娘投緣，連這賺錢的營生都能想到一塊兒去。

「金娘姊姊真覺得好？」蘇木直白地問道。

姚金娘乾脆地點點頭。「我在城裡學手藝時見別人做過，無論是品相、味道都同妳這個差遠了。」

姚金娘目光澄澈，語氣裡並無絲毫恭維之意，想來是實話實說。於是，蘇木更多了幾分自信。

她話音一轉，再次開口。「若果真做這個營生，我一個小女子會不會不方便？」

姚金娘一聽，便知道了她的顧慮。她笑了笑，溫聲說道：「妹妹這手藝和我們這些繡娘一樣，都是同內宅婦人打交道，若是漢子去做才當真不方便。」

蘇木一聽，也跟著笑了起來，這樣她就放心了。

她沒想到，機會很快就來了，說起來，也多虧了桂花大娘的宣傳。

不知道姚金娘是怎麼和她說的，改天大娘便把蘇木會做月子餐的事宣揚了出去。恰好有位雲家嬸子，兩個兒子都在縣裡做帳房，家裡條件不錯，兒媳婦剛生了大胖小子，卻怎麼也沒胃口，即使勉強吃下去也會吐出來。大人不吃，小孩也跟著挨餓，急得一家人團團轉。

如果單憑蘇木一個小丫頭，就算桂花大娘說得天花亂墜別人也不會太過當真。幸好有何郎中的醫術作保障，村裡人對蘇木便自然而然多了幾分信任。

說起來這位雲家嬸子也是個豁達性子，並不在意村裡的流言，好言好語地把蘇木請到家裡。蘇木下定決心，一定要好好地利用這次機會。

小蘇木會切脈，蘇木腦子裡也有這方面的記憶，之前還拉著蘇丫、蘇娃練過手。此時拉過產婦的手腕細細感受，看上去還真有幾分樣子。

看著蘇木沈靜的面容，原本心緒忐忑的雲家媳婦漸漸放下心來，不知不覺對她多了幾分信任。

片刻之後，蘇木心裡便有了思量。產婦是因為脾胃虛弱，加之貧血導致的食慾不振，從這個角度來補就可以。

回去的路上，蘇木腦子裡已經盤算出了一整套的食補方案：肉燜蠶豆瓣、花生雞爪湯、蔥爆雞塊，這幾樣材料常見、價格也不貴，用來開胃；銀耳蓮子羹、木耳紅棗湯，補氣血；奶湯鯽魚、清蒸茄段、黑芝麻湯圓、豆干炒時蔬，這幾樣清淡可口又容易下奶。

蘇木就這樣愉快地敲定了。

蘇木盡心盡力地照顧了雲家媳婦一旬的時間，按照規矩，一應材料都由東家提供，多出來的部分算作受僱者的福利。

蘇木沒有故意昧下食材，每天都按照嚴格的計劃準備出產婦的部分，其餘的才會留下自家吃。

十天時間，說長不長，說短不短，蘇娃原本凹下去的臉頰慢慢補了回來，顯得虎頭虎腦，異常可愛。蘇丫臉上同樣多了些肉，皮膚也變得通透白嫩，再也不是之前乾巴巴的樣子。

這十天到底沒白忙活，雲家媳婦逐漸有了胃口，不再習慣性嘔吐，漸漸地家裡的普通飯食也能吃上口了。

不僅是雲家人，就連蘇木都悄悄地鬆了口氣。第一次嘗試就能這般順利，這讓她更有信心。

雲家付了她半吊錢，蘇木客氣了一番，最後還是收下了。

蘇丫細細地把這些錢數了兩回，眼睛裡帶著濃濃的喜色。「阿姊真厲害，足足有五百文呢！」

蘇木不瞭解當前的物價，虛心請教。「五百文很多嗎？」

蘇丫重重點頭。「土窯廠的幫工那麼辛苦，一個月也不過賺上一吊錢。」

蘇木笑笑，也覺得十分滿足。

蘇丫再次把錢拎起來，一個挨著一個地數出聲。

蘇娃從外面跑進來，貼著他阿姊的身體，時不時開口詢問。「三十後面是什麼？」

「三十一。」

「二十五後面呢？」

「二十六。」

「三十五呢？」

「三十六。」

兩個孩子一個教得認真，一個學得有趣。蘇木在旁邊看著，默默思索著應該把姊弟兩個送到哪裡去讀書。

杏花村原本也有學堂，教書先生就是蘇木的秀才父親蘇季仁。如今蘇季仁遭遇意外，學童們都在找新的學塾。

蘇木也在帶著蘇娃找學塾。她原本擔心蘇娃貪玩不願去讀，沒承想小傢伙聽說要唸書，一下子乖得不得了，甚至破天荒地叫了聲「長姊」。

蘇木並不知道，蘇娃從小長在蘇秀才身邊，聽他讀書，聽他講史，聽他說道理，便漸漸覺得讀書人就是這天底下最厲害的，所以當蘇木說要讓他去識字唸書的時候，小傢伙一下子便重視起來。

既然小傢伙自己不排斥，蘇木便更用心了，經過多方打聽，最終選中了南石村一家學堂。那裡距離最近，撐船的艄公也是同村的人，多少有個照應。

蘇木原本想讓蘇丫一併去，姊弟兩個還能有個照應，只是蘇丫說什麼都不願意，只說留在家裡跟著阿姊認認字便好，不用去學堂。

蘇木轉念一想，按照這個時代的觀念，蘇丫的年紀已經可以說親了，和小漢子們混著去上學確實不大合適，於是沒有勉強她。

蘇娃上學的頭一天，一家三口像過節似的，蘇丫連夜趕製了一只新的書囊，是按照蘇木畫的設計圖做的，前面可以放書本，後面可以放吃食，既精巧又實用。

蘇木女紅不行，便悄悄給蘇娃塞了兩把錢，囑咐他和同窗搞好關係。

就這樣，蘇娃在兩個姊姊的期盼下，告別他的小黑豬，繃著小臉上學去了。

陽春三月，田間的風一陣暖過一陣，家家戶戶的院子裡都掛上了單薄的春衣。

蘇木走到自家門口，遠遠瞥見老杏樹虬結的枝幹上點綴的淡淡粉色，她心頭一動，驀然興起了賞花的興致——雖然只是花骨朵。

蘇木沒想到，有這樣想法的人不止她一個——老杏樹粗壯的枝幹後面，明晃晃地露出一條修長的腿。那條腿上包裹著洗得發白的麻布褲筒，露出的一截小腿緊實有力。

蘇木大致猜出了這人的身分。

連日來，蘇丫沒少在她耳邊念叨，雲實的身世她也約略清楚了，總結來說，就是有了後娘就有後爹的悲傷故事。

蘇木悄悄爬到樹杈上，以免打擾到他。

雲實手裡似乎在擺弄著什麼東西，神情十分專注，以至於根本沒發現頭頂多了個人。

透過彎曲的枝杈，蘇木偷眼看去，發現雲實是在刻木雕。他的刻刀並不專業，反而像是隨意掰下的一個鐵片，形狀一點都不規則，有些地方還捲著刃，他的手法卻十分熟練，層層木屑從刀下掉落，在木塊上留下道道刻痕。

蘇木的注意力不自覺地放在握刀的那隻手上，指肚上附著薄薄的繭子、指節處滿是細密的裂紋，手指上還有淺淺的刀疤……不難看出，為了學習手藝，這人吃了多少苦。

時間一分一秒地流過，雲實手裡的木雕漸漸成型，圓圓的腦袋，胖胖的身子，頭上還紮著兩個小丸子，是個好看的小娃娃。

蘇木的腿陣陣發麻，她打算不聲不響地挪動一下，沒想到腳腕突然一軟，整個人不受控制地往下栽去。

老杏樹很矮，樹幹下面是濕濕的軟土，即使跌下去也不會摔疼。但是，會丟人。

「啊——」蘇木情不自禁地發出一聲驚呼。

雲實一愣，連忙收起刻刀，伸手去接時，已經晚了。

蘇木直直地掉到地上，摔了個狗啃泥。

身下傳來「啐嚓」一聲脆響，已經接近完工的小木雕可憐兮兮地裂成兩半。

蘇木揚起臉，扯著嘴角乾笑兩聲，透著濃濃的傻氣。她把木雕抓到手裡，明亮的眸子裡滿含歉意。「不好意思，壓壞了。」

雲實挑了挑眉，萬年面癱臉上終於有了一絲表情。

這是雲實和蘇木第一次單獨相處，蘇木弄壞了雲實一個娃娃木雕。

第七章　英雄救美

蘇木來到這裡的第二個月，老杏樹終於開花了。

來來往往的村民們都在念叨著今年會不會結杏子，要知道，老杏樹已經有很多年沒有開得這麼旺盛了。

蘇家後院的藥田原先被茅草蓋著，前幾日被姊弟三個給掀開，露出綠綠的嫩芽。

小鵝崽們長大了好幾圈，漸漸褪去黃色的茸毛，換上白色的羽衣，平日裡被蘇娃帶出去覓食的時候，會毫不畏懼地和別人家的小鵝掐架，十分英勇。

變化最大的要數小豬崽，短短一個月的時間小傢伙足足長大了兩倍不止。蘇娃得意極了，每天牽著他的小黑豬招搖過市。

蘇丫開始學著梅姨之前的樣子裡裡外外地收拾。在這方面，蘇木還真沒有什麼天賦，她試圖幫忙，卻總被蘇丫嫌棄，儘管這丫頭沒有明著說出來。

蘇木不想讓她一個人勞累，好說歹說將洗衣服的任務攬到身上。

這還是蘇木第一次在河邊洗衣服，她特意跑到老杏樹那邊，這處水流湍急，平時很少有人來。她學著電視裡的樣子，先是找了塊挨近水邊、平整光滑的石頭，然後把衣服放上去。第一槌子下去的時候，她成功震麻了自己的手。

不知道是不是錯覺，她分明聽到一聲輕笑，然而四下裡看看，卻是空無一人。

蘇木揉了揉發麻的手腕，換了一隻手，接著槌。這回吸取了上次的教訓，手沒疼，衣服上的灰漬成功下去了一大片。

蘇木嘗到甜頭，繼續砸。不過砸了十幾下，便累得氣喘吁吁——體質實在太差了。

她有些灰心地拎起衣服，四下翻看。

咦？什麼時候她的衣服多出了幾個洞？

她下意識地瞄了眼旁邊的洗衣槌，心虛地吸了口氣。

隨便砸幾下就破了？這布料也太脆弱了吧！

她把衣服拎起來打算放到水裡沖一沖，然而她忘記了古代裙裝的特點，又長又拖。剛往前邁了一步，便被濕掉的裙襬結結實實地絆了一跤。

蘇木心頭一顫，這可是河邊，一旦摔下去八成會被湍急的水流沖走——她不會游泳！難道要來個二次穿越嗎？她還沒發家致富呢！

蘇木瞪大眼睛，河底的石頭在眼底慢慢放大。

就在這時，一雙有力的手臂奇跡般環住她細瘦的腰肢，用力把她往後一帶。她心下一鬆，指間的衣服打著旋被水流沖跑。

蘇木直愣愣地盯著那件越漂越遠的衣服，一陣後怕。此時的她小臉蒼白、渾身濕透，頗有幾分楚楚動人的美感。

雲實輕咳一聲，將人放到石頭上。蘇木驚魂未定，愣愣地站著。

「是不是傻的？」雲實微不可察地勾了勾唇，聲音低沈悅耳。

「謝、謝謝……你救了我。」蘇木眨眨眼，終於回過神來，弱弱地道謝。

雲實揚起眉眼，一張俊臉更顯生動。「果然是傻的。」他很是認真地總結道。

你才是傻的！

蘇木惡狠狠地瞪著他，不再管什麼救命之恩。

雲實笑了笑，似乎並沒有放在心上——無論是前面的道謝，還是現在的瞪視。

蘇木氣鼓鼓的，就像一隻拳頭運足了力氣揮出去卻打在棉花上，讓人無處發洩。這樣一鬧，心裡的緊張和恐懼反而消減了大半。她哼了一聲，端起木盆，氣呼呼地跑走了。

陽光下，晶瑩的水珠從小娘子烏黑的長髮上滴落下來，折射出晶瑩的亮光。

雲實瞇了瞇眼，心頭升起一股莫名的情緒。他轉過身，三兩下扒掉外衫。「撲通」一聲跳進了湍急的水流中，朝著羅裙消失的方向游去。

平靜的日子過了沒幾天，便有人氣勢洶洶地找到了蘇家小院。

話說，那日何田露回去後越想越氣悶，她屬於那種因為自卑而自尊心很強的人，然而她的自尊心並沒有表現在自立自強上，反倒十分注重那種刻意的、膚淺的顯擺。比如，只要出門走動，她便會穿金戴銀、滿身貴氣，哪怕是串個門也要帶著下人，彷彿只有透過這種方式，才能洗刷她曾經是個鄉野丫頭、就連嫁妝也拿不出來的事實。

因為這樣的性子，何田露對於被蘇木打臉這件事比一般人反應更大，以至於回去之後越想越難受，整日裡就跟百爪撓心似的，千方百計地想要給蘇木找麻煩。就這樣，她生生地把自己給折磨病了。

李婆子看在眼裡急在心上，主家不痛快，她的日子也不好過。於是她思來想去，替何田露出了個主意。

「夫人可還記得那片地如今是誰種著？」李婆子湊到何田露耳邊，小聲嘀咕。

何田露一愣，這個她還真沒關心過，每年的租子都是石家統一收，她根本沒有打理家業的頭腦。

李婆子咧了咧嘴，露出一口大黃牙。「蘇婆子，夫人還記得不？」

何田露轉了轉眼珠，猛地想起來。「就是上次生了孫子，老爺讓我送紅糖的那個？」

何田露記得清楚那次的事，並不是心疼那點紅糖，只是因為有這麼個機會好好地顯擺一番，讓她得到了大大的滿足。

「就是那個。」李婆子笑嘻嘻地應道。

何田露側躺著，有些不耐煩。「頭疼著呢，提她做什麼？」

李婆子湊近了些，臭烘烘的口氣噴到何田露臉上，惹得她心裡一陣厭惡。

李婆子對此毫無所覺，反而興致勃勃地說道：「那蘇婆子早年沒了丈夫，一個人拉扯三個小子長大，挖地、扛麥子、追打半夜翻牆的野漢，什麼事沒幹過？她可不是什麼好相與的。如今她家大孫子剛滿週歲，三兒子也到了議親的年紀，全家人就指著那兩畝地嚼用，若是讓她知道河坡上的地不租給她家了，您猜她會怎麼做？」

何田露一聽，頓時來了精神。「對，就這麼辦！」她俐落地從床上坐起來，眼睛裡發著亮光。「李嬤嬤，麻煩妳去蘇婆子家裡走一趟，該怎麼說妳心裡有數吧？」

李婆子想到這麼個好主意，心裡正得意，乾脆地點點頭。「有數、有數，夫人您好好歇著，這事交給奴婢，一準給您辦成嘍！」

何田露笑笑，揮揮手打發她趕緊去。

不知李婆子是怎麼說的，她前腳剛走，蘇婆子後腳便出了家門，黑著一張臉朝著村東頭走來。

李婆子躲在大槐樹後面陰陰地笑著，蘇婆子這一去定然少不了大鬧一場，於是她便得意地回了石家，向何田露邀功去了。

剛吃過飯，蘇木便聽到有人粗聲粗氣地叫門。她以為有什麼急事，匆匆忙忙地從屋裡出來，抬頭看見一個身形高壯、皮膚黝黑的婆子，十分眼生。

蘇娃氣哼哼地擋在婆子跟前，蘇丫也是滿臉緊張。

蘇木不由有些疑惑，也儘量表現得溫和得體。「請問，您有什麼事嗎？」

原本氣沖沖的蘇婆子迎頭看見這麼個嬌滴滴的小娘子，滿嘴的粗話便一句也說不出來了。

蘇木笑了笑，溫溫和和地說道：「大娘屋裡坐吧！」

蘇婆子這才粗聲粗氣地回了一句。「不必了，婆子今兒個過來就是想問小娘子一句話。」

蘇木笑笑，好脾氣地說：「好，有什麼事您說。」

想起今日來的目的，蘇婆子的火氣沒來由地往上躥，聲音也不自覺拔高。「河坡上那兩畝地，俺在石員外那裡租了十來年，種得好好的，怎麼突然成了妳家的？」

蘇木知道了問題所在，心裡便也有了底。她不慌不忙地應道：「大娘也說了，那兩畝地是租的，既然是租的，它肯定是有主的，以前是我外公，現在是我，從來就跟石家沒什麼關係。」

蘇婆子被她噎得直瞪眼，半晌，才梗著脖子問道：「妳可有地契？」

「自然是有的。」

「拿來給我看看！」

「沒有這樣的道理。」蘇木不緊不慢，絲毫沒被她唬住。

蘇婆子卻不高興了，眼看著就要撒潑。

桂花大娘聽到這邊的動靜，趿著鞋子就跑了過來。她拿眼瞟著怒氣沖沖的蘇婆子，滿臉不屑。「幹麼呢這是，妳個老貨怎麼在這裡？」

蘇婆子瞪了她一眼，語氣更加凶惡。「關妳啥事！」

蘇木眉毛輕挑，莫名覺得這兩人的氣場貌似有些犯沖。

蘇婆子跋扈，桂花大娘也不甘示弱。「妳若是走在野地裡，哪怕是被狗吃了都不關我的事，如今妳站在蘇家的院子裡撒潑，就關我的事！」

「妳才被狗吃了！」蘇婆子聲音更高地罵回去。

桂花大娘得意地笑笑。「誰被狗吃誰知道！」

蘇木連忙勸。「大娘既然提到地的事，咱們不如坐下來好好說道、說道，您看如何？」

「別的我不管，地的事妳得說清楚。」蘇婆子努力表現出一副凶惡的模樣。

「行。」蘇木好脾氣地應道，她轉身回屋，搬了兩把椅子出來。

蘇丫、蘇娃也跟在後面，一人拖著一把沈重的實木椅。

蘇木將椅子親自放在兩位長輩跟前，蘇婆子撇撇嘴，毫不客氣地坐了上去。

「呸，妳倒好意思。」桂花大娘鄙視地啐了一口。

「呸呸！」蘇婆子毫不示弱地啐了兩口。

蘇木無奈，只得主動把話題引到正事上。「關於河坡那兩畝地，大娘有何打算？」

蘇婆子坐著人家的椅子，對著人家的笑臉，手邊還放著杯騰著熱氣的菊花茶，態度不由地放軟。「俺就想問問，妳為啥不想租給俺家了？」

桂花大娘神色一怔，看向蘇婆子，眼中明顯帶著幾分擔憂。

蘇婆子並不領情，氣哼哼地把臉轉到一邊。

蘇木看到兩個人之間的互動，會心一笑。她大概明白了蘇婆子的擔憂，也不想再兜圈子，直接說道：「那兩畝地是外公留給我的，如今也不過是從別人手中收回來而已，就算收回來也是要租出去，您也看到了，我們家沒一個能種地的。」

蘇婆子一聽，明顯愣住了。對著小娘子盈盈的笑意，威武了半輩子的婦人愧疚地紅了臉。

蘇木很快猜到，這件事是何田露在搞鬼。

不得不說，如果放在原來的小蘇木身上，何田露這招還真是管用，即便是現在的蘇木，如果不是桂花大娘及時出現，肯定也得著實掰扯一番。好在，蘇婆子本性不壞，只不過日子太苦，慣用尖利的刺來保護自己罷了。

想通這點，蘇木便找到了解決的辦法，也不繞彎子，直截了當地對蘇婆子說：「就像大娘說的，那兩畝地您種得怪好，以後也是由您來種，平白無故的我也不想瞎折騰。」

雖然之前就猜到了蘇木話裡的意思，此時被她明明白白地說出來，蘇婆子又驚又喜，不覺落下淚來。她一邊抹淚一邊自責。「妳看我這渾婆子，活了大半輩子，這火爆脾氣卻是改不了，今兒個若不是小娘子嘴巴巧會說話，指不定我又要做出什麼渾事來了！」

桂花大娘狠狠地剜了她一眼，啐道：「妳也知道？可不就是渾嘛！」

蘇婆子瞪了她一眼，轉向蘇木的時候，又變臉似地露出略帶討好的笑。「小娘子勿怪，老婆子說話粗。」

蘇木笑笑，並不在意。

蘇婆子離開之後，桂花大娘猶豫了片刻，最終還是說道：「木丫頭，大娘想了想，還是忍不住多說兩句，妳可別怪大娘多嘴。」

蘇木笑著回道：「我年紀小，還請大娘多指點。」

蘇木說得真誠，桂花大娘自然受用，她嘆了口氣，開口道：「蘇老婆子性子是跋扈了些，種地的本事卻是一等一，就是命苦，一早沒了男人不說，還得自個兒拉扯大三個男娃。家裡窮，小子又吃得多，整天累死累活的，這麼多年下來也沒攢下什麼，到現在家裡還有兩個小子沒說上媳婦。」

桂花大娘說完，長長地嘆了口氣。

蘇木點點頭，明白了她的意思。「大娘放心，那塊地只要她好好種我便不會收回來。」

「那我就回去了。」桂花大娘得到她的許諾，這才心滿意足地回家去了。

蘇木一直目送她回了那邊的院子，心裡不由有些感慨。

這兩位大娘倒是有意思，面上吵得不可開交，背地裡卻各自顧念——大抵是有什麼外人不得而知的經歷和情分吧。

她站在柵欄門邊上發呆，並沒有注意到一個高大的身影正邁著穩健的步子，一步步走到她跟前。

第八章 吃醋

直到頭上罩下一片陰影，蘇木這才發現雲實這個大活人。

「你來了？」她十分自然地露出笑臉，就像對待熟識的朋友那般。

雲實盯著她，面無表情，實際心裡卻在納悶——上回不是生氣了嗎？這麼快就好了？

蘇木撇撇嘴，這人怎麼像塊石頭似的，連個表情都沒有。

她正偷偷吐槽，雲實卻突然彎下腰，又迅速站起來，繼而邁著大長腿嗖地一下就離開了。

蘇木下意識地低頭，看到地上的木雕，整個人都有點反應不能。她提起裙襬，顛顛地朝雲實追過去。「喂，你等一下！」

雲實依言停住，黑曜石般的眸子裡透著絲絲不解。

蘇木卻沒料到他停得這麼快，一個收不住腳，「咚」的一聲撞在他身上。

挺翹的鼻子一陣發痠，明眸中頓時湧出淚花。

雲實輕輕地勾起唇角，雖然角度很小，卻不容忽視。「笨。」

蘇木聽得分明。「到底是被誰害的！」她氣不過，抬腳踹了過去。

精緻的繡花鞋踹在粗布麻衣上，留下一個黑乎乎的印子。

雲實就那樣四平八穩地站著，臉上沒有絲毫怒色。

反而是蘇木，多少有些氣急敗壞。她指了指地上的木雕，質問道：「這是什麼意思？」

「妳喜歡。」雲實言簡意賅。

「我——」蘇木無語。

我喜歡嗎？我怎麼不知道！好吧，就算我喜歡……

「你如果想送給我直接交到我手裡就好，幹麼扔地上？」

「男女授受不親。」

蘇木竟無言以對。

兩個人相對而立，一個氣定神閒，一個氣悶不已，畫面竟是意外的和諧。

這一幕分別落在兩家人眼中，各有各的思量。

蘇丫放下布簾，明亮的杏眼中閃過一道喜色。

另一邊，桂花大娘杵了杵姚貴。「你說咱們家石頭是不是對木丫頭有想法？」

姚貴一愣，輕微地搖了搖頭。「別胡說，不合適。」

桂花大娘撇撇嘴。「我當然知道，就是跟你過過嘴癮！」

姚貴往外看了一眼，微不可察地嘆了口氣。

再說蘇婆子這邊，她在蘇木這裡得了準話，又瞭解到新東家的好性子，心裡的一塊大石頭便徹底放下。

蘇婆子性子急卻不蠢，在蘇木有意的提示下，她也漸漸回過味兒來，知道這事是李婆子害自己。

蘇婆子越想越氣，腳步一轉去了李家。她一腳將李家破爛的小門踹開，大喊一聲。「李老婆子妳給我出來！」

李婆子正在屋裡同自家閨女炫耀著自己的「豐功偉績」，猝不及防聽到這麼一嗓子，一口氣梗在喉間差點沒喘上來。

「天殺的臭婆娘，我蘇婆子同妳無冤無仇，妳膽敢這般坑我！」蘇婆子扠著腰、噴著唾沫星子、指著李婆子的鼻子足足地罵了半個時辰方才甘休。

其間，李婆子只弓著腰皺著一張雞皮似的臉一味討好，半句嘴都沒敢還。她家閨女更是躲在屋子裡，門都沒敢出。

蘇婆子罵舒坦了，這才拍拍屁股，大步流星地回了家。路上，她暗自盤算著家裡的餘錢，估摸著再攢上一年就能給老大娶上一房不錯的媳婦。

說起來，這也是蘇婆子心頭的一根刺，即使村裡人沒當著她的面說過，她也知道她們念叨得厲害——老二越過老大先娶了媳婦，不知道的還以為她這個當娘的多偏心呢！更有那種看熱鬧不嫌事大的，竟然在傳她家老大有隱疾，所以才不能娶媳婦。

蘇婆子狠狠地啐了一口，她家老大好著呢，就是心眼實，眼瞎！

蘇婆子一想到自家大兒子心裡就竄火，恨不得立馬去州府把人揪回來打一頓。

推開家門，抬眼看到那個五大三粗的年輕漢子，正蹲在棗樹下呼嚕呼嚕喝稀粥，蘇婆子瞬大眼。「老大，你啥時候回來的？」

「剛到。」蘇鐵抬頭，叫了聲「娘」。

蘇婆子立馬把打兒子的想法抛到九霄雲外，高高興興地指揮著老二、老三。「快，給你大哥拿個凳子，這沒眼力的！咱家年根底下不是剩了個鹹菜疙瘩嗎？趕緊切了絲，給你大哥下飯！」

老二、老三連忙應下，熱熱鬧鬧地忙活起來。

蘇鐵三兩口喝完粥，把嘴一抹。「別忙活了，吃飽了。」

蘇婆子也不嫌髒，樂呵呵地盤著腿坐在地上，守著自家兒子有一搭沒一搭地扯著閒話。「老大呀，這不年不節的你咋回來了？東家可答應？」

「我把活幹妥帖了才往回走，明兒個一早就回去，東家允了的。」蘇鐵話鋒一轉。「娘，貴叔家有喜事，您隨禮了沒有？」

蘇婆子撇撇嘴，沒吱聲。

蘇鐵深知自家娘親的脾性，粗聲粗氣地說道：「娘，您可不能這樣，咱家牛子過十二晌，貴叔可是給了禮的，咱們不能讓人家笑話。」

蘇婆子翻了個白眼，沒好氣地懟道：「我倒是想隨呢，他們也得給我這個機會呀！」

蘇鐵腦子通透，一下子便聽出了蘇婆子話裡有話。「娘，咋回事兒？」

蘇婆子自知失言，連忙住了嘴。

蘇鐵看向兩個弟弟，蘇婆子的眼神也緊跟著追了過去。

蘇老二、蘇老三一看形勢不對，一個個機靈地溜掉了，只剩下一個唯唯諾諾的二弟媳，就算問到她頭上，也說不出個所以然來。

蘇鐵乾脆把碗一放，抬腳往外走。

蘇婆子在後面大聲嚷道：「你幹啥去？我可告訴你，不許你去她家，人家早就嫁了人、生了娃，你就死了這條心吧！」

蘇鐵彷彿沒聽見似的，踹開柵欄門，踏上坑坑窪窪的小路，頭也不回地往東走去。

蘇婆子在後面嚎天喊地，蘇鐵卻充耳不聞。他比誰都清楚，自家阿娘哭得驚天動地，實際上一滴眼淚也沒有。

蘇鐵並沒有像蘇婆子以為的那樣，莽撞地跑去姚家找人，而是腳步一轉，去了村子東北頭的李家藥園。

此時藥園裡也正是忙碌的時候，蘇鐵剛剛接近便被守門的小廝攔住了。

「你是什麼人？」對方的口氣相當惡劣。

蘇鐵在城裡跟在大人物身後做事，形形色色的人見了不少，對於小廝狐假虎威的態度並不在意。

「我找雲實，勞煩小哥通報一聲。」

「雲實？看藥園的那個？」小廝哼了一聲，臉上帶著諷刺的笑。「也不看看現在是什麼時候，李家專門請了藥材師傅在裡面幹活，怎麼可能讓他看見！」

蘇鐵聽出來了，這意思是說雲實不在。他也不跟這小廝廢話，轉身就走。他走到村東頭，遠遠地便看到雲實正隔著一道柵欄和院子裡的小娘子說話。

蘇鐵眼神好，一眼便看清了小娘子的長相，十分精緻好看。他挑了挑眉，暗自感嘆，這塊石頭終於開了竅，竟然知道討好小娘子了。

蘇木和雲實說完話，便轉身回了屋，並沒有注意到蘇鐵。

蘇鐵走到雲實身邊，結實的拳頭不輕不重地砸在他肩上。「你小子，不錯啊！」

雲實眼裡劃過一道喜色，只是面上依舊沒什麼表情，語氣也是淡淡的。「鐵子哥，回來了？」

蘇鐵笑得無奈，打趣道：「剛剛對著小娘子的那股熱乎勁哪兒去了？怎麼，有了相好就不把哥放在眼裡了？」

雲實皺了皺眉，低聲埋怨。「別亂說。」眼瞅著就要惱了。

蘇鐵笑笑，心裡記掛著事，便沒再多說。

「鐵子哥，你有事？」雲實難得主動問道。

提到這個，蘇鐵的臉一下子沈了下來。他把雲實往旁邊拉了拉，低聲問道：「石頭，你跟我說實話，貴叔家裡是不是出了什麼事？」

雲實頓了片刻，如實說道：「家裡沒事，有事的是阿姊。」

蘇鐵身子一震，不由自主地拔高了聲音。「金娘怎麼了？」

「沒怎麼。」雲實臉色臭臭的，聲音發冷。

「『沒怎麼』是怎麼了？石頭，你把話說清楚，別讓我著急。」蘇鐵險些要提著雲實的衣領追問。

雲實依舊是四平八穩的語氣。「只是接回家了而已，吃的、用的都好。」說完又補充了一句。「外甥女也好。」

蘇鐵的眉頭並沒有因此而舒展開，反而皺得更緊。「不是剛過了十二晌，怎麼就接回家了？馬家那邊也讓接？」

雲實抿著嘴，不說話。

蘇鐵一看，還有什麼不明白的，一定是金娘在馬家受了委屈。他推開柵欄門就要往裡走，卻被雲實攔住。

「阿姊這兩日剛好些，你不要打擾她。」

蘇鐵冷著臉，沈聲道：「你不跟我說，我就自己去問。」

雲實臉上露出一絲不情願，蘇鐵作勢就要往裡走。

就在這時，姚銀娘掀開簾子出來，看到院牆外的蘇鐵不由得愣住了。

蘇鐵倒是無比自然。「銀娘過來，哥問妳點兒事。」

姚銀娘揪著帕子，糾結了好一會兒，才一步步挪過去，弱弱地叫道：「鐵子哥。」

蘇鐵應了一聲，心急地問道：「妳阿姊還沒出滿月，怎麼就住到家裡來了？」

姚銀娘顯然沒料到蘇鐵一上來就問這個，圓圓的臉鼓起來，下意識地看向雲實。

雲實抿了抿唇，這才說道：「馬家嫌棄阿姊生了個女娃，要休妻。」

「休妻？」蘇鐵一聽就怒了。「誰給他臉！」

雲實的臉色也不大好。姚銀娘更是一副要哭出來的樣子。

蘇鐵氣得渾身發抖，咬牙切齒地說道：「金娘可由不得他說休就休，就算要散，也得是和離！」

姚銀娘一愣，期待地問道：「鐵子哥，你也是這樣想的？」

蘇鐵毫不遲疑地點了點頭，反問道：「還有誰？」

姚銀娘扁了扁嘴，有些委屈地說：「我勸阿姊和離，可是只有表哥支持，其他人都不同意，剛剛我娘還罵了我一頓。鐵子哥，你說，如果和離的話，別人會不會看不起阿姊？」

「不會。」蘇鐵毫不猶豫地說。「不關別人的事。」

「那你呢？」姚銀娘期待地看著他。

「我？」蘇鐵哼笑一聲，眉眼間露出幾分狠意。「我巴不得她和離！」

姚銀娘一愣，繼而露出複雜的神色，喃喃地說道：「如果當初……」

雲實輕咳一聲，打斷她的話。

三個人臉上的表情都有些異樣，就那樣乾巴巴地站在牆邊，一時間誰也沒有開口。

蘇木從廚房出來的時候，看到的就是這樣的場景。她最先注意到的是雲實，話還沒說便露出一個溫和的笑。「你怎麼還在？」

雲實「嗯」了一聲，眼睛裡不自覺地帶上幾分暖意。

「正好，剛剛煮了些山藥粥，你給金娘姊姊端過去吧。」

姚銀娘從蘇鐵身後閃出來，說道：「木姊姊，我來吧！」

蘇木這才看到她，不禁笑了笑。「我竟是沒發現妳也在。」說著，便把食盒遞到她手邊。

姚銀娘伸手去接。誰知，雲實動作更快，嗖地一下便搶了過去。

「我去送。」他不由分說地宣布。

蘇木無奈地笑笑，玩笑道：「又不是給你吃的，就算搶了也沒用。」

雲實抿了抿嘴，一本正經地說：「我不吃。」

蘇木又是一陣笑。

蘇鐵收斂了滿身的戾氣，撞了撞雲實的肩膀，打趣道：「這位娘子看著眼生，石頭不介紹一下？」

雲實明顯不大情願，因此只乾巴巴地說道：「這是蘇娘子。」

蘇鐵當即就笑了。「姓蘇？看來還是本家。」

蘇木這才把視線放在蘇鐵身上，第一印象是高高壯壯非常可靠。「既然是本家，叫我小木就好。」

蘇木表現得爽朗大方，這讓蘇鐵不由多了幾分好感。「石頭叫我鐵子哥，小木如果不介意的話也跟著這麼叫吧。」

蘇木一時沒聽出他話裡的深意，只覺得這人爽快得不像個古人，一時間印象更好，便乖乖巧巧地叫了。

蘇鐵當即應下，笑著說道：「有啥事知會一聲。」

雲實冷不丁插了一嘴。「粥涼了。」

蘇木笑笑，好脾氣地說道：「那就快去送啊！」

雲實臭著一張臉，一手抱著食盒，一手拉著蘇鐵，悶著頭進了旁邊的院子，剩下蘇木和姚銀娘兩人面面相覷。

「表哥今天怎麼了？看上去不大對勁。」

蘇木搖搖頭，同樣不明所以。

蘇木再次見到蘇鐵的時候，是在孟良河邊。

那天她把蘇娃送去學塾之後，突發奇想地決定去河坡上轉轉。

蘇婆子說那邊種著兩畝麥子，蘇木想著，初夏收了之後，剛好能種一些山藥，等到中秋時候，來往的客商從豬龍河上經過，或許她能想辦法推銷出去。

蘇木一邊散心一邊做著這些打算，不經意間一抬頭，遠遠地便看見一個高高壯壯的身影，胳膊底下夾著一個半大孩子正往這邊走來。

小的看不清臉，大的倒是眼熟。

蘇木往前迎了兩步，正要說話，對方卻先開了口。「小木，妳看這小子，是不是妳家三娃？」

小傢伙並不老實，一直撲騰著手腳，渾身上下還濕漉漉的，隨著蘇鐵的腳步淌了一路水漬。

蘇木一看，嚇了一跳，可不就是她家蘇娃嘛！

她連忙跑過去，急慌慌地問：「這是怎麼了？怎麼一身的水？」

蘇鐵見她著急，便把原本準備的話收了回去，轉而安慰道：「沒啥大事，就是在河邊玩水，被我撞見了。」

蘇娃並不領他的情，不服氣地嚷嚷道：「我沒玩水，我在摸魚！」

蘇鐵見他完全沒有接受教訓的樣子，火氣也上來了，瞪眼訓道：「摸魚把自個兒掉河裡去了，就這點兒本事？」

蘇娃一聽，當即不說話了，喉嚨裡卻發出「呼哧呼哧」的聲音，大概還是不大服氣。

蘇木卻急了，一下子把蘇娃揪下來，瞪著眼睛問道：「怎麼就掉河裡去了？嗆水沒有？」

蘇娃第一次見到這個樣子的蘇木，一下子愣在了那裡。

蘇木卻沒打算放過他，更加嚴厲地說道：「不是去學塾了嗎？為啥自個兒跑去摸魚？」

似乎是關於學堂的話題觸及到了蘇娃敏感的小神經，原本還一臉心虛的小孩突然大聲嚷道：「我不要去學塾！我討厭學塾！」

這下，發愣的人換成了蘇木。

第九章　陪伴

蘇娃的激烈反應讓蘇木吃了一驚，她隱約覺察出其中大概有什麼隱情。

蘇木嘆了口氣，對蘇鐵說道：「麻煩鐵子哥了，我先帶他回家去換身衣服。」

蘇鐵點點頭，把濕漉漉的小男娃放到地上。

誰知，蘇娃兩腳剛一著地還沒站穩，便猛地躥了出去。這傢伙一邊拚命往河邊跑一邊頭也不回地嚷道：「我不唸書，也不要回家去！嗚嗚……」嚷到後面，竟然帶了哭腔。

蘇木既震驚又無奈，一臉尷尬地看向蘇鐵，不知道的人還以為她如何虐待這個弟弟呢！

蘇鐵卻沒多想，他原本準備追過去把小傢伙抓起來，恰好看見雲實從河邊走過來，手裡提著一個髒兮兮的小書箱。

蘇鐵和蘇木兩人眼睜睜地看著蘇娃一頭撞到雲實腿上，然後便被他像拎小雞崽似地拎了起來。小傢伙掙扎著手腳，像隻翻了殼的小烏龜。

蘇木連忙跑過去，打算把蘇娃接到懷裡。

雲實卻往旁邊挪了一步，淡淡地說道：「太重，妳抱不動。」

蘇木嘴角一抽，拿眼看看自己細瘦的小身板，只得放棄。

「那便麻煩你幫我送回家吧。」蘇木有些不好意思地說道。

雲實點了點頭，沒人注意到那張面癱的皮相下，隱藏著小小的歡喜。

蘇鐵擔心有事，也跟了過去。

回到家後，蘇木沒有一上來就追問蘇娃為何蹺課，而是讓蘇丫給他洗了個澡，換上一身乾淨的衣裳，然後就那樣板著臉盯著他。

蘇娃梗著脖子，板著臉，如果仔細看的話，便不難發現那雙黑亮的眼睛裡隱藏的慌亂和不安。

蘇木嘆了口氣，語氣儘量放得平和。「告訴阿姊，發生了什麼事？」

蘇娃鼓了鼓臉，嘴巴閉得死緊，什麼也不肯說。

蘇丫又急又氣，一巴掌拍在小傢伙的胳膊上，訓斥道：「長姊問你話呢，還不快回答！」

蘇娃一雙眼睛瞪大，氣鼓鼓地白了她一眼，繼而看向門口的方向，露出不甘的神色。如果不是兩個人高馬大的男人在院門口守著，恐怕這時候他又要跑出去。

有打水的村民從這邊路過，看到雲實兩人之後，毫不掩飾地指指點點。

然而，不管是雲實還是蘇鐵，根本就不在意。

「看好他，別讓他再跑出去。」蘇木丟下這一句，便冷著一張臉往外走。

蘇丫心裡「咯噔」一下，腦子裡突然冒出「阿姊生氣了」、「阿姊會不會不要我們」等等可怕的想法，越想越擔心，竟忍不住「嗚嗚」地哭了起來。

蘇木以為她是心疼蘇娃，便回過頭來安慰道：「放心，我一定會把事情問清楚，不讓三娃白白地受了委屈。」說完，便掀開門簾走了出去。

蘇丫留在屋子裡，哭得更凶，她死死地捂著自己的嘴，不想讓蘇木聽到。

蘇娃終於不再是那副跩跩的樣子，大顆大顆的淚水從小孩瘦瘦的臉頰上滾落下來。

蘇木打算親自去學塾問清楚，如果真有人欺負蘇娃，她絕不會忍氣吞聲。

雲實毫不猶豫地說道：「我陪妳去。」

蘇鐵有心給好兄弟製造機會，便說：「眼下我得到地裡一趟，有什麼事讓人去叫我。」

蘇木點點頭。「鐵子哥儘管去忙。」

實際上，她並不覺得會有什麼事，頂多就是小孩子之間打打鬧鬧，她打算用講道理的方式來解決。

因此，對於雲實的跟隨，蘇木也覺得有些多餘。「你應該也有事要忙吧，我自己去就成。」

雲實卻執著地說：「一起。」

蘇木的心被小小地撞擊了一下，眉眼間染上淺淺的笑意，原本就精緻的五官更加明媚。

雲實深邃的瞳眸中神色一閃，一顆心微微發燙。

「那便有勞了。」蘇木笑著說道。

「無妨。」雲實努力讓自己的聲音聽起來自然。

然後，他又有些擔心，擔心自己的語氣太過生硬，擔心臉上的表情太過冷淡，擔心會惹得小娘子不開心——儘管他尚未清楚這是怎樣一種複雜的情緒。

雲實並沒有糾結太久，很快兩人便來到孟良河邊。河邊有個小小的渡口，專供來往的行人使用。

撐船的艄公年歲有些大了，無兒無女，自個兒在河邊搭了個小草屋，平日裡有蘆葦和野鴨為伴，雖然清貧，卻也自在。

一年四季，河水不凍的時候，老艄公便在這裡撐船，給趕集、串親的村民們行個方便。杏花村的人坐船不用花錢，只逢年過節給老人家送些節禮。

雲實和老艄公沾著親，彼此間相互照應。他走到岸邊，朝茅草屋裡喊道：「三爺爺，出來撐船。」

「來嘍！」一個蒼老的聲音應了一聲，緊接著，不遠處的蘆葦叢裡便發出窸窸窣窣的聲音。

雲實跳到船上，單薄的小船晃了晃，下一刻便要散架似的。

蘇木卻知道這船穩得很，至少還能用上十年——這是上回坐船時老艄公說的。

雲實叉開腿，等著船身穩定了，便朝蘇木伸出手。「來。」

蘇木毫不扭捏地把細白的手放到他寬厚的大掌裡。

雲實反而愣了一下，他拿眼瞄了一下特意擦拭乾淨的手腕，默默地沒有說話。

蘇木就著男人的臂力使勁一跳，便穩穩地落在船艙裡。

雲實拉著她，放到了唯一一把帶靠背的小木椅上。

蘇木對著他甜甜一笑，雲實不自在地別開臉，然後又忍不住拿眼角的餘光偷偷看。

老艄公看到這一幕，中氣十足地問道：「小石頭，你啥時候娶上媳婦了，怎麼也沒叫你三爺爺去吃喜酒？」

「三爺爺，別亂說。」雲實低聲反駁，伸出手打算攙他上船。

老艄公卻揮開他的手，拿撐篙敲了敲船幫。「你三爺爺我撐了四十年船，還用得著你扶？」

雲實顯然已經習慣了他的脾氣，平靜地站到船尾去了。

老艄公笑呵呵地邁到船上，拿一雙渾濁的眼睛去看蘇木。

蘇木友善地對著他笑了笑，脆生生地叫道：「三爺爺。」

老艄公「咦」了一聲，不滿地看向雲實。「還說不是你媳婦，上來就隨著你叫『三爺爺』！」

雲實看了蘇木一眼，臉上帶著複雜的神色。

蘇木也有些尷尬，她以為「三爺爺」就是個普通的稱呼來著。

老艄公「呵呵」地笑了起來，他彎腰解開船頭的繩索，高聲說道：「不著急，就算現在不是，以後也就是嘍，這碗喜酒三爺爺給你記上！」

雲實怔怔地看著蘇木，似乎想要解釋清楚，又下意識地希望別人就這樣誤會下去——總之是十分糾結。

蘇木卻沒怎麼在意，笑盈盈地說道：「老人家，我是蘇秀才家的小娘子，之前坐過您的船。」

老艄公扭頭一看，「哎呀」一聲。「可不是嘛，這麼水靈的小娘子，別家可養不出來。」說完又加了一句。「就連石老爺家都不成！」

蘇木被逗得哈哈大笑。這是她第二次坐老人家的船，第一次是去南石村的先生家給蘇娃報名。

經蘇木一提醒，老艄公便想了起來，不由熱情地打起了招呼。「妳家阿弟可好？這幾日咋沒見他坐船？」

說到這個，蘇木不禁嘆了口氣，如實說道：「不知道他在學塾裡發生了什麼事，現在吵著不要去上學了。」

「莫不是和同窗打架了？」老艄公幫著分析道。「上回幾個小娃坐船時，老頭子看到他一個人坐在最後面，前面那幾個小子嬉笑著說他壞話，若不是我呵斥了兩句，這幾個小娃娃恐怕得在船上打起來。」

蘇木一聽便黑了臉，蘇娃果然是受了排擠！這次是老艄公阻止了，不知道在別人看不見的地方，那個小小的孩子受了多少欺負！

蘇木一想，心裡便像堵了個大疙瘩似的難受。

果然，學塾裡先生的話驗證了蘇木的猜測。

先生姓李，脾性溫和，蘇木當初之所以最終決定讓蘇娃在這裡唸書，就是衝著李先生的好脾氣。然而，這樣的好脾氣教導好學向上的孩子時會發揮積極作用，面對調皮搗亂的學生難免鎮不住場子。

此時，面對蘇木的詢問，李先生誠實地說道：「蘇娃在這裡和其他同窗的關係確實不大融洽。」

「可曾動過手？」蘇木平靜地問道。

李先生點了點頭。「我曾屢次訓斥，然而……哎，有些孩童著實頑劣！」

「是好幾個孩子打蘇娃一個嗎？」蘇木直白地問道。

李先生再次點頭，面上有些歉疚。

「是哪個帶的頭？」蘇木朝著學堂裡看去。

屋裡的娃娃們雖然手裡拿著書，貌似在聚精會神地誦讀，實際上一雙雙眼睛不住地往蘇木身上瞄。

李先生看看她，再看看一臉凶相的雲實，慌忙問道：「蘇娘子，您這是……」

蘇木笑笑，語氣平和地說道：「先生不必擔心，我不會拿孩子怎樣。不過，出了這樣的事，總歸要和家裡的大人說道、說道，以後也好安安生生做同窗不是？」

李先生深以為然地點點頭。「蘇娘子說得是。」

蘇木從李先生的話裡得知，欺負蘇娃的那撥人恰好就是他們村的，至於領頭的是誰，李先生沒說。

蘇木沒有多問，只趁著課間放風的時候，攔住一個虎頭虎腦的孩子，溫聲細語地問道：「之前在這裡唸過書的蘇娃，你認識不？」

小男孩不過七、八歲的樣子，卻絲毫不怯場，他點了點頭，憨憨地回道：「知道的，蘇娃和我坐同案。」

蘇木笑了笑，覺得還挺幸運，於是問道：「那你能和我說一下，他為什麼要和同窗打架嗎？」

男娃想了想，直白地回道：「因為雲大頭罵他是『小雜種』。」

蘇木臉色一沈。「他還說什麼了？」

「他還叫別人在路上截住蘇娃，拿石頭扔他，把他的書撕破，向先生告狀……」小男孩大概是並不懼怕以雲大頭為首的小團伙，於是把他們平日裡的所作所為，一五一十地告訴了蘇木。

蘇木聽完那些話，氣得臉色都變了。她努力壓抑住心裡的怒氣，儘量溫和地說：「謝謝你了，等到蘇娃回來唸書之後，希望你能和他做朋友。」

小男孩毫不猶豫地點點頭，說：「蘇娃很聰明，我願意和他玩。」

蘇木笑了笑，把事先準備好的果脯遞給小孩。然而，小傢伙卻不接，而是看向旁邊的雲實。

直到雲實點了頭，小孩才接了過去，禮貌地說：「謝謝木姊姊。」

蘇木挑了挑眉。「你認識我？」

「認識的。」小男孩說完便跑走了。

雲實在後面沈著聲音囑咐。「下學了直接回家，不許亂跑。」

「曉得了。」小傢伙頭也不回地說道。

蘇木這才明白過來，他們之間是認識的，關係似乎還不淺。想必，這個小孩能把事情告訴她，也是因為雲實的關係。

蘇木看向雲實，露出一個淺淺的笑意。「今天的事，謝謝你了。」

雲實轉開臉，不大自然地應道：「無妨。」

蘇木看著這個高大的漢子，莫名覺得有幾分……可愛。

回去時的氣氛，遠遠沒有來時那樣輕鬆愉悅。

蘇木腦子裡無法控制地重播著「小雜種」、「拖油瓶」、「大災星」等等難聽的話。沒有人比她更清楚，一個生活在這種聲音裡的孩子，會擁有一個怎樣暗無天日的童年。當年，如果不是有外婆在，也許她會長成一副扭曲陰暗的性子。

時至今日，再次經歷一回，她的角色卻有了變化。

蘇木暗自下定決心，既然已經成為了「蘇木」，在享受這個身分所帶來的才華和便利的同時，她也要擔負起自己的責任，保護好這個家。

雲實身姿筆挺地站在船頭，看上去像是在觀察水下的狀況，實際上，他的視線一直沒有離開蘇木。

「不要生氣。」漢子笨拙地安慰。

蘇木愣愣地抬起頭。從這個角度看過去，男人的身影異常高大，就像一座堅實的山，讓人心裡莫名的踏實。

蘇木一下船便腳步不停地朝著雲華家走去——雲華，就是帶頭欺負蘇娃的那個孩子，小名叫雲大頭。

雲實默默地跟在後面。

直到走出去一大截，蘇木才發現後邊還跟著一個人，她笑了笑，說：「耽誤你大半天了，去忙吧，不必陪著我。」

雲實顯然沒有離開的意思，他頓了一下，說道：「石榴嬸性子……不大好。」

蘇木不由失笑。「我又不是去打架，好好地跟她說話，她就算性子再不好還能把我怎麼著不成？」

雲實沒說話，而是略微無奈地嘆了口氣——他說「性子不好」已經十分委婉了，實際上……唉！

這倒讓蘇木十分稀奇，自從認識以來，她還是第一次從雲實臉上看到這種表情。

「行，如果真不耽誤你正事的話，就一起吧。」蘇木最終說道。

雲實認真地點了點頭，繼續跟在她身後。

第十章 打架

蘇木原本以為雲實說的「性子不好」就是一個形容詞，然而，看著眼前這個扠著腰、嘴裡喋喋不休的婦人，她才真正明白了雲實的意思。

李石榴看到蘇木的第一眼，細長的眼睛就瞪了起來，她尖著嗓子說：「喲，這不是大門不出，二門不邁的富家小姐嗎，到咱們這茅草屋來有何要事啊？」

蘇木皺了皺眉，沒想到剛一上門話還沒說便得到了這樣的待遇，原本剛剛揚起來的笑一下子便僵在臉上。

她原本想得很好，希望彼此間心平氣和地解決這件事，如果可以的話，孩子們之間或許還能成為朋友，這樣一來蘇娃也能自願回到學塾。看來，是她想得太天真了。

儘管內心失望，蘇木還是耐著性子說道：「不知大頭回家說了沒有，孩子們在學塾裡有些小矛盾，我今天來找嬸子就是想把這件事說清楚。」

李石榴臉色一變，聲音變得更加尖利。「原來是來找碴的！」

雲實不忍蘇木受到委屈，果斷地擋在她面前，冷冷地說道：「石榴嬸，妳能不能聽小木把話說完？」

李石榴像是剛剛看到雲實一般，不大的眼睛努力瞪得溜圓。「關你小子什麼事！」

雲實臉色一沈，正要發火，蘇木連忙拍了拍他的手臂。

她還想讓蘇娃回去唸書，不想把事情鬧大，於是努力陪著笑臉解釋。「嬸子未免想得嚴重了，什麼找碴不找碴的，沒有這個意思，孩子們的事原本沒有什麼大不了，只是——」

「只是什麼？」沒等蘇木說完，李石榴便嚷嚷起來。「蘇小姐或許不知道吧，像我們這種村子裡的孩子就是這樣長起來的，哪個不是從小打到大？也沒見誰找上門理論！」

她把下巴一揚，諷刺道：「怎麼著，妳還想讓我們賠錢不成？今兒個我李石榴把話撂在這兒，要錢，一個子兒沒有，要命，給妳擺在這兒了！」

蘇木漸漸回過味來，李石榴八成知道孩子打架的事，現在之所以聲色俱厲、咄咄逼人，說到底是因為心虛。她可曾暗暗發笑，覺得自己的孩子有本事欺負人，而不是被欺負的那個？

那一瞬間，蘇木心頭不可抑制地生出一股怒意。

李石榴的大呼小叫，引得周圍的鄰居紛紛走出來看熱鬧，沒一會兒牆邊就圍了一圈人。見此情景，李石榴不僅沒有收斂，反而更加囂張。

「不就是說了幾句『災星』嘛，事實擺在眼前，大夥兒說說，我們家大頭哪句話說錯了，也值得妳找上門？」李石榴露出一個惡毒的笑。「有些人啊，生來就是災星命，不認不行！」

老少爺們兒就跟看大戲似的，甚至有人站在牆頭上叫了聲「好」。

蘇木氣極反笑，她看出來了，這個李石榴就是個給臉不要臉的，人家給她叫好，她還真就神氣起來。

蘇木懶得跟她再費口舌。她把袖子一挽，三兩步衝到牆根底下，抄起柴刀就朝著雞窩招呼起來。一整窩的母雞被她嚇得咯咯直叫，就連抱窩的那幾隻也撲騰著翅膀從小窩裡飛了出來。

蘇木一腳踢翻茅草搭成的小窩，揮著砍刀就在裡面一通亂砍，眨眼的工夫，黃黃白白的蛋液便流了一地。

圍觀群眾被她突如其來的動作驚呆了，就連雲實都愣在原地。

「啊——天殺的小蹄子，真是遭天譴哦！」李石榴淒厲地哭喊一聲，抱著一根粗大的柴禾便跑過去。

蘇木瞪著一雙眼睛，把手裡的柴刀往她那邊一甩，滿是腥味的蛋液啪啪地甩了她一臉。

李石榴氣得渾身發抖，眼瞅著就要跟她打起來。

蘇木拿刀指著她，眼神冰冷。「妳再往前一步試試？」

那一瞬間，李石榴真的被震懾住了，無論是蘇木臉上的表情還是眼中的冷意，都讓她不敢再前進半步。反應過來之後，她又覺得失了面子，罵得更加難聽。「妳個有娘生沒娘養的，剋死妳爹娘就算了，做什麼跑到這裡來禍害我的雞？妳也不出去打聽、打聽，姑奶奶是吃什麼長大的，還能怕了妳？」

蘇木由著她罵，腳下毫不留情，將剩下的雞窩一個挨一個地踢翻。李石榴每罵一句，她便砍上一通；罵兩句，她就毀掉兩窩雞蛋。

至於那些胡亂折騰的母雞，蘇木只是嚇唬、嚇唬而已，她即使再失去理智，也不會報復到活物身上。

李石榴嚎天喊地，想要上前阻止，卻又忌憚蘇木手裡的刀。其間有人想要幫忙，卻被雲實攔了下來。他明面上沒幫蘇木，實際一直警惕著，沒讓別人碰到蘇木一下。

直到蘇木砍累了，牆根底下除了塌掉的雞窩就是黃黃白白的蛋液，連一個完整的雞蛋都找不到了。

李石榴癱坐在地上，邊罵邊哭。

周圍的人有的目瞪口呆，有的沈默不語，還有更多看不慣的搖著頭念叨。「糟蹋東西就是遭罪啊，這得值多少銅板！」

蘇木一概不理，只拿眼瞅著地上的李石榴，一字一頓地說道：「現在知道心疼了？我不過砸壞妳幾個雞蛋而已，妳兒子欺負的卻是我家小弟！難道在妳眼裡，活生生的孩子還比不上妳這幾個雞蛋高貴？」

村民們拿耳朵聽著，漸漸明白了事情的起因，那些念叨閒話的人終於閉上了嘴。

李石榴又哭又罵，一個字都沒聽進去，她把大腿一拍，就要上前和蘇木撕扯。

蘇木把刀往身前一橫，氣場全開。「我告訴妳，李石榴！從今往後我家小弟若是少了一根汗毛，我蘇木找妳拚命！」

李石榴把眼一瞪，想要說什麼，蘇木卻嗖地一下把刀架到她脖子上。李石榴登時嚇得大叫一聲，徹底癱在地上。

蘇木嗤笑一聲，抬起泛紅的眼睛往周圍看了一圈，緩緩說道：「你們不是說蘇秀才家的孩子個個都是掃把星嗎，我今天就把話撂在這裡，誰要是讓我不痛快，我就剋誰家去！」

她將視線重新放回李石榴身上，冷哼道：「事到如今我們姊弟三個也沒什麼怕的了，大不了就是一死！誰若想陪著我們一起，乾脆直說，欺負小孩子算什麼本事？」

她說完，把柴刀往地上一甩，刀刃碰到石頭發出「咣噹」一聲，嚇得李石榴渾身一抖。

年輕的村人嗤笑出聲，紛紛離李石榴遠了些，只有幾個上了年紀的婆子大著膽子上去扶她。

蘇木沒管這些，扭頭就走，雲實當即跟上。

人群自動向兩邊分開，一雙雙視線直愣愣地盯在蘇木身上，就像是在歡送女王。

等到蘇木走出老遠，李石榴的腿還直發抖。

村民們看夠了熱鬧，勾肩搭背走得乾脆。

只有幾個心思軟的留下來幫她收拾雞窩。「不過幾窩毛蛋，沒了再攢，不礙事的。」

天知道，李石榴平日裡既摳門又不講理，唯一放在心上的就是這幾窩母雞。好不容易挑出來幾窩上好的雞蛋，沒承想一下子便被蘇木給毀了。

李石榴憤怒地看著蘇木和雲實的背影，恨得牙癢癢。突然，她像是想起什麼似的，雞蛋也不管了，猛地爬起來向村南頭跑去，她沒跑幾步便碰見了要找的人。

李石榴調整好臉上的表情，毫無形象地扒到那人的身上，嚎啕大哭。「蘭嫂子哇，我是沒臉在老雲家待下去了，雲根那個死東西整日裡不拿我當人也就算了，現在還要受小輩的埋汰，妳說我過的這叫啥日子哇——」

劉蘭托著李石榴又扭又跳的身子，耐著性子勸道：「石榴妹子，妳先別哭，到底是怎麼一回事？妳跟我說說，我也好叫妳雲柱哥給妳做主。」

李石榴一聽，也不哭了，劈頭蓋臉地說了起來。「蘭嫂子，我向來敬重妳是個俐落人，什麼時候不是把家裡收拾得妥帖齊整？今兒個別怪妹子多嘴，妳別光顧著家裡，外邊那個也該管教、管教！」

劉蘭一聽，心裡登時多了幾分算計，她拿眼瞅著圍觀的人群，故意作出一副怒不可遏的模樣。「雲實那小子又闖禍了？石榴妹子，妳千萬別替他捂著，儘管說，回頭我讓妳柱子哥收拾他！」

李石榴暗自哼笑，她就知道劉蘭會是這樣的反應。於是，她再也沒有顧忌，嘴裡一通胡說：「妳家雲實不知道什麼時候，和蘇家那個小掃把星勾搭到一塊兒去了，平白無故把我家雞窩砸了，七、八窩的小雞崽眼見著就化成了一地黃湯，那可都是白花花的銀子哦，雲實他賠得起嗎？」

劉蘭原本只是想著抓住一切機會敗壞雲實的名聲，這時候聽到「銀子」，立馬動了真氣。她也不管嚎天喊地的李石榴了，尋著雲實的方向就追了過去。

此時，蘇木和雲實剛巧遇見蘇丫姊弟和桂花大娘。

蘇丫跌跌撞撞地跑到她身邊，嘴裡喊著「阿姊」，眼淚像是斷了線的珠子般一個勁兒往下掉。

蘇木心頭一暖，嘴上開起了玩笑。「哭什麼？不知道的還以為咱們打架打輸了。」

蘇丫並不理她的調笑，而是緊張地把她從頭看到腳，邊看邊哭，邊哭邊問：「阿姊有沒有事？身上痛不痛？」

蘇娃也瞪大眼睛盯著她，雖然沒哭，一張小臉卻脹得通紅。

桂花大娘關切地說：「怎麼就和那個李石榴掰扯起來？她可是十里八鄉有名的潑婦，嘴上葷素不忌，妳一個未出閣的小娘子哪裡是她的對手？」

蘇木看出她眼中的關心，微微一笑。「大娘放心，我沒讓她碰到一根手指頭。」

有句話說得好——「軟的怕硬的，硬的怕不要命的。」面對那種欺軟怕硬、虛張聲勢的人，就得比她更厲害才行。

桂花大娘顯然並不相信。

蘇木無奈，只得指了指身後的漢子。「不信妳問雲實哥。」

桂花大娘一愣，不由問道：「石頭也跟著去了？」

雲實還沈浸在蘇木那句柔柔的「雲實哥」裡，根本沒聽到桂花大娘的問話。

桂花大娘看看這個，又看看那個，眼中不覺帶上幾分疑惑。

就在這時，幾人突然聽到一聲尖利的叫罵。「雲實！你個有娘生沒娘養的東西！我劉蘭哪裡對不住你？沒吃到你一口孝敬不說，還見天的給你擦屁股！就算你爹是天王老子，掙來的錢也不夠你一個人敗的！」

雲實聽到第一句的時候，臉便沈了下來，若不是桂花大娘死死拉著，他恐怕就要衝上去搧對方兩個大嘴巴。

蘇木看著這個罵罵咧咧的婦人，眼中露出濃濃的厭惡——蛇精臉，吊梢眼，顴骨都能把臉皮捅破了，一看就是一副刻薄相，更別說還滿口污言穢語。

不知為何，桂花大娘卻是一副忍氣吞聲的模樣，似乎並不打算上去理論。

劉蘭依舊在破口大罵。「都說『龍生龍，鳳生鳳，老鼠的兒子會打洞』，老雲家怎麼就多出你這麼個賤種來？得虧了你娘走得早，這要是活到現在，還不得被你氣死！」

雲實氣得一張臉都扭曲了，眼瞅著就要上去揍人。

桂花大娘卻死死抱著他，極力勸阻。「石頭，你難道忘了上次的事嗎？當著這麼多人的面，她就是故意激你生氣，你若是真打了她，反而如了她的願！咱們忍忍，啊？可不能入了她的套！」

「不，我忍不了！」雲實眼睛通紅，壓抑地低吼。

劉蘭眼中滿是得意之色，嘴上仍是揀著難聽的說。

蘇木一雙柳眉蹙成了一團疙瘩。

旁邊也不知道是誰家的院子，太陽底下曬著一大盆水。她直接推門進去，把盆一端，照著劉蘭便潑了過去。

劉蘭罵得正歡，沒來由地被滿滿一盆水兜頭澆下，狠狠地打了個噴嚏。

整個世界都清靜了。

劉蘭愣怔著，半晌才反應過來，像個瘋狗似的對著蘇木尖利地叫嚷。「妳個小浪蹄子，莫不是瘋了？」

蘇木把半濕的手往身上一抹，輕描淡寫地說：「嘴巴太髒，給妳洗洗，不用謝。」說完，便拉起弟妹兩個瀟灑地走了，留下一干圍觀群眾目瞪口呆。

桂花大娘瞪大眼睛看著狼狽的劉蘭，心下一陣快意。

雲實更是痛快，他終於冷靜下來，放棄了打死劉蘭的想法——對於這位繼母來說，丟了這麼大的臉，比殺了她還難受。

他大步流星地走在土路上，心情是從未有過的舒暢。

經過打架事件，蘇木在杏花村徹底出了名。人們對她的印象原本只是那個窩在何郎中懷裡漂亮又害羞的小娘子，沒承想再出現時小娘子突然長大了，甚至變成了這樣一副潑辣的性子。

李石榴或許真的被蘇木「反正也不想活」之類的話嚇到了，之後並沒有過來找麻煩。倒是劉蘭，當時被蘇木潑了一頭一臉的水，她全部都算到了雲實身上，不僅添油加醋地向雲柱告了一通狀，還跑到雲實做工的藥園找麻煩。

雲實根本沒搭理她。有了蘇木的維護，他彷彿一下子變成那種內心強大的人，面對劉蘭的舉動不再憤怒，而是真正的無視。這樣一來反倒把劉蘭氣得渾身冒煙，跳著腳地叫罵起來。

雲實盤著腿坐在藥田邊的涼亭裡，就像在看雜耍。

後來，還是李家藥園的管事受不了，狠狠地把劉蘭說了一通，並放下狠話。「妳若再鬧，我便回了李家老爺，不再讓雲實在這裡做工！」

只一句話，就讓劉蘭噤了聲。

殊不知，雲實每月賺得的銀錢並不過他自己的手，而是直接被劉蘭領走。嘴上說是攢著給雲實娶媳婦，實際上雲實的名聲早在幾年前就被她想法子搞臭了，就算後面有稀稀落落說親的，也被她隨便找個由頭給推了。

雲實的工錢不低，對於劉蘭來說根本就是白撿的，她又怎麼可能放棄？

她擔心雲實真的會被辭退，只得灰溜溜地走了。

雲實冷哼一聲，換了個姿勢，拿起腿邊的木頭一刀一刀地刻了起來。

第十一章　萌芽

蘇娃在豬圈旁趴著餵小黑豬，蘇木看著他落寞的小身影，糾結著要不要讓他繼續去李先生的學塾唸書。

蘇鐵扛著兩大捆柴禾，大步流星地走了過來。

蘇木後來才知道蘇鐵就是蘇婆子的大兒子，河坡上那二畝地就是租給了他們家。說來也巧，杏花村只有兩家姓蘇的，一個是村東頭的蘇木家，另一個就是村西頭的蘇婆子，也就是蘇鐵家。

蘇鐵家條件不好，兄弟三人都到了年紀，卻只有老二娶了媳婦，因此一直沒分家。按理說，蘇鐵若是回家的話，怎麼著也不該走這條路。

蘇木正在納悶，就見他推開了自家的柵欄門。她挑了挑眉，玩笑道：「鐵子哥，你莫不是迷路了？」

蘇鐵也笑，語氣中帶著善意的調侃。「光聽說了妳性子辣，沒承想嘴上也不饒人。」

蘇木臉色一點沒變，理所當然地回道：「我辣不辣得看對誰！」

「可不是，只有這樣才不會讓人欺負。」蘇鐵笑著顛了顛肩上的柴禾，十分自然地問道：「放哪兒？」

「咦？」蘇木有點懵。「我沒說要柴禾呀，莫非是二丫要的？」

「沒人要，我順手砍的，砍多了，給妳送些。」蘇鐵不等她發話，逕自把柴禾卸下來堆到南牆根下。

「正好家裡柴禾用完了，昨兒個還聽二丫說要去林子裡撿些。」蘇木說著，作勢就往屋裡走。「鐵子哥，你等一下，我去拿錢。」

蘇鐵的臉立馬沈了下來，語氣也不大好。「妳要這麼說，我還是扛回去得了。」

蘇木連忙說：「我也不能白占了這個便宜，更何況，以後指不定還要麻煩你。」

蘇鐵面色稍稍緩和，爽快地說道：「妳鐵子哥雖然窮，卻也不差這點柴禾錢，啥時候用完了說一聲，不礙事。」

蘇木看著那兩大捆柴禾，還是覺得有些不好意思。

蘇鐵沈默了片刻，臉上露出幾分不自然。「那個……若是怕放久了朽掉，就給貴叔家送些……哥再給你們砍新的。」

蘇木下意識地應了一聲，一時間沒有反應過來。

蘇鐵搓了搓手，轉身走了。

蘇丫從屋裡跑出來，朝著他的背影喊道：「放心吧，鐵子哥，一準兒送到！」

蘇鐵抬起右臂擺了擺，沒有回頭。

蘇丫捂著嘴，嘿嘿地笑。

蘇木不明所以地看著她——自己是不是錯過了什麼？

蘇丫對自家阿姊眨眨眼，露出一個心領神會的笑。

蘇木心下大囧——她果然錯過了什麼！

蘇娃餵完豬便跑過來，放倒一捆柴禾，呼哧呼哧往後扯。

蘇木忙走過去阻止。「你自個兒可搬不動，待會兒吧，吃完飯咱們一起弄。」

蘇娃並不聽她的，鼓著一張小臉一步步往後退著，繼續扯。蘇木還想再勸，卻被蘇丫攔住了。

小娘子故意提高了聲音，脆生生地說道：「阿姊不必攔他，他也老大不小了，既然不想去唸書，自然要多做些活，總不能整天待在家裡吃白飯！」

蘇木看著「老大不小」的小男娃，滿頭黑線。

蘇娃大概也是這樣的想法，所以才會一聲不吭地搶著幹活。

蘇木默默地嘆了口氣，心裡五味雜陳。

關於蘇娃讀書的事，蘇木被姚金娘的一句話點醒。

「咱們農家娃去學塾唸書，哪個是奔著考狀元去的？跟著先生學上幾年，能寫會算就是頂好的，小木學問也不差，幹麼不親自教？」

如今蘇娃還小，先在家裡教著，至於以後的路子，等他大些了再定不遲。

當天晚上，蘇木就把這話給姊弟兩個說了。「三娃，我之所以做出這樣的決定，並不是心疼那點束脩錢，你可明白？」

蘇娃點點頭，比之前乖巧了許多。

第二天早飯過後，蘇娃像往常一樣餵了小黑豬、往鵝欄裡放好了糠皮和水，便主動敲開了蘇木的房門。

彼時，蘇木正四仰八叉地躺在床上睡回籠覺，乍一看到蘇娃差點沒反應過來。

蘇娃面不改色地對著毫無形象的長姊作了揖，然後便恭恭敬敬地坐到書案前，翻開識字書，一本正經地誦讀起來。

蘇木簡直傻眼了。

那一刻，她腦子裡不由自主地產生了一個想法——她家小弟絕對是個人才！

涼涼的微風，清澈的河水，粉粉嫩嫩的杏花……這一切都讓人神清氣爽。

河面上漂著一株眼熟的植物，蘇木正要走近了去看，手臂突然被人抓住，整個人猝不及防地向後跌去。

迎接她的，是一個寬厚而溫暖的懷抱。

蘇木站定身子，扭頭一看。「就知道是你！」

對方輕咳一聲，將手放開。

「你拉我做什麼？」蘇木不客氣地問道。

雲實對上蘇木嫌棄的目光，不自在地別開了臉。他清了清嗓子，淡淡地問道：「妳方才在做什麼？」

蘇木不明所以地朝著河邊看了一眼，如實說道：「那邊好像有棵菱角，我想確認一下。」說到這裡，她猛地反應過來，頗有些哭笑不得。「你不會以為我要掉進河裡吧？」

雲實面色一僵，此時也明白過來剛剛的事件大概是一場烏龍。

蘇木好氣又好笑。「我有那麼笨嗎？」

深邃的黑眸看著她，那意味不言而明。

蘇木抓狂。「洗衣服那次是意外！意外！」

「從樹上掉下來。」雲實淡淡地提醒。

好吧，你贏了。

蘇木鬼使神差地跟著雲實回了家——說是家，其實就是李家藥園旁邊的一個小屋子。

「你平時就住在這裡嗎？」蘇木好奇地問道。

雲實點點頭，推開木門。

蘇木扒著門框朝屋裡看，空間雖小，東西卻齊全，大多器具已經十分陳舊了，不像是一時半會兒湊起來的。

「你在這裡住了多少年？」蘇木不由問道。

「從五歲開始。」雲實平靜地說。

蘇木吃了一驚，五歲？比蘇娃還小！那時候他就已經獨自一人離開家了嗎？

聯想到雲實的身世，她忍不住腦補了一系列生母早亡、繼母虐待、親生父親眼不見為淨的悲慘遭遇。

蘇木垂下眼，生怕自己洩漏出同情、憐憫等等情緒。她知道，那些雲實根本不需要。

或許是看出了她的心思，雲實主動說道：「那時候木匠老頭在這裡看藥園，這個屋子就是他搭的。」

蘇木這才注意到，屋子四角的立柱都是實心木頭，牆壁也是用厚厚的木板拼起來的。或許是年頭長了，木材褪了色，看起來就像灰撲撲的石灰牆。有些地方破損了，又補了新的木料上去，有的地方手法生疏，有的緊實平整。

「這處是你補的吧？」蘇木指著一塊歪歪扭扭的木板笑著問道。

雲實有些不情願地點了下腦袋，破天荒地辯解道：「那時候剛來。」

蘇木難掩訝異。「五歲那年？能把木楔敲進去就已經很了不起了。」

雲實嘴角微翹。

「那這處呢？」蘇木指著一處顏色較淺卻板正緊實的「補丁」問。

「去年新釘的。」

「進步真大！」蘇木毫不吝嗇地誇獎道。

雲實眼中露出一絲不易覺察的喜色。他往屋子裡瞄了瞄，猶豫著要不要請蘇木進去——然而屋裡連把像樣的椅子都沒有。

還沒等雲實開口，蘇木便說道：「我得回去了，出來好一會兒，二丫該尋了。」

雲實就像沒聽到似的，抿了抿唇，邀請道：「去藥田看看，今年出苗不多。」

一句話便引起了蘇木的興趣。「怎麼回事？種子不行嗎？」

「妳要不要去看一下？」雲實執著地邀請道。

蘇木毫不猶豫地點了點頭。

就這樣，看似精明的小娘子又被「老實人」不著痕跡地給拐了。

片刻之後，兩個人便坐在藥田旁邊的小板凳上，中間隔著一個手臂的距離。

蘇木彎著腰，在一棵嫩生生的小藥苗下刨了刨，捏出一個黑溜溜、半邊開裂的種子。

「這是射干。」蘇木從記憶裡搜索了一番，肯定地說。「我很納悶，李家沒有提前催芽嗎？難道直接把種子撒到了地裡？」

「我不知道什麼是『催芽』，」雲實誠實地說。「這些藥材種子確實是直接撒到土裡的。」

蘇木不由疑惑，射干一類的藥材都要提前催芽，這個道理何郎中和小蘇木都知道，沒道理李家不知道。

關於李家的底細，蘇木早就聽姚金娘說過了。李家是祁州數一數二的醫藥世家，偌大的祁州城一共有十八個鎮子，每個鎮子上都開著李氏藥鋪。李家藥鋪裡的常用藥從來不在外面購買，而是全部由自家培植。為了種藥材，李家在各處都置辦了族田，杏花村當然也不例外。

現在看來，這個時代的種植技術，顯然沒有她先前認為的那般先進。如果真是這樣的話，她計劃中的草藥事業是不是更加有利可圖？

一時間，蘇木腦子裡閃過一系列的想法。

雲實默默地看著遠方的麥田，並沒有出聲打擾她。

綠油油的田埂上，兩個人就這樣靜靜地坐著，一個凝視遠望，一個低頭靜思，有清風暖日為伴，歲月靜好。

同一時間，村西頭的蘇家卻是一陣雞飛狗跳。

蘇婆子坐在樹蔭下，拉著臉瞅著往外走的蘇鐵，語氣不善。「幹啥去？」

蘇鐵見他娘臉色不好，語氣越發恭敬。「娘您歇著，我到林子裡砍些柴禾。」

「砍啥柴，啊？」蘇婆子磕著布鞋，連諷帶刺地說。「咱家南牆根下堆滿了柴禾，要粗有粗要細有細，用不著你日日去砍！」

蘇鐵猶豫了一瞬，悶悶地說：「給小木妹子送些。」

蘇婆子一聽，就像吃了炮仗似的一下子就炸了。「人家清清白白一個小娘子，招你、惹你了，你這樣壞人家的名聲？」

蘇大娘說這話並非空穴來風，近來村裡漸漸傳出了蘇鐵和蘇木的流言，不大好聽。

「娘，您別聽他們瞎說，我過去都是趁著二丫、三娃在的時候，柴放下就走，連屋都沒進。」蘇鐵急赤白臉地辯解。

「別以為我不知道你的心思。」蘇大娘啐了一口，坐在木墩恨恨地說道。「鐵子，別管你回不回州府，當娘的今兒個就把話撂在這兒——你就死了那條心吧，沒門兒！」

蘇大娘說完便轉身走了，留下蘇鐵頹喪地站在原地。

過了好半晌，他才抹了把臉，抬腳往外走，不知不覺便來到了孟良河邊——這是當年他和那人相遇的地方。

孟良河水流平緩，上游處有一截鋪滿鵝卵石的河坡，夏天一到小子們在這裡摸魚、游泳，娘子便在另一邊洗衣、洗頭。

在一群半大小子中，蘇鐵是游得最好、捉魚最多的那個，姚金娘是娘子們中間長得最美、衣服洗得最乾淨的那個。

優秀的人總是不由自主地相互吸引，加之後來又有了外出做學徒時的相互照應，一來二去，彼此間的情誼更加深厚。

若不是……蘇鐵不自覺地握緊拳頭，眼中一片暗沈。

就在這時，一陣穩健的腳步聲從身後傳來，蘇鐵即使不回頭也能判斷出來人的身分。

雲實走到蘇鐵身邊，和他並肩站著，沒有開口說話。

蘇鐵瞭解他的性子，主動問道：「她今日可好？」

雲實並不回答，只是沈靜地看向清澈的河水，冷不丁說道：「你以後不要再去小木家，也不要和她說話。」

蘇鐵詫異地挑挑眉。「你喜歡她？」

雲實一愣，雙唇抿成一條直線。

半晌，雲實才再次開口。「你若想娶阿姊，就去做讓阿姊歡喜的事。你不喜歡小木，就不要利用她。」

一時間，驚訝、愧疚、釋然、堅定等情緒在蘇鐵眼中一一閃現。他想要說些什麼，然而看著雲實那張認真的臉，最終把辯解的話收回了肚子裡，只是淡笑著說：「我曉得了，有機會的話，替我跟她說聲抱歉。」

「嗯。」雲實認真地點了點頭。

蘇鐵笑著拍拍他的肩膀，由衷地說：「小石頭，你長大了。」

雲實面無表情地橫了他一眼。「我早就比你高了。」

蘇鐵挑眉。「以前是哪個臭小子跟在我屁股後面『鐵子哥、鐵子哥』地叫，讓我給他摸魚、掏鳥窩來著？」

雲實壓根兒不理他，轉身就走。

蘇鐵繃不住笑，在後面喊。「這天看著像是有雨，你幹啥去？」

「摸魚。」雲實頭也不回地說。

蘇鐵咧咧嘴，笑得暢快。

雲實走了兩步又頓住了，扭過身來問：「你啥時候回城裡？」

蘇鐵頓了一下，才說：「我不打算回去了。」

雲實看著他，不說話，那雙深邃的眼睛彷彿能夠看到人的心裡去。

蘇鐵嘴上開著玩笑。「你這是在為你阿姊高興，還是擔心小木？」

「記住你說過的話。」雲實擲地有聲地丟下這句話，便轉身走了。

蘇鐵摸摸鼻子，笑罵一句。「臭小子，還真是翅膀硬了。」眼中卻滿是笑意。

夜裡果然下起了雨。

蘇木輾轉反側，就是睡不著。不知為何，眼前一直晃著雲實那張稜角分明的臉，那人明明說話不多，僅有的幾句卻讓她印象深刻。

回想起兩個人為數不多的接觸，蘇木印象最深的，就是他支著腿坐在樹下刻木雕的情景。

後來她才知道，那只木雕原本要送給姚金娘家的小娃娃，卻被她壓斷了。

蘇木愧疚極了，用了大半夜的時間把木雕黏好，打算還給他。

第二天，她一大早起來就注意著老杏樹那邊，生怕和雲實錯過。好在，接近晌午的時候，雲實真的過去了。

蘇木興沖沖地往河坡上跑，遠遠地聽到了一個略帶沙啞的聲音。「石頭啊，這大早上的，你跟一塊石板較啥勁？」

是鄰家大伯——姚貴。

蘇木下意識地停下腳步，緊接著便聽到雲實回答。「這裡突出來一角，怕戳到人。」

姚貴笑了一聲。「除非這人從樹上掉下來，不然怎麼會被它硌著？哪有這樣的傻子！」

雲實沒說話，只是呼哧呼哧地繼續磨著。

聽見「傻子」，蘇木俏臉一紅，這才知道當時雲實把她從石板上拉起來的時候，臉色為何臭臭的，原來是擔心她被劃傷啊！

這個人啊……蘇木捏了捏手中的木雕，悄悄地轉過身回了蘇家小院。

夜深人靜，想起這些，蘇木心頭不禁劃過一絲異樣。她從床上爬起來，翻出那只始終沒有還回去的木雕，細細摩挲。

木雕眉眼的部位雖然還沒刻好，但依稀能看出是個可愛的胖娃娃。雲實做得十分用心，也有幾分功力。

蘇木不由得對那個男人多了些肯定。

第十二章　維護

一大清早，蘇木就聽到隔壁院子裡吵吵嚷嚷的聲音，她想過去瞅瞅，剛一出門就被蘇丫推回了屋子裡。

小娘子煞有介事地叮囑道：「桂花大娘家來了好多人，銀娘姊姊囑咐我們今日不要出門，免得被一些心思不好的人看了去。」

蘇木關心地問道：「出了什麼事？為何會來那麼多人？」

蘇丫嘆了口氣。「我只聽了一耳朵，大概是為著和離之事。」

「確定是和離嗎？」蘇木強調道。

蘇丫點了點頭。「銀娘姊姊是這麼說的。」

蘇木稍稍鬆了口氣。

至於隔壁院落的聲響，實際不是爭吵，而是大夥兒在搬東西，姚貴特意置辦了一桌酒席宴請前來幫忙的人，還有兩個村子的管事。

等到徹底聽不見動靜時，太陽已經落山了。

蘇木到底不放心，還是過去走了一趟。

姚金娘正坐在炕上愣愣地發呆，其他人則是忙前忙後地收拾東西，屋子裡還有沒有散盡的酒氣。

姚金娘看到蘇木進屋，笑了笑，拍拍自己身邊的位置。「小木，過來坐。」

蘇木看著她蒼白的臉色，不由心疼。「金娘姊姊別難過，事情好歹解決了。」

「是啊，終歸是這樣了。」姚金娘的眼中帶著濃濃的諷刺。「阿爹昨兒個給那邊傳話，說若是和離嫁妝便不用退，今兒個管事的便送來和離的字據。若不是我堅持拿回那些用慣的東西，恐怕連一絲布片都得貼給他們家。」

蘇木豎起大拇指，姚金娘的這份心性當真叫人佩服。

姚金娘卻瞥了她一眼。「這是什麼怪樣子？」

蘇木反應過來，訕訕地收回手指，掩飾般笑笑。

姚金娘同樣忍俊不禁。

屋外，姚貴夫婦雙雙鬆了口氣——只要女兒心裡舒坦，一切都值了。

好像突然有一天風就變暖了，河坡上也多了孩童們玩耍的身影。潴龍河上來往的船隻漸漸增多，大多操著官話，聽說是回鄉掃墓的。

蘇木這才反應過來，清明節要到了。

最近幾天她經常在老杏樹旁邊的空地上看到雲實的身影，要麼刨坑，要麼鋸木頭，看起來十分忙碌的樣子。

蘇木蹓躂過去，好奇地問：「這是要建房子嗎？」

「不是，這麼短的木頭蓋不成房子——要在這裡埋一架秋千。」雲實聲線依舊清冷，語氣卻明顯和緩。

「秋千？」蘇木眼睛一亮，腦子裡冒出一幅幅小橋流水、蝴蝶紛飛的畫面。

雲實似是不經意般問道：「喜歡？」

「嗯，喜歡！」蘇木重重點頭。

雲實微不可察地勾了勾唇，語氣變得輕快。「等到埋好了，先讓妳玩。」

蘇木笑彎了眉眼。「那就說定了，不能賴帳！」

雲實鬼使神差般揉了揉她的腦袋，溫聲道：「不賴帳。」

蘇木瞪大眼睛，生生愣在那裡。

雲實自然地收回手，低垂的眉眼間俱是暖暖的笑意。

回到家後，蘇木不經意地提起，徹底打開了蘇丫的話匣子。

原來，以前老木匠在時，每年清明前後都要給村裡搭秋千，夏季河流漲水之前刨去，多年來已經形成了這樣的規律。而老木匠去世之後，這個活就落到了雲實身上。

雲實並沒有正經學過木工，只是從五歲那年就跟著老木匠住在小屋，從小耳濡目染便學會了。

「雲實哥埋的秋千特別好，又大又結實！」蘇丫眼中滿是崇拜，既而又有些憤憤不平。「雖然咱們家離得近，卻也沒玩上幾次，村裡的小孩們輪流去占位置，我們和他們來往不多，所以只能趁著傍晚才能玩一會兒。」

「有時候傍晚都有人占著！」蘇娃「哼」了一聲，一張小臉臭臭的，看起來怨念頗深。

蘇木挑了挑眉，意識到家裡這兩個孩子大概是受了排擠，於是拍拍桌子，豪氣地說：「放心，這次我已經和你們雲實哥說好了，到時候肯定讓咱們第一個玩。」

姊弟兩個對視一眼，雙雙露出興奮的神色。

坑挖好後，需得把木頭埋進去，再用木楔和麻繩固定。這是個大工程，一個人不容易搞定。

雲實卻沒有找人幫忙的意思，依舊一個人呼哧呼哧地忙活著。

夕陽的餘暉灑在男人稜角分明的側臉上，細密的汗珠折射出微光，那一瞬間，讓人不禁怦然心動。

蘇木不由自主地走過去，笑著說：「我來搭把手。」

雲實雖然吃驚，卻並沒有推辭，他只是說了句。「等一下。」然後便小跑著回到老杏樹下，從那個老舊的木箱裡翻出一樣東西。

雲實將其遞到蘇木手邊。「戴上吧，不磨手。」

蘇木發現那是一雙手套，大概是用羊皮製成，雖然有些舊了，卻漿洗得十分乾淨。

雲實見她不接，手不由得往回收了收。

蘇木沒等他收回便接了過去，毫不遲疑地套在自己的手上——大了許多。

雲實抿了抿唇，語氣有些許遲疑。「我戴過了，如果妳介意的話……」

蘇木揚起手，笑道：「你看我像是介意的樣子嗎？」

雲實這才點了點頭，轉過身去，悄悄地笑了。

當雲冬青叫著族裡的幾個兄弟過來幫忙的時候，看到的就是自家兄長和一位俊俏的小娘子有說有笑的場景。

旁邊的小夥子撞了撞雲冬青的肩膀，一臉調笑。「我說，石頭哥膽子不小啊，連蘇家娘子都敢招惹！」

雲冬青橫了他一眼。「別亂說。」

小夥子不服氣地撇撇嘴。「咱們還要不要過去？」

雲冬青也拿不定主意，正猶豫的工夫，雲實卻已經看到他了。雖然內心深處不免遺憾，但他還是對雲冬青喊道：「過來幫忙。」

雲冬青這才顛顛地跑了過去。

「族裡商量著清明祭祖的事，你也知道，老太爺說起話來沒完沒了，就給耽誤到現在了。」雲冬青絮絮叨叨地解釋。

雲實不甚在意地「嗯」了一聲，低聲對蘇木說：「妳先回去吧，天色晚了。」

蘇木掃了眼站在旁邊的幾個壯實小夥子，大大方方地對著眾人點了點頭。「那我就先回去了。」

雲實上前兩步，擋住眾人的視線。「做好了我讓人叫妳。」

蘇木點點頭，笑容滿面地離開了。

雲實一直目送她回到蘇家小院，這才收回視線。

周圍傳來此起彼伏的感嘆聲——

「蘇家娘子耶！」
「蘇家娘子對我點頭了！」
「還笑來著！」
「哪裡像我娘說的那麼辣，那天的事是不是誇張了？」
「怎麼可能？我親眼見的，小娘子可厲害著呢！」
「跟石榴嬸比誰更厲害？」
「石榴嬸可是吃了大虧……」
聽著眾人的議論，雲實臉色不大好。
雲冬青重重地咳了一聲，罵道：「瞎起鬨什麼？趕緊幹活！」
小夥子們這才閉了嘴，七手八腳地幹活了起來。
雲冬青覥著臉湊到他跟前，小聲問道：「哥，那天就是蘇娘子往我娘身上潑水嗎？」
雲實手上一頓，嚴肅地看著雲冬青，沈聲道：「不許找她的麻煩。」
雲冬青連連擺手。「不會、不會，我怎麼會找一個小娘子的麻煩。」
雲實沈靜的目光盯在他臉上，似乎在判斷他話裡的真實成分。
雲冬青努力擺出一副純良姿態，雲實這才移開視線。
雲冬青悄悄地鬆了口氣，過了一會兒，又有些憋不住。「哥，你要給我找個這樣的嫂子啊？」
雲實一愣，眼中閃過意味不明的神色。

雲冬青開啟話癆模式。「哥，我沒別的意思啊，就是想著，她連我娘都不怕，以後肯定不會受欺負，如果當我嫂子的話……也挺好的。」

雲實這才「嗯」了一聲，繼續手頭的活計。

雲冬青斜著眼睛悄悄觀察他的臉色——唔，似乎心情不錯的樣子。於是，他也放心了。

清明節前幾天是寒食節。

村長家的小子一大早便敲著銅鑼滿村子轉悠。「咣咣——各家封灶，打更生火！咣咣——各家封灶，打更生火！」

蘇丫看著蘇木的神色，悄悄說：「往年的時候，咱們家都會生起灶臺，悄悄做些熱食，阿爹說沒大礙。」

蘇木連忙拒絕。「不用，既然是傳統，遵循便好。」

「可是阿姊的胃口向來不好，吃不得冷食。」蘇丫一臉為難。

蘇木心裡暖暖的，溫聲道：「現在已經好多了，一頓、半頓沒大礙。」

這話並不是為了安慰蘇丫，實際上，經過這段時間的調理，不光是胃，蘇木的各項身體機能都好了很多。

當然，雖是寒食節，蘇木也不會委屈了一家人。灶上有蒸好的米飯，樑上有風乾的臘肉，瓦罐裡有酸脆可口的鹹菜，再加上前幾天炒好的芝麻、花生碎，正好做頓臘肉香仁飯糰。

這個沒什麼技術含量，蘇木號召著蘇丫和蘇娃都參與進來。

蘇丫倒是樂意，蘇娃卻頗有些嫌棄。

蘇木看著他，似笑非笑地說：「做好了，你吃不吃？」

簡簡單單的一句話，便叫蘇娃生生止住了偷溜的念頭。

好在，開頭雖然不甚情願，投入進來之後，小漢子很快找到了其中的樂趣。比如，剁臘肉。

蘇娃個頭小小的，需要站在矮凳上才能摸到高高的案板，不過，他的力氣是真不小，並且還頗有些爭強好勝。

眼瞅著蘇木和蘇丫的飯糰和花生碎就要弄好了，小傢伙一下子就急了。不知道他怎麼悟出來的，伸手扯過另一把刀，一手拿著一個，賣力地剁了起來——似乎並不感覺累似的。

蘇木假裝急吼吼地包飯糰，實際卻在時刻關注著蘇娃那邊的情況，生怕他一不小心傷到自己。儘管擔心，她卻沒有阻止，難得這麼小的孩子願意為了勝利付出辛苦，並懂得想辦法，她覺得應該鼓勵。

就這樣，姊弟三個像是比賽似的，又笑又嚷，沒一會兒，圓圓白白的臘肉飯糰便擺滿了案板。

雖然累得滿頭大汗，他們的心情卻十分愉快。

清明節要去給外公和爹娘掃墓。按照當地的風俗，祭掃的具體日期也有所不同，人丁興旺的家族都是在清明節之前的兩、三天上墳燒紙錢，只有那些沒有兒子的人家，才會在清明節當天由出嫁的女兒回來掃墓。

「咱們提前幾天去比較好？」蘇木徵求弟妹二人的意見。

蘇丫猶豫了一下，沒有立即回答。

蘇木以為她沒聽清，便又問了一遍。「從前都是什麼時間去？我記不大清了。」

蘇丫抿了抿嘴，才小聲說道：「往年的時候都是清明當天，阿爹帶著阿姊去給外公上墳……」

簡簡單單的一句，蘇木便什麼都明白了。她頓了一下，果斷地說道：「咱們家有男丁，做什麼要清明當天去？這樣，咱們提前一天去，剛好也有時間準備吃食和紙錢。」

蘇丫清秀的小臉上現出激動之色，然後又有些猶豫。「可是……」

蘇木擺擺手，打斷她的話。「妳忘了，清明當天咱們得去盪秋千，妳雲實哥給咱們留了位置，去晚了可就被人搶了。」

蘇丫眼中閃過複雜的情緒，欣喜、感動、堅定……最終含著眼淚重重點頭。「好！」

她心裡明白，盪秋千只是藉口，阿姊這樣的安排，無疑是把蘇娃當成了真正的蘇家人。一旁，虎頭虎腦的小漢子也鬆開了由於緊張而攥在一起的小拳頭，黑亮的眼睛裡神采奕奕。

蘇木悄悄地舒了口氣。她會努力讓姊弟兩個在這個家中找到歸屬感，讓他們真真正正地和自己成為一家人。

清明節的前一天，天還沒亮，蘇家小院裡便有了動靜。

蘇丫早早起來，燃起灶火開始準備一家的飯食。她怕吵醒蘇木，便摸著黑點火、舀水，儘量不發出太大的響動。

蘇木心裡惦記著掃墓的事，睡得不踏實，蘇丫一起來她便醒了。她簡單地洗了把臉，脂粉也沒用，舉著油燈去了廚房。

殊不知，近來吃得好，蘇木的身體慢慢調養過來，再不是那副風吹就倒的病癆樣子，即便不施粉黛依舊是膚如凝脂、體態風流，端的是個美人胚子。

柔和的燭光中，蘇丫愣愣地看著她，半晌沒有言語。

蘇木屈起手指敲在她額頭上，笑道：「怎麼，好不容易見我早起一回，嚇傻了？」

蘇丫悄悄地紅了臉，小聲回道：「不，不是因為這個……阿姊可真俊俏。」

蘇木俐落地淘米、洗菜，隨口說道：「俊俏有什麼用？還不是會被人退親。」

提到這個，蘇丫比她還要氣憤。她把柴禾往灶裡一扔，氣哼哼地說道：「那是石楠哥沒福氣，他根本配不上阿姊！」

蘇木忍不住笑了。「妳才多大，竟然還知道配得上配不上？」

蘇丫小臉一紅，抿著嘴不吭聲。

蘇木有心逗她，笑問道：「那妳說說，誰能配得上我？」

蘇丫眼睛一亮，毫不猶豫地說道：「自然是雲實哥！雲實哥什麼都會，對娃娃們也寬和，和他一起過日子，阿姊根本操不著什麼心，等著享福就好。」

蘇木吃了一驚，她原本以為蘇丫對雲實的感情，只是小娘子對年長大哥哥的崇拜，沒想到小丫頭竟然想得那麼遠。關鍵是，她的這番話還很有道理。

蘇木認真地想了一下，最終開口道：「二丫，如果妳真想好了，等妳到了歲數，阿姊便去請個媒人給妳和雲實說合、說合怎麼樣？」

蘇丫一聽，整個人都不好了。「找媒人跟雲實哥說合……給我？」

蘇木點頭。「雖然年紀不大合適……妳喜歡就好。」

蘇丫張口結舌地看著她，完全不知道這話要怎麼往下接。

蘇木自認為戳中小娘子的心事，便不再多說，繼續忙活起來。仔細看的話便不難發現，此時此刻，她手上的動作已不像先前那般流暢。

不知怎麼的，一想到雲實有可能會變成自己的妹夫，蘇木心裡總有些怪怪的。

莫非是因為他「太老」了？蘇木默默地給自己找了個藉口。

蘇丫看著忙忙碌碌的阿姊，心裡的苦水一股接一股地往外冒，事情明明不應該是這個樣子的！

第十三章　當年

蘇木準備的饗食十分豐盛——兩面煎黃的韭菜盒子、嫩香撲鼻的香椿雞蛋，還有厚薄適中的白麵蔥油餅，再加上兩罈陳年的杏花釀。

雖然沒有大魚大肉，但是作為清明節的貢品，即使在富貴人家也是拿得出手的。關鍵是，何郎中和蘇秀才喜歡。

吃食、紙錢、除草的鐵鐮、壘門的土坯，一切都準備好了之後，天才將將亮，姊弟三個走在田埂上，未乾的晨露打濕了他們的褲腳。

這片墓園周圍種著側柏，地方不大，立著兩個合葬墳頭；一邊埋著蘇秀才夫婦，另一邊為外祖父母長眠之處——而今全由蘇姓後人繼承打理，遂在蘇木的認知裡，統稱為蘇家墓地。

蘇木沒有多想，便帶著一雙弟妹勞動起來。她按照桂花大娘事先叮囑的，先把墳頭上的雜草清理乾淨，然後搬走東南方向的土坯，讓蘇娃換上新的，再把火盆點上，擺上貢品，姊弟三個便跪在地上，默默地和長輩們念叨起了體己話。

蘇木心裡暗暗地說道：「何郎中、蘇先生，請你們放心，我一定會把這個家打理好，也希望你們在那邊能夠一家團聚，和和美美。」

起身的時候，姊弟三個眼圈都微微發紅，尤其是蘇丫，顯然是哭過了。

蘇木原以為這樣就可以回去了，沒想到，蘇丫卻說：「阿姊稍等我們一會兒，我和小娃去給我娘燒些紙錢。」

蘇木聞言，有些不解——梅姨沒葬在這裡嗎？

蘇丫輕聲解釋。「這裡埋的是外公、外婆、阿爹和阿姊的娘親，我阿娘埋在南坡的荒地上，是阿爹出錢買下來的。」

蘇木不知道是不是自己的錯覺，蘇丫說這個的時候，語氣中不僅沒有任何怨懟之色，反而頗為感激。

蘇木猶豫著要不要一起去，繼而轉念一想，姊弟兩個或許有悄悄話想要跟自家阿娘說，便打消了這個念頭，囑咐道：「坡地濕滑，一切小心，我在這裡等著你們。」

姊弟兩個點點頭，帶上一疊薄薄的紙錢往南坡去了。

回家之後，蘇木稍微收拾一下就去了隔壁串門。

桂花大娘帶著姚銀娘去酒廬幫忙，只剩下姚金娘和小娃娃在家。

「聽銀子說，你們一大早就出去了，我猜著許是去上墳了。」姚金娘笑盈盈地說。

蘇木點了點頭，順勢打開了話匣子。「有件事我想向金娘姊姊打聽一下。」

「行，妳說。」姚金娘見她說得正經，便把小娃娃放到炕上，自己也坐了下來。

蘇木組織了一下語言，便把蘇丫姊弟單獨去給梅姨上墳的事說了，並且強調一下自己前幾年身體不好，蘇秀才特意沒在她面前提。

姚金娘聽完，沒有多想，直白地說道：「妳是不是想問，為何梅姨的墳沒在蘇家墓地，而是單獨闢了一塊地方？」

蘇木點點頭，擺出一副洗耳恭聽的模樣。

姚金娘笑笑，說：「當年這事鬧得不算小，咱們村的人都知道。梅姨是被人販子從南邊拐過來的，後來賣給北楊村一個光棍。雖是個光棍，人卻老實肯幹，從十來歲上就跟著工頭到河灘上挖沙子，二十年下來也攢了些家底。就是人又黑又醜，說話也不利索，這才一直沒娶上媳婦。後來花了好大一筆錢才從人販子手裡買下梅姨。

「梅姨也是有福氣，成親沒兩個月就有了身孕，轉年便生下了蘇丫，又過幾年添了個胖小子，便是蘇娃。眼瞅著日子越過越好，沒承想王光棍卻出了意外，叫塌掉的沙土給埋了，等到救出來時早就斷了氣。」

說到這裡，姚金娘不由唏噓，蘇木也跟著嘆了口氣。

炕上的女娃發出「啊啊」的叫聲，大概是餓了。姚金娘也不避諱，當著蘇木的面便解開衣服餵奶。

蘇木幫著她給小娘子圍上兜兜褂，又把靠墊放在姚金娘的後腰上。

姚金娘滿臉帶笑地看著她，感慨地說：「要我說，以後誰家能娶了妳做媳婦，那一定是他家修了八輩子的福氣！」

蘇木橫了她一眼，轉移話題。「接著講唄，我還等著呢！」

姚金娘笑笑，一邊餵奶一邊說起了後續。「王光棍走後給梅姨娘仨留下了三間房子，似乎還有不少銀錢，沒承想，就是這些東西惹了禍。

「王光棍家裡有個弟弟，整日裡好吃懶做，也是光棍一條。這王老二眼瞅著他哥沒了，便一心琢磨著吞了王光棍的錢財和房子。不知道是誰給他出的主意，竟然傳出蘇娃不是王光棍的種這樣的話！說來也是造孽，自打生了蘇丫之後，梅姨連著好幾年都沒再懷上，好不容易有了蘇娃，卻長得虎頭虎腦、白白胖胖，和王光棍的模樣沒有半點相同。

「王老二糾集了一幫混混，生生地把他們娘仨趕了出來。聽說那天下著雪，除了身上穿的，竟是一個布條都沒帶出來。」

蘇木皺眉，恨恨地說道：「這事就沒人管嗎？」

「誰會管呢？」姚金娘給小娘子拍了奶嗝，放回炕上，頗有些同命相憐。「梅姨是被人販子拐來的，一無娘家可依，二無兄弟撐腰，還不是任人欺凌？」

蘇木聽出她語氣中的自憐之意，忙說：「金娘姊姊可不一樣，那天我親眼看見雲實帶了一大幫人，把妳從南石村帶回來，這和親兄弟有什麼兩樣？」

姚金娘被她的話安慰到了，不由地露出笑臉。「可不是嘛！」

「因為被趕出來，梅姨才嫁給了蘇——我阿爹嗎？」蘇木再次問道。

「嫁？」姚金娘並沒有注意到她的口誤，神色自若地搖搖頭。「小木原來連這個都不知道。」

蘇木一愣。「知道什麼？」

「蘇秀才肯收留梅姨母子完全是出於善心，若不是那日他碰巧在河邊遇上，梅姨恐怕早就拉著蘇丫和蘇娃跳了冰窟窿。」

蘇木狠狠地吃了一驚。「跳冰窟窿？」

姚金娘看著她的臉色，訝異道：「我說妳這些年怎麼不大露面，該不會是責怪蘇秀才吧？我跟妳說，妳這可就冤枉他了，蘇秀才把梅姨母子領回家的時候，就說明了『生不同房，死不同穴』。

「梅姨在家裡照顧你們父女二人的飲食起居，蘇家給他們提供個安身之處，將來梅姨走了，便由蘇家出錢給她置辦身後事——這些都是請了里正作證，立下字據的。」

蘇木再次吃了一驚。「如果這樣的話，蘇丫和蘇娃為何改了姓？」

姚金娘長長地嘆了口氣，說：「這件事我沒親眼看見，聽阿娘說，是梅姨哭著求的，大抵是為了孩子們的將來著想吧！」

蘇木聽完其中的曲折，久久回不過神來。

這些蘇秀才並沒有特意跟小蘇木提起過，或許，他也隱隱盼著自己百年之後，小蘇木能有兄弟姊妹幫襯吧！

臨近晌午，蘇木才從姚金娘家出來。她一邊盤算著中午的菜單，一邊悶著頭往前走。

雲實大跨步地走在大道中間，眼瞅著穿著一身素白衣裳的小娘子迎頭走了過來。他原本想打個招呼，然而小娘子一直垂著頭，根本沒看到他。

雲實挑挑眉，就那麼背著手在原地站定。小娘子的步速絲毫沒減，就這樣一頭扎進了他的懷裡。

雲實高高地揚起嘴角，趁著小娘子抬頭的工夫，很快恢復了面無表情的模樣。

「啊，不好意思！」蘇木下意識地道歉，她的表情原本有些懊惱，待看清所撞之人，又立即綻開笑臉。「雲實哥？好巧！」

她的語氣裡帶著不假掩飾的歡快和驚喜，雲實的心情也跟著明媚起來。他溫和著眉眼，點了點頭，似是認同了小娘子的話。

蘇木也不嫌他話少，自顧自說道：「秋千做好了？何時能用？」

「做好了，明日開了聲就能用。」雲實耐心地回道。

蘇木點點頭，先前蘇丫說過，剛埋好的秋千不能隨便用，須得由村裡的長輩主持著燃些竹節、聽聽聲響，才能往上站人，這就叫「開聲」，圖個吉利。

「說好的，幫我們家那兩個小孩占好位置，他們可一直盼著呢！」蘇木毫不臉紅地走著後門。

雲實認真地點了點頭，想想又加了一句。「放心。」

蘇木笑笑，熱情地問道：「你這是打算去哪兒？」

「去舅舅家吃飯。」雲實如實說道。

蘇木揚著秀美的眉毛。「你沒提前報飯吧？」

雲實點了點頭，他不在藥園吃的時候就來姚貴家，隨時來隨時走，有啥吃啥，從來沒提前說過。

蘇木拍拍他的手臂，笑道：「大娘他們都去酒廬了，中午不回來，臨走前把金娘姊姊交給我，可沒算上你的分。」

蘇木沒忍住，「噗哧」一聲，開懷大笑。

蘇木險些以為玩笑過頭，正要補救，他終於開口說道：「我吃得不多。」

雲實木著臉，沈默了好一會兒。

蘇丫懊惱得直跺腳。「昨兒都和銀娘姊姊說好了，要去河邊挖甜根，怎麼就下起雨來了？」

蘇木披著長衫站在門口往外看，天地間灰濛濛的一片，有種莫名的壓抑。

都說「清明時節雨紛紛」，還真是準，一大早窗外就響起了沙沙的雨聲。

蘇娃鼓著小臉，一聲不響地往外衝。

蘇丫眼疾手快地把他扯住。「下著雨呢，幹啥去？」

蘇娃悶著嗓子回道：「盪秋千。」

蘇丫敲敲他的腦袋。「雲實哥肯定早就綁起來了，開了聲才能用，你現在去了也是白搭。」

蘇娃撇撇嘴，蔫頭蔫腦地衝進院子裡，趴在豬圈邊上，拿著棍子逗小黑豬。

雨不大，蘇娃待的地方有槐樹遮擋，蘇丫小大人似地嘆了口氣便由著他去了。

蘇木笑了笑，丟給她一個讚賞的眼神。

蘇丫就像中了大獎似的，高高興興地坐在門檻上剝起豆子。

下雨天，最高興的莫過於兩隻小白鵝。

兩隻小鵝如今將近兩個月大，蘇娃從來沒有虧待過牠們，每天都要帶牠們去河邊覓食，還時不時地抓些小蝦米給牠們吃。因此小鵝們長得十分壯實，早早地就換上了一身白羽，夾雜著暗灰的翅毛，倒比別人家的小鵝看上去更威武些。

蘇娃把牠們從鵝欄裡放出來，有模有樣地囑咐了好些話，比如，不許糟蹋長姊的藥圃、不許在院子裡拉尿、不許亂叫等等。

小鵝們起初還擺出一副乖乖聽講的樣子，然而剛一脫離蘇娃的桎梏，便撒了歡似地朝著門前的水窪跑去，一邊跑還一邊「嘎嘎」地叫。

蘇娃急吼吼地跟在後面追，把姊妹兩個逗得格格直笑。

吃過午飯不久，天就放晴了。溫暖的陽光照在濕漉漉的樹葉上，讓它們顯得更加鮮嫩。

蘇木正準備換衣服出去，便聽到外面有小孩子在喊。「小木姊姊，石頭哥讓我叫妳盪秋千！」

蘇木推開窗子一看，是個壯壯實實的小漢子，模樣有些眼熟。

小漢子透過窗子看到她，一板一眼地說道：「小木姊姊，石頭哥說讓妳帶著二丫姊姊和蘇娃過去，最好快點，竹子已經砍好了，等著我爺爺到了之後就燃起來，去晚了就排不上了！」

「曉得了，辛苦你跑一趟。」蘇木給蘇丫使了個眼色，蘇丫會意，連忙從糖罐裡抓了把花生酥，小跑著遞到小漢子手邊。

起初他還不好意思收，還是蘇丫硬塞到他衣兜裡。

「零嘴而已，你安心收下，給你雲實哥遞個話，我們稍後就過去。」蘇木笑著說道。

小漢子點點頭，瞅了瞅院子裡的蘇娃，轉身跑走了。

蘇娃頓了片刻，悶著頭跟了上去。

蘇木從衣箱裡翻找片刻，換了身輕便的衣裳。上衣是銀白色，立領，窄袖，綴著一溜盤扣，下身並非裙裝，而是褲子，寶藍色的厚實布料，寬大的腰帶，腳腕處收口，即便放在現代也頗為時髦。

蘇木就是這樣一副打扮出現在蘇丫面前。

小娘子眼睛一亮，驚喜地問：「哪裡來的這身衣裳？從來沒見阿姊穿過！」

蘇木笑了笑，心裡滑過一絲暖流。「從衣箱裡翻出來的，應該是我娘出閣前的衣服。怎麼樣，我穿著還合適吧？」

蘇丫猛點頭。「好看！」

蘇木有些不解，原本以為會遭到反對來著。「妳不覺得怪異？」

蘇丫哼了一聲。「誰敢說這樣的酸話？阿姊是十里八鄉最俊俏的娘子，無論穿什麼都是應該的，別人要是羨慕，就讓她們自己去做好了！」

蘇木挑了挑眉，頓時對自家妹子刮目相看。

事情就像蘇丫說的那樣，當蘇木這身打扮亮相的時候，不僅沒迎來村民們的嘲諷，反而聽到一連串的驚嘆。

姚銀娘撥開人群擠過來，站在蘇家姊妹跟前咋咋呼呼。「天哪，這還是我的小木姊姊嗎？換了身衣服就像換了個人似的，以前怎麼沒見妳這麼、這麼……」
「銀娘姊姊是想說『英姿颯爽』吧？」蘇丫自豪地接口道。
「對，就是這個詞！」姚銀娘拍著手說。「真好看！」
蘇丫挺了挺胸，比她自己被誇了還要高興。
蘇木暗自笑笑，眼睛在人群中轉了一圈，不由自主地定格在那個高大的身影上。
雲實自蘇木出現的那一刻起，視線便沒有從她身上移開過。此時見她看過來，不自覺地揚起眉眼，對著她點了點頭。
蘇木也跟著笑了起來。

第十四章　出風頭

雲實站在蘇木面前，清朗的視線中帶著不假掩飾的欣賞。

「很好看。」他認真地說。

蘇木揚起嘴角，笑容漸漸放大。

雲實雖然不明白是什麼引得小娘子發笑，但只要她開心便好。

「開聲」儀式由村子裡年紀最大的長輩主持。那是位頭髮、鬍鬚皆白的老人，拄著光溜溜的手杖，腰部深深地彎著，走路慢吞吞。

蘇木聽到雲實叫他「曾爺爺」。

雲老爺子揚起手裡的火把，顫顫巍巍地丟到架起的木柴上，木柴堆下是乾透的竹葉和茅草，一點就著。

當柴禾燃起來的時候，村長帶著幾位管事開始往裡面扔竹竿。火堆登時發出「噼哩啪啦」的響聲，還真像放鞭炮似的。

村長一邊扔一邊唱。「陽春三月喲——杏花開！悠千兒悠千兒喲——盪起來！娃子娃子喲——加把勁！竹節竹節喲——響起來！各路神仙喲——保佑咱！風調雨順喲——笑開懷！」

寬厚的嗓音，悠長的語調，帶著獨特的鄉音，蘇木聽得入了迷。

不光是她，杏花村的男女老少們即便聽了許多年，此時依舊虔誠地豎著耳朵。也有其他村子的人過來湊熱鬧，無一不是帶著羨慕的表情。

每年清明祭都是杏花村最揚眉吐氣的時候。這裡還有件心照不宣的事——清明節的秋千祭其實也是一種變相的相親大會。

每年這一天，十里八鄉的適齡男女都會特意打扮一番，聚集到老杏樹下，盪秋千、放風箏，相看中意的對象。

這一天，無論是娘子們出風頭，還是男女間嬉笑打鬧，都不會受到太多苛責。

開聲過後，年輕人便三五成群地聚集起來，摩拳擦掌地開始準備接下來的比賽。

為了讓大夥兒玩得盡興，村長特意增加了彩頭。此時，獎品就擺在臨時搭起來的貢桌上。

蘇木瞄了一眼，有臘肉、米麵、豆子、木凳，甚至還有桂花大娘家贊助的高粱酒。獎品都不貴重，給什麼也是村長說了算，單純就是為了讓大夥兒樂呵、樂呵。

比賽方式說公平也算公平，娘子和娘子比，漢子和漢子比，蘇娃這樣的小孩子和小孩子們比。說兒戲也著實兒戲，雖然有村長和管事們做裁判，然而最後的輸贏大多還是要看觀眾們的喝彩聲。

蘇木姊妹兩個一組，輪到她們上場的時候，她心裡早就擬好了章程。

別人家搭伴的小娘子都是相對坐在秋千板上，雖然安全，卻盪不了太高。蘇木把腿一邁，直接蹬到寬大的木板上。

蘇丫按照提前說好和她交叉著腿站著，姊妹兩個一高一矮，臉對著臉，相視一笑。

雲實幫她們扶著繩子，略微擔憂。「能行嗎？」

「放心吧！」蘇木露出自信的笑。

蘇丫看著自家阿姊的笑臉，心裡也漸漸踏實下來。「雲實哥，可以開始了。」

雲實這才小心地推動手裡的麻繩，往前使勁一送，秋千板瞬間劃過一道優美的弧度，將姊妹兩個帶到了最高處，人群中頓時爆發出聲聲喝彩。

也有小娘子不滿地嬌嗔。「雲實哥，你偏心，我們悠的時候你咋不送！」

「就是！雲實哥偏心！」

「虧你還是我親堂哥，竟然偏幫著外人！」

「……」

小娘子們妳一句我一句，皆是玩笑的口氣，長輩們笑咪咪地聽著，也不阻止。

雲實卻一句都沒有聽到耳朵裡。他一門心思地注意著秋千上的情況，生怕有個萬一。

與雲實的緊張相比，蘇木倒是放鬆得多。起初還有些生疏，來回悠了兩下便漸漸找到了感覺。她緊緊抓著兩邊的麻繩，湊到蘇丫耳邊說：「使點勁兒，咱們盪個高的給大夥兒看看！」

「一、二、三——」

當秋千快要下降到最低點的時候，蘇木身體下蹲、曲起膝蓋，嘴裡小聲唸著數，然後奮力一蹬——忽地一下，姊妹兩個被秋千帶著飛到半空中，幾乎與最頂端的橫木平齊。

人群驟然安靜，緊接著歡呼聲、口哨聲此起彼伏地響了起來。

蘇木心裡暢快，發出一串串愉悅的笑聲。蘇丫受到感染，也不再拘著，而是學著蘇木的樣子下蹲、用力，肆意地笑。

圍觀的村民再次爆發出陣陣喝彩。

俊俏的面容、飛揚的裙裾、悅耳的笑聲深深地印刻在了人們的心中。

有外村的嬸子、大娘紛紛打聽，這是哪家的小娘子，真是俊俏又能幹，杏花村的人只拐著彎地轉移話題，心裡暗自想著，這麼好的娘子可不能嫁到外村去。當然，也有那些心眼壞的，添油加醋地說了些「剋父剋母」的話。

這些姊妹兩個並不知道，她們從秋千上下來時腿都是軟的。

雲實伸出健壯的手臂，一手扶一個，當著全村人的面反而沒人會念叨閒話。

後面也有人效仿她倆的方式，然而即便悠得再高，也失了新鮮感，怎麼也不如姊妹兩個引起的轟動大。

比賽結果可想而知，蘇木、蘇丫兩姊妹自然是拔得了娘子組的頭籌。

小娘子們也是服氣的，有些性格開朗的還特意跑過來道賀，蘇丫倒是乘機結識了幾個手帕交。

雲實始終默不作聲地站到蘇木身後，等著她應付完一撥撥道賀的人之後，才沈穩地說了句。「恭喜。」

「有一半是你的功勞。」蘇木俏皮地眨眨眼。「這下慘了，小娘子們都不理你了。」

雲實露出一個清淺的笑。「無妨。」

蘇木拍拍他的胸膛，豪爽地說：「別傷心，獎品也分你一半。」

雲實揚起眉眼，深邃的星眸中染上點點笑意。

蘇木愣愣地看著，險些沈溺其中。

歇了一會兒，村長便敲著鑼讓大夥兒聚集起來，開始發獎品。一溜領獎的隊伍裡有漢子，有娘子，也有小孩子。

蘇家姊弟三個全都名列其中。

蘇娃和先前去喊他們的小漢子搭伴得了個第二，也算是意外之喜。

小漢子作為代表上去領獎，蘇木聽到他對著村長脆生生地叫了聲「爺爺」，村長故意板著臉罵了句「臭小子」，然而眼中的笑意卻是怎麼也掩飾不住。

旁邊的管事適時誇道：「你家雲吉真是個好的，不僅唸書好，就連秋千都盪得好。」

村長謙虛了兩句，隨手拿了個最不起眼的獎品塞到了自家孫子手上。

小漢子雖然有些失望，卻也習慣了。

村長看向不遠處的蘇娃，狀似無意地挑了塊最大的臘肉塞給雲吉。

雲吉眼睛一亮，還沒來得及高興，便聽村長說道：「拿給蘇家小娃，這是他該得的。」

雲吉頓時像個霜打的茄子似的，沒精打采地「哦」了一聲，一手抱著肉一手拎著自己的紅薯乾蔫蔫地回到了隊伍裡。

蘇木眼瞅著他把臘肉塞到蘇娃懷裡，臉上帶著明晃晃的羨慕。

蘇娃看看雲吉，又看看手上的臘肉，沒等蘇木說話，便抓著肉塊重重地磕在石頭上。

蘇木微愣，大約明白了蘇娃的意圖。然而，別人卻並不明白，有人看到蘇娃的動作，開始在旁邊嘀咕著「不懂事」之類的話，村長也不由得皺起了眉頭。

蘇娃沒管這些，一心拿著肉塊一下、一下地磕著。終於，小臂長的肉塊被他磕成兩半，小傢伙揀起大的一半塞到了雲吉手上。

人群中發出「哦」的聲音，大夥兒頓時了悟。

雲吉吃了一驚，推辭著不要，蘇娃卻憨著嗓子說：「一人一半。」

雲吉沒辦法，偷偷地往自家爺爺那裡看了一眼。蘇娃也下意識地看過去。

村長正在自責，對上他們的視線，連忙擺出和善的笑。

雲吉這才鬆了口氣，喜孜孜地把自己的紅薯乾分給蘇娃一半。兩個小漢子都挺開心。

作為長姊，蘇木真是自豪極了。

村長為姊妹二人選的是半疋花布，提前放在手邊。

他一邊和姊妹兩個說著話一邊回頭去拿，拎到跟前的時候，卻發現自己拿的根本不是布料，而是一套矮墩墩的小板凳——雖然打磨得十分用心，卻實在不稱小娘的身分。

秋千賽的彩頭有個規矩，第一手摸到什麼是什麼，若是隨意更換便沒有了祈求好運的意味。

村長立時黑了臉，一雙虎目瞪向身後的漢子。

漢子苦著臉，斜著眼往雲實那邊瞥。雲實四平八穩地站著，一臉與己無關的模樣。

這下，村長還有什麼不知道的——定然是雲實那小子趁他不注意把獎品給換了！

蘇木約莫看出門道，笑著說：「原本我也是看中了這個，家裡正好缺一套，倒是得感謝村長伯伯和各位姊妹成全。」

後面的小娘子發出陣陣嬌笑。「不用謝、不用謝，我們更想要花布呢！」

村長臉上也帶著和善的笑，更覺得蘇家孩子識大體——什麼剋父剋母的，都是胡說！

過了清明，天氣便漸漸暖了起來。

老天爺一連幾日放晴，倒給了人們足夠的時間晾曬薄衫。

一時間，家家戶戶的院子裡都掛滿了衣服，尤其是小娘子多的人家，那花花綠綠的顏色煞是好看。

蘇木到桂花大娘家串門的時候，聽見她們正說著去鎮上趕集的事。

博陵鎮每到初一、十五都有大集，集市上吃的、用的、玩的都可以買到，還有大商戶們為了吸引更多的人，專門花錢請去的戲班子。

蘇木一聽就十分心動，她來了兩個多月一次門都沒出過，家裡的許多東西都短缺了，正好和桂花大娘母女搭伴去趟鎮上，一來補充吃用，二來長長見識。

蘇木回家就把這件事給姊弟兩個說了。「待會兒吃了飯，咱們把家裡缺的列出來，明兒個一塊兒買齊了。」

「一起去嗎？」蘇娃眼睛一亮，難得主動搭話。

蘇木連忙點了點頭，笑著說：「對，一起去。」

蘇丫雖然很高興，然而她還是懂事地說：「阿姊帶小娃去就好，我留下來看家。」

蘇娃頓了頓，悶悶地說：「那我也不去了。」

蘇木無奈地看了兩人一眼。「這個家有什麼好看的？豬、鵝早上出門餵一次，傍晚回來再餵一次，餓不著牠們。」

姊弟兩個還是有些猶豫，蘇木果斷地說道：「說好了一起去，這個家就留在這裡，跑不了！」

姊弟二人被她逗笑，彎彎的眉眼如出一轍。

蘇木眼尖地發現，蘇丫和蘇娃雖然一個模樣清秀，一個虎頭虎腦，眉眼之間卻十分相似，一看就是親姊弟。想來，那個王家老大的長相也並非像人們說的那麼差，或許是因為黑瘦，乍看上去才讓人覺得醜。

蘇木漸漸發現，這個時代人們的審美統一偏向文文弱弱的白面書生，像雲實那樣身高腿長、小麥色膚色的反而並不吃香。

怪不得那人到了二十歲上還沒娶到媳婦！蘇木頗有些「幸災樂禍」。

說起來，也有一陣子不見他了。

第二天，蘇木一出門，便看到了雲實像個標竿似地豎在桂花大娘家門前。

蘇木大大方方地迎上去，熟稔地打著招呼。「似乎好一陣不見你。」

「去了一趟李家，在祁州縣城。」雲實話鋒一轉，突兀地問道：「妳想見我？」

蘇木一頓，莫名覺得受到了調戲！

姚銀娘揹著筐子從院子裡出來，剛好聽到這句。她無語地翻了個白眼，一巴掌拍在自家表哥的手臂上。「我說，哪有你這麼問的，怪不得沒有小娘子肯喜歡！」

雲實抿了抿嘴，看向蘇木的眼神中帶著些許歉意。

蘇木搖搖頭，笑道：「不過玩笑而已，用不著大驚小怪。」

姚銀娘翻了個大大的白眼，調侃道：「得了，你們倆一個願打，一個願挨，怪我多嘴。」

蘇木還沒說什麼，桂花大娘便虎著臉把她訓了一通。「胡說什麼，這種玩笑也是亂開的？還不趕緊幫著妳爹套驢子去！」

姚銀娘沒頭沒腦地挨了一頓訓斥，跺跺腳，氣呼呼地走了。

桂花大娘轉過臉來對著蘇木笑道：「銀子嘴上向來沒個把門的，小木妳別在意。」

蘇木笑笑，心裡多少有些疑惑——姚銀娘向來心直口快，與她開玩笑是常事，桂花大娘今日為何如此客氣？

雲實動了動嘴，想要說什麼，卻被蘇木用眼神阻止。

好在，驢車很快便來了，兩家人在小小的平板車上擠作一團，早早地出發了。

這時天還沒亮透，清晨的風有些涼，蘇木身上穿得單薄，不自覺打了個噴嚏。

雲實在前面趕著驢子，像是隨時關注著她的動靜似的，一聽到響動便毫不猶豫地脫下外衫，塞到她手裡。

蘇木看著他赤裸的手臂，猶豫著要不要還回去。

桂花大娘看到兩人之間的互動，微不可察地皺了皺眉。

「你們年紀輕，不知道給自己加衣裳，幸好我多帶了一件，是妳金娘姊姊的，款式有些老，小木若不介意就先披著。」說著，便從筐子裡扯出一件對襟的短褂，笑呵呵地給蘇木披上，順便把她手裡那件扯出來扔回雲實身上。

姚銀娘忍不住叫了聲。「娘……」

那件衣服明明是……

後面的話被桂花大娘一個瞪眼嚇回了肚子裡。

蘇木裝作沒有發現母女之間的互動，只是彎了彎嘴角，露出一個無害的笑。等到桂花大娘轉過頭去，她才垂下眼睛，心底升起一股異樣。

如果說，剛剛桂花大娘訓斥姚銀娘是為了維護她的名聲，現在這一齣，她幾乎肯定，桂花大娘似乎很不樂意讓雲實跟她扯上關係。

她不著痕跡地往雲實那邊看了一眼，正好瞧見他把外衫搭在車轅上，並沒有穿。

蘇丫姊弟兩個察覺到驢車上的奇怪氣氛，不自覺地往自家阿姊身邊靠了靠。

蘇木在心裡默默地嘆了口氣，緊緊地握住一雙弟妹的手。

第十五章 危險

博陵鎮在杏花村的西邊，沿著這條平坦的土路走上一個時辰便到。集上挨挨擠擠的全是人。

「真熱鬧。」蘇木不由感嘆。

「可不是，」姚銀娘一見這樣的場面，立馬恢復了活潑本性。「前段日子人們都忙，這次好不容易逢個大集，恐怕這十里八鄉的村民們全都湊過來了！」

桂花大娘就當什麼事都沒發生似的，關切地說：「待會兒小木一定要跟好我，二丫和小娃也是，千萬不能亂跑，知道不？」

蘇木笑著點點頭，臉上的神色也十分自然。

桂花大娘看向雲實，溫聲道：「你把驢子託給車馬行看著，和我們一道轉轉。」

雲實卻是木著臉說：「不用了。」

「表哥，好不容易來一趟，乾等著多無聊，一起去吧！」姚銀娘極力勸道。

雲實抿著唇，無聲地拒絕。

蘇木拿眼看著他，識趣地沒有開口，她敏感地意識到，雲實似乎有些不高興。

桂花大娘只得囑咐了兩句「吃點好的，別乾等著」之類的話，便叫著蘇木姊弟離開了。

雲實坐在車上，定定地看著蘇木的背影，不知道在想什麼。

博陵鎮雖然冠著「鎮」的名字，其繁華程度卻不亞於現代的普通縣城。儘管蘇木見識過燈紅酒綠的現代化大都市，此時在這個實實在在的古代城鎮上，依舊像是不夠看似的，處處都覺得新鮮。

姚銀娘毫不顧忌地調侃道：「聽說小木姊姊是見過大世面的人，怎麼到了咱們這小小的博陵鎮，倒像個土包子似的？」

蘇木沒有搭話，蘇丫卻是不樂意了。「我阿姊見慣了大地方，偶爾興致來了也會覺得這樣的小鎮子有趣！」

姚銀娘察覺到蘇丫話語裡的火藥味，連忙把話往回拾。「開個玩笑而已，我阿姊早就說了，小木姊姊能寫會算，比大戶人家的小姐一點不差。」

蘇丫「哼」了一聲，心想，這還差不多。

桂花大娘略帶歉意地看著蘇木，訕訕地解釋道：「銀子她就是這樣的性子，小木妳可別往心裡去。」

蘇木連忙笑著說：「大娘不必多想，我自然是曉得的。」

桂花大娘看著蘇木果真不介意的樣子，這才放了心。

蘇木卻在心裡無聲地嘆了口氣——因為今天早上的小疙瘩，雙方的相處平白添了幾分小心翼翼，如果這種情況再持續下去，恐怕這一整天都會不自在。

想到這裡，蘇木便笑著開口道：「大娘，我倒有個想法，咱們買的東西並不相同，不如分開逛，這樣也能早點回去。」

桂花大娘立即說道：「這怎麼行？你們兩個小娘子、一個小漢子，叫我怎麼能放心？」這話脫口而出，完全是桂花大娘心底最真實的反應，令蘇木心裡舒坦了許多。不過，她並沒有改變自己的想法。

「我要到南邊的墨香街買些筆墨，除去細細挑選的工夫，光是一來一回都要耽誤不少時間。大娘不是說要趁早去挑些新鮮的米麵嗎？晚了恐怕只能買著陳的。」

不知道出於哪方面的考慮，桂花大娘最終點了點頭，仍是不放心地囑咐道：「挑著人多的大路走，別往偏僻的巷子裡鑽。」

「曉得了，大娘放心。」蘇木笑著點點頭。

她一心想著這青天白日的，怎麼也不可能出事，卻不曾料到，先前在城門口的時候，便有人鬼鬼祟祟地跟在了後面。

墨香街是博陵鎮上出了名的書畫一條街，筆、墨、紙、硯、書籍、字畫樣樣都賣。有些店家為了附庸風雅，時不時辦個小小的文會，漸漸地吸引了諸多讀書人聚集於此。讀書人多的地方，穿衣打扮、說話腔調都是不同的。因此，當三個衣衫髒破、賊眉鼠目的混混，沒頭沒腦地闖進來的時候，瞬間便引起了人們的注意。

街上的人不約而同地把目光放在他們身上，然後就像看到了什麼髒東西似的，又很快移開。那一雙雙低垂的眉間隱藏的厭惡，彷彿一個個響亮的大巴掌搧在三人臉上。

李大疤一跺腳，罵了句「娘」，引得周圍之人紛紛側目。

他看了眼漸漸走遠的姊弟三人，嘴裡罵罵咧咧地往回走。其餘兩人跟在後面，一個畏畏縮縮，一個心有不甘。

等到出了墨香街，王二狗狠狠地往地上啐了一口唾沫，湊到李大疤耳朵邊上嘀嘀咕咕。「咱們哥仨就在這兒守著，我就不信了，她還能永遠不出來？」

李大疤沒好氣地瞪了他一眼。「等著幹麼？這大集大市的，什麼樣的小娘子沒有？」「還別說，我就看上這個了。咱們哥仨兒跟了這麼一大會兒，總得撈點好處不是？」王二狗臉上現出猥瑣的笑。「就算摸上一把也是好的……」

李大疤顯然也沒想什麼好事，咧著嘴點了點頭。

這些，蘇家姊弟全然不知。

蘇木選了家門面適中、內裡裝修看上去不大奢侈，但也不寒酸的店鋪走了進去。

店裡只有一位掌櫃，不過二十來歲的年紀，正坐在迎門的竹椅上看書。他聽到有人進店，依舊握著手裡的書，頭也不抬地招呼道：「客人需要什麼？請隨意。」

蘇木禮貌地問：「店裡可有練大字的筆？」

年輕的掌櫃聽到小娘子的聲音，不由抬頭，詫異地看向蘇木姊弟。

實際上，蘇木的心裡多少有些忐忑，倘若這人說些「女子無才便是德」這類的話，她該如何回應？

好在，對方很快露出一個溫潤的笑，頗有風度地攤開胳膊，朝著右後方的筆架上指了指。「可是給小公子開蒙用？這些或許合適。」

蘇木暗自鬆了口氣，大大方方地走近兩步，朝著那邊細細地看。

當那一根根青青黃黃的竹質筆桿、一叢叢懸垂的羊毫筆尖映入眼簾的時候，屬於小蘇木的記憶頃刻間翻湧而出。

素白的手不由自主地伸向最左邊那根，那是一支翠色的青竹中鋒筆，羊毫筆尖，握在纖長的指間自然給人一種靈動秀氣之感。

「如果沒記錯的話，我小時候練字便用這種。」蘇木感慨地說。

掌櫃聞言，朗笑出聲。「娘子選中的這支，若是給旁邊這位小娘子用倒是十分合適，若換成這位小漢子，想必要另換一支。」

蘇木雖然疑惑，卻也沒有多問，只是說道：「店家有合適的推薦？」

年輕的掌櫃露出爽朗的笑，他捲起寬大的衣袖，狀似隨意地伸出手，從架上摘下一支，遞到蘇娃手上。「寫兩筆試試。」

蘇娃並沒有立馬接過，而是詢問般看向蘇木。

掌櫃並不介意，溫潤的眸子裡反而染上點點笑意，舉動之間自然帶著股瀟灑之態。

直到蘇木點了頭，蘇娃才把那支筆接過去，懸在半空中比劃了兩下，看樣子頗為喜愛。

除了兩支毛筆，蘇木又另外買了一方、一圓兩個硯臺並兩刀毛邊紙，分別送給蘇丫、蘇娃作為正式練字的禮物。

起初蘇丫推辭著不要，還是蘇木執意要買，小娘子才無比愛惜地收下，顯然也是高興的。

年輕的掌櫃把姊妹間的互動看在眼裡，眼中笑意更深。

蘇木三人出了墨香街，拐進花木市場，一路走走停停，並未察覺到危險的逼近。

李大疤三人縮在一叢側柏後面，探頭探腦。

王二狗急得什麼似的，一個勁兒地問：「疤哥，啥時候上？」

李大疤咬了咬牙，低聲說道：「眼下人太多，不方便動手，等她走到人少的地方再說。」

王二狗雖然心急，卻又不得不依靠李大疤的本事，只得不甘不願地舔了舔嘴唇，一雙噁心的視線像狗皮膏藥似地黏在蘇木身上。

花木市場上，蘇木原本只是跟在弟妹們身後，欣慰地看著他們歡歡喜喜的模樣，大方地說道：「若有喜歡的儘管說，姊有錢。」

蘇丫、蘇娃兩個只乖乖點頭，然而都快走完這條街了，也沒見他們開口要什麼，蘇木只得自己留意著。

不經意瞥見一處攤子，蘇木的眼睛突然亮了起來。

那處攤位很小，設在最角落的地方，只在地上鋪了一張破破爛爛的草蓆，周圍半個人影也沒有。

蘇木一雙美目直直地盯著草蓆上那幾棵歪歪扭扭的小樹苗，一臉驚喜。

「這位娘子，想要來棵番果樹嗎？」攤主瞅準時機，和和氣氣地招呼道。

蘇木三兩步湊到攤前，問道：「你說這叫什麼？」

攤主這才看清她的模樣，一張俊臉突然就紅了。

蘇木眨眨眼，不明白這位小哥是怎麼回事。

莫非他並不知道這是葡萄樹，只是隨便編了個「番果」的名字，如今被自己當場拆穿所以才會不好意思嗎？

蘇木想得出神，後背猝不及防地被人碰了一下。她下意識地扭頭，對上一張陌生的臉。對方的長相雖然有些一言難盡，然而臉上的表情看上去……姑且認為是歉疚吧！

於是，蘇木大方地說了句。「不礙事。」並朝那人笑了笑。

沒承想，她剛剛回過頭，便察覺到一隻鹹豬手哆哆嗦嗦地放到了自己的手臂上，如果仔細些的話，甚至還能聞到對方身上的汗臭味。

蘇木臉色一變，猛地意識到——這是碰到流氓了！

蘇木轉頭，目光凌厲地瞪向身後那隻鹹豬，沒等他做出什麼動作，便揚起手狠狠地甩了他一個大嘴巴。

這突如其來的一巴掌把所有人都打懵了。

蘇娃第一個反應過來，勇敢地擋到蘇木身前，蘇丫也小跑著奔到她身邊。

蘇木雖然面上鎮定，心裡卻是發虛的，剛剛打人的手似乎腫了，一陣火辣辣的疼。

長這麼大第一次被小娘子打，王二狗徹底惱羞成怒，一雙鼠眼惡狠狠地盯著蘇木，不住嘴地冒著髒話。「他娘的，今兒個狗爺要是不讓妳嘗嘗厲害，狗爺我跟妳姓！」

「呸，我嫌丟人！」蘇木嘴上凌厲，心裡快速想著對策。

「嘿，長得水蔥兒似的，沒承想還是個牙尖嘴利的。」王二狗怒極反笑，攤開手掌「呸呸」兩口，噁心地合在一起搓了搓，拿起架勢就要往蘇木身上招呼。

蘇木心如擂鼓，害怕地往後退了退。

旁邊突然傳出一聲大喝。「離小娘子們遠點兒！」

不僅是王二狗，就連蘇木也是一愣。

賣樹苗的攤主看上去瘦瘦小小，膽子也不是很大的樣子，此時卻十分仗義地抓起手邊的木棍，瞪著眼睛，擋在了前面。

王二狗一看，不僅沒被嚇住，反而呵呵地笑了起來。他朝著拐角處喊了一嗓子。「哥兒幾個出來吧，碰到個不知好歹的！」

話音剛落，李大疤和劉三傻便現出身。

突然多出來的兩個人，把蘇木幾人嚇了一跳，賣樹的小哥抓著棍子的手不自覺地顫抖起來。

蘇丫緊緊地挨在蘇木身邊，眼睛裡冒出了淚花。蘇娃依然勇敢地擋在阿姊們身前，努力揚著小小的腦袋，渾身上下自有一股狠勁。

王二狗被小漢子那雙黑亮的眼睛看得心虛，抬腳便往蘇娃身上踹去。

蘇木心裡一驚，眼疾手快地把自家弟弟扯到身後。

趁王二狗分神的工夫，蘇木猛地上前一步，迅速抬起右膝，做出了那個在腦子裡演練了許多遍的動作。

著。

只聽「噭——」的一聲慘叫，王二狗捂著褲襠跪到地上，如麻稈的身體像個大蝦米躬著。

在場的男人們不約而同地下身一涼，驚恐地看向蘇木。

蘇木一擊而中，腦子飛速轉著，思考著脫身的辦法。

這裡和外面的花市僅僅只有一牆之隔，然而鬧市之中人聲鼎沸，即使喊破喉嚨都不一定有人能聽到。如果奮力跑的話，不過幾個呼吸的工夫便能跑到巷口向人求救。

蘇木在心裡盤算一番，果斷地把蘇丫往賣樹的小哥那邊一推，低聲喝道：「護好她！」

蘇丫卻不肯，緊緊抓住蘇木的衣袖。

小哥難得強硬起來，不由分說地把小娘子扯過去，低聲吼道：「聽妳阿姊的，她定然有了主意！」

蘇丫被對方莫名其妙地吼了一頓，一下子愣住了。

蘇木隨即把蘇娃藏到身後，快速叮囑。「待會兒趁亂跑出去，巷子外面都是人，告訴他們這裡走水了！」

一系列的動作只發生在極短的時間，李大疤二人的反應也不慢，他們一左一右包抄過來，死死地把蘇家姊弟堵在角落。

蘇木瞪著眼睛，緊緊盯著漸漸靠近的兩人，對方每往前走一步，就像往她心上踩了一腳。

李大疤似乎也從中找到某種變態般的樂趣，故意放慢腳步，一步步獰笑著靠近。

蘇木的臉色一寸寸變得蒼白，她護著弟妹接連後退，直到後背抵上土牆。對方防著她的陰招，兩雙眼睛時不時掃向她的膝蓋。

蘇木悄悄地抓住賣樹小哥手中的木棍，下定決心和對方拚個你死我活。

就在這時，蘇娃突然大叫一聲。「雲實哥——」

兩個混混一愣，下意識地向身後看去。

蘇木抓住機會，使出全力朝著李大疤的腦袋砸了下去。此時此刻，她也顧不上是不是把人打死或打殘了，她只知道，如若不能自保，她們姊妹二人的下場一定會比死了還慘。

李大疤吃了一棍，卻並未倒下。他悶哼一聲，猛地轉回身，惡狠狠地盯著蘇木。

「小騷娘們，反了天了！」劉三傻想要上去教訓蘇木，卻被李大疤攔住。

「好，很好。」他摸著腦袋上的腫塊，一雙三角眼充滿惡意地盯著蘇木。

蘇木心頭一慌，再打第二下的時候，木棍卻被攔在半空。

「雲實哥——我們在巷子裡！」蘇娃再次放開嗓門，大聲喊叫。

李大疤卻不再信了。不過，到底有些心虛，他拿腳踢了踢劉三傻。「你去巷口守著。」

劉三傻一聽眼睛便瞪了起來。「這哪成，莫非你想把銀子、首飾獨吞了？」

李大疤懶得跟這個蠢貨廢話，不耐煩地說：「叫你去你就去，除非你想讓這小子把官差引來！」

劉三傻撇了撇嘴，心不甘情不願地朝巷口走去。

沒承想，還沒走出兩步，肥壯的漢子便突然「飛」了回來，重重地砸在了土牆上，牆面顫了顫，土渣唰啦啦地往下落，嗆得幾人一個勁兒咳嗽。

蘇木抓住機會，猛地摳下一把土塊，抬手便拍到李大疤臉上。

李大疤上一瞬成功躲開，剛要開罵，下一瞬便被人狠狠地踹到了地上。

塵土飛揚中，男人身姿挺拔，滿面怒容。

蘇木緊揪的心臟驟然一鬆，癱軟在地。

第十六章　要錢

雲實及時趕到，免去了一場災禍。

事後，蘇木問蘇娃。「你怎麼知道雲實哥會來？」

「我聽到雲實哥說話，在牆那邊。」蘇娃理所當然地回答。

蘇木長長地舒了口氣——都說小孩子耳聰目明，果然如此。

要說雲實又是為何出現在花市，實際並非偶然。他得知蘇家姊弟和桂花大娘母女分開後，放心不下，便沿著墨香街一路尋找，恰好走到花市。

當時他正沿街詢問，恰好聽到蘇娃的呼救，便用最快的速度趕了過來。

幸好趕到了，天知道，看到蘇木被堵的那一刻，雲實是如何心驚、如何憤怒，他甚至不敢想像如果蘇木當真出事了，他會不會把那些畜生大卸八塊。

實際上，那三人雖沒有被大卸八塊，也已經被打得不成人形了。倘若不是蘇木攔著，雲實恐怕會把他們打死。

最後，還是賣樹小哥幫忙叫來官差，將三人扭送到鎮守衙門——以「偷盜錢財、殺人未遂」的罪名。

賣樹小哥以命相救，蘇木自是感激不已，好說歹說問到了對方的姓名、住址，打算改天登門道謝。

小哥名叫林小江，家住梨樹台。

梨樹台與杏花村隔著一條孟良河，這個村子的農戶們大多栽種果樹，林小江家裡有好幾畝果園子。

臨別之時，林小江把那幾株「番果」苗送給了蘇木，蘇木給錢他也不肯收。他說這幾株苗子是過路的外邦人用來和他們家換吃食，他爹一看苗子歪歪扭扭就像老樹皮，以為是對方唬他們。

不過，出於善心，林家阿爹還是拿出糧食給了對方，至於「老樹皮」原本是打算扔了的，林小江捨不得，這才拿到集市上碰碰運氣。

他說，就算蘇木不要，自己大抵也養不活，所以乾脆送給她。

蘇木越發中意這位林小哥的人品。

林小江離開後，雲實和蘇娃一大一小，兩位漢子護著小娘子們簡單地整理了衣裳、頭髮，擦去臉上的土灰，這才從巷子裡走出去。

幾個人不約而同地擺出一副什麼都沒有發生過的樣子，強作鎮定地回到城門口。

桂花大娘她們還沒有回來，蘇木悄悄地鬆了口氣。

雲實把姊弟三人安置在驢車上，囑咐了相熟的漢子幫忙照看。

漢子拿眼瞅了瞅車上俊俏的娘子，不由笑道：「石頭也有心上人了？」

雲實沒有承認，也沒有否認，只是語氣平靜地把剛剛的話又重複了一遍。

漢子笑嘻嘻地調侃。「你若承認是你相好，我便幫你照看。」

雲實沒理他，不放心地看了蘇木一眼，便轉身走了。

實際上，他並沒有走遠，不過去了百米開外的地方，那裡擺著一個個賣吃食的小攤子，價錢有高有低，生意都還不錯。

雲實捏了捏手上那串單薄的銅板，拿眼瞄了瞄點心攤子上的綠豆糕，臉上帶著些許複雜。

手裡須得有些銀錢才行。雲實默默地想著。

最後，他還是放棄了「天下最好吃的綠豆糕」，選了五塊看上去軟糯可口的豌豆黃，這個價錢便宜些，他剛好付得起。他從攤主手裡接過封著紙包的點心，小心翼翼地拿在手上。

先前的漢子遠遠地看到他，揚聲說道：「買了什麼好吃的，有兄弟的分不？」

「沒有。」雲實毫不猶豫地回道。

如此乾脆的拒絕，令對方一陣無語。

雲實卻不再理他，而是把紙包遞到蘇木手裡，低聲說：「很好吃，妳嚐嚐。」

蘇木對他笑了笑，驚魂未定的心因為他這個小小的舉動稍稍放鬆。

回到家的時候，天色黑透了。

雲實在桂花大娘家吃過晚飯便直接去了村南頭——那個對他來說絕對稱不上「家」的地方。

彼時，雲家老少也剛剛吃過晚飯，正坐在院子裡嘮嗑。劉蘭正說得興起，遠遠看見雲實過來，臉一下子就拉了下來。

「喲，這不是雲實嗎？聽說你今兒個倒是好好地盡了回孝道，拉著你舅舅一家子到鎮上趕集去了，是吧？」一句話被她說得抑揚頓挫，彷彿每個字裡都帶著譏諷的意味。

雲實就像沒聽到似的，並不理她，只對著雲柱說道：「阿爹，我想跟您說件事。」

雲柱悶悶地點了點頭。「說吧！」

雲實也不繞彎子，直截了當地說：「看園子的錢，我要留下一半。」

雲柱還沒說什麼，劉蘭一下子就炸了。「你個沒良心的小崽子，雲家養你這麼大竟是養了個白眼狼嗎？沒成家沒立業的就先琢磨著留私房錢，雲實啊雲實，你爹可還活著呢！」

雲實皺了皺眉，沈靜的目光看向雲柱，等著他的意思。

劉蘭也停止了喝罵，單等著雲柱發話。

雲柱低垂著頭，視線盯著地面，半晌，他才輕咳一聲，溫溫吞吞地說：「石頭啊，你也知道，咱家的錢向來都是你阿娘管著，你要用錢得跟她說。」

雲實的臉當即便拉了下來。「跟我阿娘說？我阿娘早死了，我要到下面跟她說嗎？」

劉蘭氣個半死，一通大罵。

等她撒潑完，雲實方才冷冷地說道：「如今我還允妳白得一半銀錢，是看著我爹和冬青的面子。妳若不知足，便連這一半也不必要了。」

他說完轉身就走，絲毫不在意劉蘭如何在身後跳腳罵街。

村裡人很少點燈，等到屋裡黑得做不了活計的時候，人們就歇下了。

這一日，從傍晚開始就有些陰，天黑得早，夜空中連顆星星也沒有。

家家戶戶的雞、鵝入了窩，看家護院的狗兒也找了個舒服的地方蜷成一團，半眯著眼睛假寐。

半夜三更，萬籟俱寂，村東頭的孟良河邊遠遠傳來嘰嘰咕咕的鳥叫，那聲音斷斷續續，帶著某種節奏。

蘆葦叢中響起兩聲應和，繼而是一陣劇烈的抖動，片刻之後便有人貓著腰鑽了出來。

如果蘇木此時看見了，定然能夠認出，這人就是那日在集市上碰到的混混——王二狗。

王二狗被雲實狠揍一頓，生生地去了半條命，這些天心裡一直憋著氣，等到打聽清楚蘇木的住處，第一時間就找來兩個狐朋狗友合計。

這貨不知從哪裡聽說蘇木家裡，連個頂立門戶的男人都沒有，還頗有積蓄，差點讓他們高興瘋了。三個人商量好了，一個要色，另兩個要錢，至於金銀首飾之類則一道典當了喝花酒。

孟良河岸邊只有一條木船，平日裡都在杏花村停著，若是南石村和梨樹台的人想要過河，只需在對岸高喊一聲，雲老頭便會撐著船從蘆葦叢裡出來。

雲老頭無兒無女，早年服過兵役，除了撐船之外，還自發地擔著保護村子的責任。起初只有他自己，後來多了一條大黑狗，再後來大黑又有了小黑，爺仨彼此陪伴，在孟良河邊留下了數不清的腳印。

這天，許是晚上貪嘴，新挖的芋頭多吃了兩個，雲老頭總覺得胃裡不舒服，早早地便睡了。一大一小兩隻黑狗守在他床邊，沒一會兒便閉上了眼，也徹底睡死過去。

於是，遠遠地躲在蘆葦蕩裡的王二狗這才跑出來，偷了雲老頭的船，划到對岸去接那倆同夥。就這樣，三個混混偷偷摸摸地過了河，摸到了蘇家小院的柵欄前面。

劉三傻扒著院牆往裡看。「二狗，是這家不？」

王二狗沈著臉點了點頭。

劉三傻吹亮了火摺子，待看清蘇家的房子，一雙賊眼騰地亮了。「天爺爺，這下可發財咧，連房頂都鋪著瓦片，這得多有錢？」

王二狗忙捂住他的嘴，低聲吼道：「收聲！你想把人招來嗎？」

劉三傻咧了咧嘴，露出討好的笑。

王二狗又瞪了他一眼，這才鬆手。他的表情十分凝重，總覺得有什麼事要發生，以至於李大疤連續喊了兩聲他都沒聽見。

李大疤推了他一把，陰陽怪氣地說：「長本事了是吧，踩了個好點便不搭理你疤哥了？」

王二狗一愣，連忙壓著嗓子解釋。「疤哥你可別多想，我就是覺得這心裡不踏實。」

李大疤撇撇嘴，露出一個譏諷的笑。「你小子就是沒膽，得咧，還是換你疤哥打頭陣吧！」

李大疤也不等王二狗反應，兩隻粗大的手往牆頭一扒，腿往上一揚，便翻到了牆頭上。

那動作，恁是熟練。

劉三傻學著李大疤的樣子，鄙視了王二狗一下，也緊跟著翻上牆。王二狗看著他們得意的模樣，心一橫，緊隨其後。

蘇娃原本睡得實，然而耳朵裡斷斷續續鑽進一些讓人討厭的聲音，小漢子皺著眉頭從炕上滾了兩下，一不小心滾到了地上，把自己給摔醒了。

蘇娃歪歪扭扭地穿著汗褂，半睜著眼睛迷迷糊糊地從地上爬起來。突然，他聽到「咚」的一聲悶響，緊接著，又是「咚、咚」兩聲。

柵欄裡的鵝被驚動了，發出不滿的叫聲。

屋外傳來低聲咒罵。

蘇娃意識到不對，踮著腳跑到門邊。

這時，月亮剛好從雲層後面露出半張臉，就著月色，蘇娃清清楚楚地看到了牆根底下那三道鬼鬼祟祟的人影。

小漢子一驚，心怦怦地跳了起來。他在屋子裡轉了一圈，最後跑回床邊，從枕頭底下摸出一把彈弓——這是雲實前不久才給他削的，讓他用來保護阿姊。

小漢子沒有吵鬧，也沒有叫人，他的小臉緊緊地繃著，輕手輕腳地走到窗戶邊上，悄悄地把胳膊伸出去。

窗臺上曬著一溜泥球，是他白天剛剛捏好的。

他默默地抓了兩大把泥球，兜到衣服裡，然後跑到門邊上，把門拉開一條窄縫。整個過程都未曾發出太大的響動，外面的人絲毫沒有覺察。

王二狗正貓著腰往屋子的方向走，突然臉上一痛，警惕地左右察看。「誰？」

李大疤剛想譏諷兩句，膝蓋突然傳來一股痠麻的痛感。

兩個人對視一眼，這才意識到不對。

李大疤正要低聲提醒，卻聽到劉三傻大叫一聲。「他娘的，誰打我？」

這一嗓子聲音不小，鵝圈裡的小白鵝晃晃悠悠地甩了甩腦袋，豆子似的黑眼珠不情不願地睜開，倒映出三個賊眉鼠眼的傢伙。

兩隻小東西愣了愣，沒等對方把髒爪子伸過來，便「啊昂——啊昂——」地叫了起來。

這一叫可熱鬧了，桂花大娘家的鵝率先回應，繼而是再往西的人家，很快蔓延到整個村子。

狗子們也不甘示弱，一個個揚著脖子吠叫起來。

蘇娃也不再躲藏，手裡的彈丸一個接一個地打到三人身上。別看他年紀小，性子卻沈靜，彈弓瞄得準，實實在在地讓三人吃了些苦頭。

李大疤一邊躲閃著不知道從哪裡冒出來的泥球，同時還不忘踹上王二狗一腳，憤恨地埋怨道：「你怎麼打聽的，不知道他們家養著扁毛畜牲？」

王二狗被踹得踉蹌兩步，苦著臉解釋。「我也不曉得怎麼回事，白日這鵝並不在家。」

「狗子哥，不是我說你，你看你幹的這叫什麼事？」劉三傻抓住機會落井下石，彷彿貶低了王二狗就能抬高他自己似的。

王二狗卻不怕他，瞪著眼睛罵道：「媽的，這才到哪兒？你這是咒我呢，還是咒疤哥呢？」

「我——」

「行了！」李大疤寒著臉。「趕緊著，拿到錢就走，其餘的以後再說。」最後一句，大抵有些安撫王二狗的意思。

王二狗咬了咬牙，雖心有不甘，還是點頭應下。

三人達成一致，便不約而同地朝著堂屋跑去。

蘇娃一看便急了，毫不猶豫地從屋子裡衝了出去。

三個混混各懷心思，並沒有注意到他。

蘇木聽到了動靜，此時正披著素白的外衫，清清冷冷地站在堂屋門口，月色映照下竟像個誤落凡塵的仙子。

三個人一時間看呆了，竟然愣愣地站在那裡，口水險些流出來。

姚貴剛好披著衣服從旁邊院子過來了，一眼便看到院子正中站著的三個大男人。他很快反應過來，三兩步跑到南牆根下，抄起鋤頭便往三人身上招呼。

姚貴身形高壯，力氣也大，一邊揮著鋤頭亂砸，一邊破口大罵。「天殺的癟犢子！哪個給的你們膽子，竟跑到杏花村作亂！看你貴爺爺不把你們拍死！」

蘇木和蘇丫也拿起稱手的東西，照著他們一通亂打。

三個混混是打架的老手，最初的慌亂過後，漸漸占了上風。

這邊，李大疤瞅準機會，一把箝住姚貴的胳膊，劉三傻不由分說地搶了他手裡的鋤頭，王二狗也握住蘇丫手裡的燒火棍，姚貴一時無法，只得扯著嗓子喊人。

三個惡徒獰笑著，一步步朝他們逼近。

眼看著幾人就要吃虧，一個高大的身影飛奔而來，半掩的柵欄門被一腳踹飛。飛起的木柵欄在空中打個旋兒，好巧不巧地砸到王二狗身上，竟嚇得他「嗷嗷」地叫喚起來。

李大疤和劉三傻兩人先前就受過雲實的教訓，此時見了他就像見了貓的耗子，只剩了逃跑的心思。

雲實三兩步跑到蘇木跟前，嚴嚴實實地將她擋在身後。

蘇丫自覺地挨到阿姊身邊，淚珠唰唰地往下掉。

蘇娃搶過王二狗手裡的燒火棍，一下緊接著一下地朝他屁股上抽。

李大疤兩人相互之間使了個眼色，試圖乘機跑走。然而，卻是來不及了。

村子人聽到動靜，猜到是招了賊，家家戶戶的男人都舉著鐵鍬、扛著鋤頭跑過來，正好把兩人堵在門口。

村裡人向來痛恨李大疤這樣的混混，明明鄉里鄉親地住著，卻要幹些打家劫舍、偷雞摸狗的勾當。既然今天被逮了個正著，這仨人的下場可想而知——不僅被狠狠地打了一頓，還由杏花村的村長出面，直接扭送到北楊村村長那裡。

北楊村的村長覺得丟人，乾脆把他們關在村頭的土地廟裡，足足地餓了三天，這才通知各家去領人。

李大疤和劉三傻只是些皮外傷，雖然看上去青青腫腫慘得很，好生養上一段日子也就好了。

王二狗傷得卻有些重，一直哼哼唧唧地躺在土地廟裡沒有回家，也沒人來領。

他就這樣被人遺忘在了土地廟裡，連個送口水喝的都沒有。

第十七章 手段

事情雖然有驚無險，但是到底損害到了蘇木姊妹的名聲。尤其是那些不知內情的外村人，可著勁兒把話傳得難聽，這樣一來，原本看中蘇木相貌、家世想要提親的人家也不得不歇了心思。

雲實沈了好幾天臉，甚至拒絕北楊村的人乘船，蘇大娘更是在趕集時和一個外村的婦人對罵起來。如果不是蘇木使勁攔著，蘇鐵和雲實非要再去那仨敗類家裡把人痛打一頓不可。

村裡人看到蘇大娘家和雲實對姊妹二人的維護，至少明面上不敢再說什麼。

蘇木鬆了口氣，然而她怎麼都沒料到對方會反咬一口——

事情還要從王二狗說起，或許是那天被柵欄砸到了要緊處，又或者是後來沒吃沒喝一連在土地廟待了好幾天，他就這麼悄無聲息地死了。

這件事還是被沿街叫賣的小商販發現的。

王二狗爹娘死得早，人也不幹正事，族裡只有一個叔叔，平日並不親近，就連逢年過節都沒有任何來往。

北楊村的村長心裡愧疚，原本想自己出錢給他買口薄棺，沒承想，王二狗的叔叔王小四卻在這時候跳了出來。

「不行，我們家二狗不能就這樣白白死了！」

「二狗原本好好的，卻叫人打壞了身子，我這個做叔叔的一定要替他討回公道！」

就這樣，王小四拿一張舊得不能再舊的蓆子，把王二狗的屍體胡亂裹了，用平板車拉著，叫了自家婆娘和兩個兒子嚎天喊地到了杏花村。他起初盯上的是雲實的父親——雲柱。

雲柱在杏花村擔任管事，十里八鄉都知道他是個好面子的。王小四算盤打得好，一口咬定他家兒子打死了人，自認為鬧上一鬧就能逼他拿出銀錢。

「打死人了呀——雲家老大打死人了！鄉親們快來評評理呀！」

「我家侄子被人生生打死，卻連口棺材都買不起呀！」

「沒天理呀！人命不值錢呀！」

一家四口外加一具屍體做足了氣勢，不由分說地往雲柱家院子裡闖。

劉蘭也不是吃素的，自然不肯讓王家人進門，更別說給賠償銀錢。她娘家就是本村，家裡兄弟多，再加上雲家這一族的人，一下子便把王家人團團圍住，口口聲聲地威脅著，若敢鬧事，打死不論。

這話也只是說說而已，有王二狗這個前車之鑒，沒人再敢輕易動手。王小四就是算計到了這一點才敢惹上雲柱。

一個絲毫不買帳，一個半點不退縮，兩邊就這樣僵持起來。

劉蘭氣得直跳腳，讓雲冬青去叫雲實。

雲冬青卻是不肯。「就算把我哥叫來也是讓他為難，還不如不讓他知道。」

劉蘭一聽更氣了，拿起雞毛撣子就往雲冬青身上抽。「你哥、你哥，就知道他是你哥，你可曾把我這個當娘的放在眼裡？這事是他惹出來的，卻讓咱們娘幾個在這裡受人打罵，沒有這樣的道理！」

雲冬青說不過他娘，卻也不附和，只梗著脖子在原地站著，任由雞毛撣子抽在身上。

雲實聽到了動靜，沒等人叫自己就來了。他自知無錯，也清楚是對方訛詐，若放在平時，他無論如何都不會妥協。然而，這次涉及到蘇家姊妹的名聲，雲實不希望把事情鬧大。在他心裡，與蘇木的名聲相比，銀錢的損失實在不算什麼。

他也不管對方如何獅子大開口，冷冷地說道：「賠錢可以，現在沒有，你們且回去，下個月定然送上。」

王小四卻不信他，只朝著雲柱要。他的想法很簡單，哪個老子不護著兒子？雲柱為著雲實，也為著自己的名聲，定然會將錢掏出來。只是，他算漏了一點，那就是劉蘭。

劉蘭向來把銀錢看得比命還重要，別說是為雲實，就算是為雲冬青，她也不一定肯拿出來。

劉蘭有錢不給，雲實想給卻沒錢。他狀似無意地看向人群周邊的蘇家姊弟，頓時感到一種前所未有的挫敗。

晚上，蘇木坐在堂屋裡，看著裝著地契和寶鈔的匣子發呆。

蘇丫輕輕地走過來，小聲問道：「阿姊是想替雲實哥把錢出了嗎？」

蘇木搖了搖頭，說：「不是替他出，是替咱們自己。二丫，這件事說到底是咱們引出來的，雲實是受了咱們的牽連。」

「可是……」蘇丫拿眼看著那個做工精巧的檀木匣子，有些不甘地說道：「阿姊不是說，這些錢是用來種藥材的嗎？」

蘇丫這樣說並非自私，而是因為她知道蘇木多麼期待把藥園開起來，她更清楚為了攢下這些錢，蘇木給人家做了多少頓月子餐。

蘇木笑笑，拉住小娘子的手，平靜地說：「錢沒了可以再掙，這次的事卻不能讓妳雲實哥平白地受委屈。」

實際上，若是依著蘇木本身的性子，絕不會出這筆錢，不僅不出錢，反而會想辦法狠狠地給那些鬧事的人一個教訓。不過，事情涉及到雲實，她考慮得比一時的意氣還要多些。她怕萬一王家人狗急跳牆把雲實告到官衙，以對方耿直的性子不知道會吃多少苦頭。

蘇丫看到自家阿姊臉上堅定的神色，便也不再猶豫，而是小心翼翼地翻開裡衣，沿著縫隙撕開，從裡面取出一個秀氣的小荷包。

蘇木看著她一系列的動作，不明所以。

蘇丫咬了咬牙，果斷地把荷包送到蘇木跟前。

蘇木沒有接。「這是什麼？」

「我阿爹——」蘇丫頓了一下，改口道。「是我之前的阿爹給我打的銀鎖子，多少值些錢。阿姊，咱們把它當了吧，買些藥材種子。」

這是他們娘仨被人趕出來時，身上唯一帶的值錢東西，當年蘇丫年紀雖小，卻懂得這個東西的重要性，無論多冷、多餓都沒有想著拿它換吃的，此時卻給了蘇木。

蘇木鼻子一酸，不知道說什麼了。

蘇娃在凳子上扭了扭，在身上摸來摸去，恨不得也拿出點什麼，結果只從衣兜裡掏出一把泥球，懊惱極了。

蘇木把姊弟兩個攏到身邊，輕聲說道：「未來的一段時間咱們的日子可能會窮苦些，你們怕不怕？」

「不怕！」姊弟兩個異口同聲地說。

蘇木咧開嘴，無聲地笑了。

笑著、笑著，眼淚便流了下來。

一大早，蘇木飯也沒吃，便帶上寶鈔想要送到雲家去。

蘇丫巴巴地看著，滿臉不捨。

蘇木暗自嘆了口氣，她又如何捨得？然而跟雲實的安危相比，能用錢解決的事反而成了小事。

意想不到的是，蘇木還沒走到雲家，便遠遠地看到了一大撥人，推推搡搡地走在路上。打頭的便是放著王二狗屍體的平板車，後面跟著王家媳婦並兩個吊兒郎當的兒子，一家四口嘴裡罵罵咧咧。

雲實大概想攔住他們，卻被王家婆子一把抱住小腿，那婆娘也不嫌臊，滾在地上撒潑起來。

雲實噁心得不行，臉沈得幾乎能滴下墨來，又沒有什麼辦法。

蘇木一時心頭火起，緊走兩步，照著王婆子的手便踩了下去。

王婆子「哎喲、哎喲」地叫著，也沒看清人，張口便要罵。

蘇木沒等她開口，便把雲實一把拉到身後，搶先說道：「妳這個婆子，忒不要臉，看著雲家漢子年輕俊朗便又抱又摸，竟然連場合都不顧了！」

「我——」王婆子聞言，連忙開口辯解。

然而，再次被蘇木打斷。「莫非妳是覺著人越多反而越好行事？既能裝瘋賣傻地把便宜占了，又不會引人閒話，真是打的一手好算盤！」

蘇木三言兩語便讓周圍人的目光也摻上了莫名的異樣，就連王小四也瞪圓了一雙三角眼，低聲罵道：「妳個不要臉的臭婆娘！說，是不是她說的那樣？」

「怎……怎麼會！」王婆子苦著臉，張口結舌，不知如何辯解。

這樣的反應，反而讓人覺得她心虛。

王小四臉上無光，心裡的火氣便全都發洩在王婆子身上。他把平板車往地上狠狠一摔，照著王婆子的腦袋便是噼哩啪啦一通亂搧。

王婆子素來被他欺壓慣了，只哭喊著卻不敢還手。王家兩個小子不知出於什麼心理，僅在旁邊眼睜睜地看著，並沒有上前勸解。其餘的人只當笑話似的看著，自然更不會多管閒事。

直到王小四打累了，才往自家婆娘身上狠狠地啐了一口，罵道：「滾回家去，看我回去怎麼收拾妳！」

王婆子此時絲毫沒有先前撒潑耍橫的勁頭，哭哭啼啼地走了。

王小四一雙三角眼突然看向蘇木，陰惻惻地不知道在想什麼。

雲實沈下臉，把蘇木擋到身後，眼中滿是警告。

王小四被他的氣勢所震懾，畏懼地縮了縮脖子。他看了看周圍的人群，很快又壯起膽子，對著蘇木嚷道：「昨兒個是我糊塗了，竟跑到雲家鬧事，今兒個早起一尋思，我大侄子是在妳家出的事，自然該由妳家來負責！」

蘇木柳眉一挑。「哦？這麼說，你是轉過頭來想賴上我不成？」

王小四一噎，梗著脖子搶白道：「這位娘子說話忒不講理，我家侄子在妳家被人打死，這是明擺著的，怎麼叫賴妳？」

蘇木也不和他爭辯，直白地說道：「鬧這麼一大通，你不就是想要錢嗎？說吧，要多少？」

王小四一愣，死也沒想到蘇木上來就把話挑明。

周圍人忍不住開始勸說：「蘇娘子可別上他的當，他今兒個就是擺明要到妳家去訛人的。」

「這種人向來不知滿足，蘇娘子可不能讓他獅子大開口！」

雲實擋在蘇木身前，也回頭說道：「不必理他，若要出錢，我給便好。」

蘇木對他露出一個安撫的笑，又朝著周圍熱心的鄉親們點了點頭，這才看向王小四，似笑非笑地說：「要多少？你說個數，趁我還沒改主意。」

王小四把牙一咬，惡狠狠地伸出十根手指。

蘇木挑眉。「十文錢？」

王小四臭腳一跺，嚷道：「十兩！至少十兩！今兒個不拿出，你們休想好過！」

蘇木強忍著笑，差點沒把自己憋出內傷。

天知道，此時她的袖中便整整齊齊地疊放著兩張一百兩的寶鈔，沒承想對方鬧出這麼大的陣仗，竟然只是為了十兩銀子！

蘇木清了清嗓子，揚聲道：「十文、八文的可以，十兩銀子我們家可沒有。你若是不急便在這裡等著，容我從家裡拿著首飾、衣裳到鎮上當了，興許能湊上十兩。」

蘇木頓了一下，輕蔑地提議道：「還是說，我直接把這些個東西給你，就算抵了銀子？」

王小四果真考慮了一下，然後便自以為聰明地說：「銀子，我只要銀子。我不在這裡等，我要到你們家門口等。還是那句話，我大侄子一天不能入土為安，你們便一天甭想過上好日子！」

蘇木哼笑一聲，不屑地說：「隨便。」

蘇木回了家，把蘇丫、蘇娃姊弟兩個託給桂花大娘照看，然後從屋裡拿了些東西，裝了鼓鼓囊囊的一大包。

雲實早已套好了驢車，靜靜地站在小院門口等著。蘇木並未客氣，大大方方地坐了上去。

王小四拉著平板車也到了，他料想著蘇家沒有主事的人，便一門心思往裡頭衝。沒承想，蘇鐵兄弟三個突然躥出來，像三尊門神似地杵在蘇家門口。

哥仨皆是濃眉大眼黑臉龐，足足比王小四高了兩個頭，嚇得他立馬縮回了脖子，老老實實地等在旁邊。他瞇著一雙三角眼看著驢車漸漸走遠，就像是看到長著翅膀的銀子正朝自己慢慢飛來，笑得扭曲而猥瑣。

難道蘇木果真是去當鋪了嗎？當然不是。

逆來順受向來不是她的風格，更別說是遭人威脅。她原本打算出錢是因為不想連累雲實，如今對方既然將矛頭對準了自己，蘇木便沒有任何顧忌了。

她那一大包東西不過是為了敷衍王小四罷了，裡面真正有用的不過是幾張文書，有能證明她爹秀才身分的通關路引，還有他們在杏花村落戶後領到的牙牌。

蘇秀才曾經說過，本地鎮守是位武將，向來尊重讀書人，若遇上難以解決之事可拿著身分文書找他幫忙。

蘇木打算試上一試。她拿著這些東西到了鎮守衙門，原本以為要費一番口舌，沒承想，衙役頭子看了蘇秀才的路引之後，只簡單問了蘇木幾句親眷住址之類的話，根本沒有上報鎮守，直接喊上四個衙役跟著他們一道踏上了返回杏花村的路，事情順利得讓蘇木吃驚。

雲實還是那副四平八穩的模樣，他讓蘇木坐車廂裡，自己和衙役們步行。

起初蘇木有些不好意思，想把車廂讓給衙役，然而卻沒一個人接受。

蘇木連連感慨，無比慶幸自己穿越到了一個好地方，生在了一個政治清明的好朝代。

雲實一改平日沈悶的性子，一邊走一邊向衙役們述說著事情的經過。

蘇木坐在車廂裡，有意無意地聽著車廂外面的談話，知道了衙頭姓江，說話豪爽直正，不拿架子，也不拐彎抹角，心裡更加踏實。

回到杏花村的時候已臨近晌午。

天氣有些熱，王二狗的屍體只用一張薄薄的破蓆子裹著，散發出陣陣臭味。

近旁的村民們受不了那個味道，大多遠遠地站著。

王家父子也覺得噁心，卻又怕被人奪去，只得忍著味道扒在車邊死守。

當蘇木帶著衙役們出現的時候，結結實實地把他們嚇了一跳。

江衙頭並沒有例行詢問，而是直接提著刀一臉凶相地朝著王家父子走去。

「是不是這三個？」他虎著臉，頭也不回地問道。

「是。」雲實沈聲應道。

江衙頭狠狠地往地上吐了口唾沫，揚聲喊道：「小的們——」

「有！」

「把這三個尋釁滋事的，給我綁了！」

「得令！」四個大小夥子穿著統一的皂色衙役服，一個個面容凶悍。

王小四一看這陣勢，腿都軟了，整個人蜷在地上瑟瑟發抖。

「官、官……官爺，誤會，都是誤會！」王小四顫抖著聲音求饒。

王家兩個慫包兒子更是誇張，褲襠不知道什麼時候濕了，散發出一股濃烈的尿臊味。

蘇木暗自鬆了口氣，這事算是成了。

衙役一來，刀柄一握，還沒怎麼著，王家父子就嚇尿了。

等到江衙頭怒喝一聲「還不快滾」，那仨人像是得了特赦令般，連滾帶爬地跑了——如果不是衙役們提醒，他們連平板車和屍體都顧不上拿。

這樣的結局說出來很可笑，卻是事實。

不僅是王家父子，當衙役出現的時候，很多看熱鬧的村民都悄無聲息地離開了，生怕沾染到自己似的。

有些好心的村民暗暗地勸蘇木，叫她不要惹事，一旦進了衙門，祖宗八代都跟著丟人。

蘇木只是敷衍地點點頭，觀念不同，不必多言。她感激衙役們前來幫忙，讓雲實私下塞給他們一些銀錢，江衙頭卻不肯收。

江衙頭打量著蘇木的臉，感慨地說：「當年我見妳時，妳還只有這麼大。」他拿手比了比，目光中帶著淡淡的慈愛。

蘇木吃了一驚，實在沒想到這位衙頭竟然認識自己。然而，她搜遍了小蘇木的記憶，也沒有找到半分江衙頭的影子。

江衙頭看著不遠處的孟良河，懷念地說道：「早年妳外公在時，哪裡有疫情哪裡就有他老人家的影子。有一年瀦龍河發大水，淹死了許多人，我有幸和他一起做事。那年我剛剛當上衙役，年紀和手底下這幫臭小子一般大，這條命還是何郎中撿回來的。」

蘇木聽了這話，還有什麼不明白的，大抵是前人栽樹，後人乘涼，外公當年積德行善，如今福報在她的身上。

既然是這樣的交情，蘇木也便鬆了口氣。她帶著幾分親近的姿態，說道：「若論起來，我該叫您一聲『叔叔』才對。」

江衙頭高興地應了一聲，爽朗地說：「那我就厚著臉皮應下嘍！」

蘇木露出一個乖巧的笑，親自把裝著碎銀的荷包遞過去。「既然是自家人，伯伯合該收下這銀錢，也好給諸位哥哥買些酒吃，總不能讓大夥兒白白地耽誤了工夫。」

江衙頭擺擺手。「這點小事我若再使喚不動他們，還不得反了天了？喝酒的銀錢，妳江伯伯不缺，以後若受了欺負，只管到衙內找我。」

蘇木抬著手，有些為難。

旁邊，年輕衙役們看著小娘子毫不扭捏，便覥著笑臉湊過來搭話。「蘇娘子便聽了江伯的吧，不然回頭挨罵的可是我們。」

江衙頭一瞪眼，小衙役縮了縮脖子，依舊嬉皮笑臉，看上去並不是真的怕他。

最終，荷包裡的銀錢衙役們還是沒有收，雲實只好去姚貴家拿了四罈酒硬塞給他們。

一場鬧劇就這樣解決了，蘇木潑辣的名聲也徹底坐實了。

許多村民都在私下裡說：「這個小娘子可真是厲害，連衙門都敢進！」

這裡的「厲害」絕對不是褒義詞。不得不說，在古代，進衙門、打官司是十分忌諱且丟人的事，別說小娘子了，就連一般人家的漢子都不會輕易這樣做。

蘇木卻沒有太在意，只要自己肯下功夫，自然能把日子過好，旁人的態度哪裡有那麼重要呢？

第十八章 辭退

蘇木這邊漸漸安定下來，雲實那邊卻又出了事。

將將到月中，藥園的管事李大江便把雲實叫過去，陰陽怪氣地說了好一通話，最後竟從衣袖裡掏出兩吊錢直愣愣地扔到他身上。

雲實順手接住，眉頭卻是皺了起來。「李管事，你這是何意？」

「何意？」李大江嗤笑一聲。「你當真看不出來嗎？雲家小子，你被辭了！」

雲實聞言，眉頭皺得更緊，冷聲道：「為何？」

面對人高馬大的雲實，李大江莫名有些心虛，不過，他還是作出一副趾高氣揚的樣子，尖聲說道：「為何？你把人給打死了，就是殺人犯，咱們李家從祖上起就是懸壺濟世的體面人家，怎麼能僱用一個殺人犯？」

雲實一拳砸在矮牆上，怒道：「哪個說我殺人了？衙役抓我了嗎？」

李大江嚇了一大跳，一邊連連後退，一邊虛張聲勢地說道：「雲家小子，我勸你見好就收，別到最後鬧得一點臉面都沒有！」

其他幫工也跑過來，把雲實拉到一旁，低聲勸道：「別跟他爭了，不如拿著錢去找些別的事做，他向來是個不容人的，你又不是不知道，何苦在這裡受氣？」

雲實深深地吸了口氣，轉身就走。

李大江悄悄地拍了拍胸口。

剛剛做好攢錢的打算，便把飯碗給丟了，雲實心裡不大痛快。他從五歲就來到李家藥園，算起來已經足足十五年了。李家藥園就像他的家，縱使管事刻薄、活計瑣碎，他也從沒在意過，反而覺得踏實。尤其是這間小木屋，上面每一處修補的痕跡都承載著他一段記憶。

雲實握了握拳，把失落埋在心底，開始默默地收拾東西。屋子裡東西不多，鋪蓋、被褥是李家提供的，大件的木雕、家具暫時不拿，一年四季的衣服鞋襪統共不過一包袱。

雲實把這些打包好，一時也不知道往哪兒放，便這麼揹著一直沿著河邊走，遠遠看到一隻渾身黑亮的小狗崽在河邊撒歡，把雲老頭種的一壟春韭刨得坑坑窪窪。

雲實暗自發笑，壞心眼地想著，待會兒三爺爺八成會拿著篙子，把這個搗蛋的傢伙臭揍一頓。

然而，眼瞅著小黑來來回回跳了好幾遍，還沒見雲老頭出來，反而聽到茅屋裡傳來隱隱的咳嗽，一聲連著一聲，讓人聽著揪心。

雲實快走幾步，掀開草簾進了屋子。

屋裡光線十分昏暗，一隻大黑狗懨懨地趴在床邊，雲老頭咳嗽一聲，牠便抬頭看上一眼，想來也是擔心。

「三爺爺，你咋病了？」雲實蹲到床前，看著床上滿臉病容的老人，眉間皺成一個「川」字。

「病啥？咳咳、你爺爺我沒病，好著呢！」雲老頭瞪著眼，嘴硬地說。

「我才幾天沒過來，咋成這樣了？」雲實滿心自責。

往常時候，他每日都會過來看看雲老頭，劈柴、挑水的力氣活都搶著幹。這幾日被王二狗的事絆住，雲實便沒往這邊來，沒承想雲老頭竟病成了這樣。

「都說了，你爺爺我好著呢，啥事沒有，咳、咳咳……」似乎是不想讓雲實擔心，雲老頭掙扎著想要起來，然而越是這樣，咳嗽得越是劇烈。

雲實看著屋裡的冷鍋冷灶，心裡一陣難受，他把老人扶到床上，軟下語氣說道：「您先躺著，我給您做些吃的。」

雲老頭這回倒是沒拒絕，只是不放心地囑咐道：「生火到外面去，屋裡太嗆。」

「曉得了。」雲實拎上鍋碗瓢盆，悶悶地出去了。

雲老頭看著他高大的背影，低低地罵了句。「臭小子，你這名字沒白起，可不就跟塊石頭似的！」雖然嘴上這樣說，眼裡卻滿是慈愛。

雲實只當沒聽見，忙著點火、燒水、調麵糊。雖然只是簡單的動作，被他那雙粗大的手做起來，卻像頂頂艱鉅的任務似的，不是這邊撒了水，就是那邊碰翻了鍋，忙活了好大一會兒連碗麵糊都沒做出來，倒把他自己累得滿頭大汗。

小黑剛開始還在旁邊搖著尾巴裝巧賣乖，試圖分上一口吃的。眼瞅著雲實忙活了半天啥都沒做出來，小狗崽乾脆放棄般趴到地上，翻著白眼鄙視他。

雲實拎著燒火棍往牠身上捅了捅，沒好氣地說：「你能耐，你來？」

小黑被捅惱了，「啊唔」一口咬在棍子上。

旁邊傳來一聲輕笑。

雲實扭頭一看，正對上小娘子含笑的眼。他身形一僵，臉皮發燙。

小木來了多久？可曾看到他笨手笨腳的模樣？

蘇木把袖子一挽，不由分說地接過雲實手裡的飯勺。

若是硬搶，她自然不是雲實的對手，然而雲實生怕傷到她，只得讓她獨攬了掌勺大權。

高大的漢子悶悶地在旁邊站了一會兒，終於認命地轉過身，搶著把重活幹了。

蘇木得意地揚起嘴角，安心做飯。

雲老頭這裡只有一口鍋，正被雲實那坨半生不熟的麵糊糊占著。

蘇木把麵糊倒出來，在鍋裡重新添了水，順手把剛剛挖的野菜擇好，洗淨，放在一邊備用。

雲實一邊在旁邊「咣咣」地砍柴，一邊明目張膽地偷看她。

蘇木一邊攪著麵糊，一邊打趣他。「你一個人生活了這麼多年，沒餓死真是奇跡。」

「藥園裡有伙房，上工的時候在伙房吃，不上工的時候要麼到舅舅家，要麼來三爺爺這裡。」雲實大概是不想被小看，悶悶地補充道：「劈柴、挑水都是我做，我還會生火。」

蘇木眨眨眼，半真半假地說：「剛好，我就不會生火。」

雲實抿了抿唇，更加懊惱。

不過一刻鐘的工夫，蘇木便做好了一鍋濃稠噴香的米糊，並一盤水焯的時鮮野菜——雖沒有香油和醋，但撒上一小撮粗鹽粒，稍稍除去菜裡的苦味，照樣是清新可口。

是你做的。」

雲老頭不讓雲實攙扶，自己強撐著坐在矮桌旁邊，只看了一眼，便肯定地說道：「這不

雲實把筷子遞到雲老頭手邊，「嗯」了一聲。「是蘇娘子做的。」語氣裡的驕傲他自己根本沒有發現。

雲老頭「呵呵」地笑了起來，喃喃地說：「老頭我這就放心了、放心了……」

蘇木拎著剛剛燒開的水，從簾子後面轉過來，笑道：「雲爺爺，您放心什麼？」

雲實連忙起身，把她手裡的水壺接了。這樣的維護已經成為習慣，兩個人的反應自然而然。

雲老頭看著這一幕，渾濁的眼睛裡露出欣慰之色。不知想到什麼，他再次咳嗽起來，身體也跟著一抽一抽。

雲實連忙繞過去，手足無措地扶著他。

「雲爺爺，別著急，慢慢來。」蘇木輕拍著老人的後背。

雲老頭一邊咳一邊斷斷續續地說：「都怪老頭大意，咳咳……差點、差點讓小娘子遭罪，老頭子這心裡……咳咳……著實過意不去哇！咳咳咳……」

蘇木看他情緒激動，連忙勸道：「雲爺爺，您可別把這事攬到自個兒身上，壞人要作亂，神仙都擋不住。再說了，雲實去得及時，又有隔壁貴叔幫忙，我們家半點損失都沒有。」

雲老頭瞪著眼睛說：「咳咳、若有了損失可不就晚了？唉！」

惑。

蘇木對杏花村的情況不瞭解，雲實卻是清楚的，實際上，那天的事他心裡也一直有些疑

如今雲老頭提起來，雲實便順勢問道：「三爺爺，那天大黑也睡死了嗎，怎麼沒聽到蘆葦蕩裡的動靜？」

提到這個，雲老頭的臉色頓時更加灰敗。

蘇木連忙捏了捏雲實的胳膊，笑著說道：「雲爺爺先吃飯，吃完飯咱們再慢慢說。」

雲實閉上嘴，默默地把飯碗送到雲老頭面前，小菜也推過去。

雲老頭沒有多說，一口一口地吃了起來。

整個過程中，誰都沒有開口，就連呼吸也像特意放輕了。

沈默著吃完一頓飯，雲實主動去刷碗，雲老頭扶著桌椅一步步挪回床上。大黑亦步亦趨地跟在他身後，做出護衛的姿態。

蘇木看著雲老頭穩穩當當地坐下，這才鬆了口氣。

雲老頭靠在灰撲撲的牆上，朝蘇木擺了擺手。「丫頭，坐，別乾站著。」

蘇木應了一聲，微微笑著，找了個挨近木床的地方坐了。

雲老頭調勻了呼吸，慢吞吞地說道：「說到底，要怪我這個老糊塗。」

蘇木急於安慰，雲老頭卻擺擺手，繼續道：「那日我從河坡挖了幾個芋頭，就著開水煮了，煮水的鍋子向來放在外面，我也沒大理會，便去後面收拾菜地，大黑和小黑都跟著我，間或聽到河坡上有地裡回來的鄉親，腳步雜亂，我便沒在意。等到芋頭熟了，大黑說什麼也

不肯吃，我以為牠是挑嘴，便訓斥了幾句。大黑向來聽話，儘管不情願，也跟著吃了。誰能料到，那鍋芋頭竟被人加了料！」說到這裡，雲老頭氣得「咚咚」捶床。

蘇木連忙上去，溫聲勸慰。「事情都已經過去了，雲爺爺再生這麼大的氣可不值當。」

「丫頭，是我這個老頭子對不住妳啊！」雲老頭近乎哭喊地說道。

蘇木被他引得眼睛裡泛上濕氣，她努力控制著情緒，溫聲安慰。「雲爺爺，您可別這麼想。剛剛咱們不是說了嗎，我們姊弟三個好著呢，什麼虧都沒吃。」

「幸好是沒吃虧，不然的話，我這個老頭子有什麼臉面到底下去見何郎中、去見老村長？」雲老頭情緒激動，喉嚨裡喘著粗氣。「我雲老三在這孟良河邊守了四十年，從沒出過岔子，沒承想臨到老了，竟出了這樣的事！」

蘇木直覺雲老頭的狀態不大對，不禁有些擔憂，好不容易把老人家勸著躺回床上，便乘機給他號了脈。老人家的症狀很明顯，鬱結於心。

蘇木把這些話細細地對雲實說了。

雲實聞言，眉頭微微蹙起。「有沒有可用的方子？」

「舒肝解鬱的藥可以開些，但最根本的還是要解開心結。」

雲實點了點頭，從懷裡拿出兩吊銅板——正是李大江方才甩給他的那些，這是他的全部家當。

「方子……還要拜託小木。」

蘇木垂著眼，瞅了瞅那些銅板，不滿地瞪了他一眼，轉身就走。

雲實愣愣地站著，心裡有些慌，想追上去，又怕惹得她更加生氣。

八尺高的漢子像隻大狗崽似地巴巴地望著小娘子的背影，莫名的有些可憐。

第十九章　過世

劉蘭不知道從哪裡聽說了雲實被辭退的消息，也不找他詢問情況，便冒冒失失地跑到李家藥園大吵大鬧。

李大江早就防著她這招，專門指派了三、五個護院在外面攔著，連藥園的大門都沒讓她進。

劉蘭也毫不示弱，一屁股坐在地上，長聲短聲地哭鬧起來。

李家藥園就在茅屋所在的河坡下面，雲實耳朵尖，劉蘭剛一鬧，他便聽到了。他原本沒打算理會，後來聽到李大江手底下那幾個狗腿子一個勁兒喝叫，嘴裡不乾不淨，連雲冬青也順帶著罵上了。

雲實眼神一暗，把雲老頭這邊安頓好，沈著臉走下河坡。

劉蘭披散著頭髮，褲子上滿是土灰，雖尖聲哭叫著，臉上卻半滴眼淚也沒有。

雲實到的時候，一個尖嘴猴腮的護院正抬起腳踹向劉蘭，他下意識地緊走兩步，將人扶住。

劉蘭嚇了一跳，她沒想到那些個外地來的護院，真敢對她這個本地人動手。這些人可都是練家子，若是剛剛那一下踹實了，她非得飛出去不可。

「瞎了你的狗眼，再踹一個試試？」劉蘭表面凶惡，暗地裡卻慶幸地拍拍胸口，待看清扶住自己的人之後，不由得愣了愣。

雲實卻不看她，很快便鬆了手，只沈著一張臉冷冷地說道：「有何事衝著我來便好。」為首的護院嗤笑一聲。「雲石頭，你搞清楚好吧？是她來這邊大吵大鬧，我們可沒請她！」

此話一出，其餘護院全都諷刺地笑了起來。

雲實自知理虧，也不願多說，只丟下一句。「嘴裡放乾淨些，若再讓我聽到你們扳扯到冬青身上，且看著！」

「嘿！」為首的護院一聽火氣就上來了，挽著袖子就要上去幹架。

雲實才不怕他，目光沈靜地看向那人。

幾個護院一起圍攏過來，看來是抱定了多個打一個的主意。

劉蘭也不知道是怎麼想的，大概是方才雲實幫了她，她便不想讓雲實吃虧，突然大喊一聲。「欺負人啦，鄉親們快來看看啊，這麼多人打一個，李家藥園當真是欺負人哇！」

這一嗓子又尖又高，別說那幾個護院，就連雲實都被她喊得一愣。

彼時，李家本家小姐李佩蘭剛好來藥園查帳，聽到這邊的動靜，便對隨身的大丫鬟說：「發生了何事？秋兒，叫人過去瞧瞧。」

秋兒福了福身，俐落地說道：「小姐且稍等，奴婢親自去一趟。」

李佩蘭點了點頭。「也好。」

於是，秋兒便邁著一雙繡足，不緊不慢地往門口走去。

李佩蘭尋了個涼亭坐了，面上始終淡淡的。

旁邊，李大江夫婦看似恭恭敬敬地站著，實則一直擠眉弄眼，李佩蘭只當沒看見。

秋兒走到門口的時候，雙方正處於僵持狀態。

護院們看到她，一個個比面對李大江的時候還恭敬。

秋兒端著架子，面無表情地問了事情的緣由。

護院們自然是向著李大江說話，劉蘭時不時在一旁急赤白臉地添上兩句，一來二去，秋兒便把事情的原委摸清了，她也沒再多說，便像來時那樣蓮步款款地走了。

護院頭頭啐了一口，憤憤道：「什麼東西！還真拿自己當主子了？」

劉蘭看出她大概是個人物，心思一轉，又要鬧起來。

就在這時，村長的孫子雲吉一陣風似地跑過來，邊跑邊喊。「石頭哥，我爺爺叫你過去，三爺爺怕是不行了！」

雲實一聽，腦袋登時就懵了，愣愣地站在原地，好一會兒沒反應過來。

劉蘭轉了轉眼珠，使勁推了他一把，尖聲道：「傻愣著幹麼？還不快去！」

雲實這才重新活了過來，跌跌撞撞地朝著河坡奔去。

雲吉呼哧呼哧地喘著粗氣，實在跑不動了，只得遠遠地跟在後面。

劉蘭心裡暗自盤算著，雲老頭無兒無女，平日裡拿著雲實當親孫子，村長這時候急忙忙地把他叫過去，怕是老頭子有什麼東西要託付……想到這裡，她也待不住了，胡亂拍了拍褲子，抬腳跟了上去。

護院們「呸呸」地吐了好幾口唾沫，又念叨了些難聽的話，方才各自散去。

雲實到的時候，狹小的茅草屋裡已經擠滿了人，都是雲氏一族的男丁，他爹雲柱正縮在門邊的角落裡。

雲老頭躺在床上，臉色看上去異常灰敗，眼瞅著便是出氣多，進氣少了。

雲實膝蓋一軟，一下子跪在地上，他幾乎是半爬著挪到床邊，語無倫次地說著。「三爺爺這是怎麼了？方才還好好的，就一會兒的工夫，怎麼就這樣了？」

村長拍了拍他的肩，臉上帶著隱隱的悲痛。「石頭，冷靜些，你三爺爺有話跟你說。」

雲實愣愣的，一雙眼睛焦急地注視著形容枯槁的老人。

雲老頭無力地抬起手臂，一雙眼睛不捨地看向雲實，似乎有許多話說，剛一張口，卻劇烈地咳嗽起來。

雲實連忙拿了水餵給他，雲老頭卻搖了搖頭。

雲實帶著哭音求道：「三爺爺，喝水，您喝一口呀！」

雲老頭無力地把碗推開，他看上去有些急，卻又說不出話，只能拿一雙渾濁的眼睛看向雲實。

雲實連忙說道：「三爺爺，您別急，慢慢說，我聽著……」

雲老頭把手搭在他的頭上，輕微地搖了搖頭，然後便把視線緩緩地挪到村長身上。

村長上前一步，輕聲嘆道：「三叔，您放心，您交代的事我一定辦好。」

雲老頭這才放心地晃了晃腦袋，面色重新恢復平靜。

雲實愣了愣，心裡陡然生出一股莫大的恐懼。

村長直起身，當著一屋子雲家人的面，朗聲說道：「三叔當年從軍中回來，帶了一筆銀錢，他用這些錢買下了河坡上的兩畝荒地，還有西邊那片蘆葦蕩，這事當年是縣太爺親自交代人辦的，有地契為證，我和我爹都是見證人。」

人們聽了這話，說不驚訝是假的，然而，沒有人在當下這個時候說什麼。

唯獨劉蘭。「河坡上的地當年可是荒的，這些年下來大夥兒一耙一耙地收拾出來，怎麼說有主就有主了？」

村長瞪了她一眼，沒好氣地說：「別說妳一耙一耙地收拾出來，就算一鎬一鎬地收拾出來，該有主也是有主！妳也不想想，這些年來，除了姓雲的，誰還能在這塊地上種莊稼？三叔這麼多年不計較，還不是因著都是自家人？」

村長瞟了縮著腦袋的雲柱一眼，輕蔑地笑了笑。「白種了這麼多年地，三叔還沒說什麼，妳這婆娘倒覺得委屈了？」

劉蘭被他搶白一頓，也覺得臉上無光，儘管心裡不服氣，卻也不再說什麼了。

有人順勢接下話。「可不是嘛，這些年竟沒聽三叔提過一句，更別說租子了。」

這話一出，大夥兒紛紛應和，都覺得雲老頭厚道。

村長清了清嗓子，打斷眾人的議論。「從前的事就過去了，租子什麼的都不用提了。至於往後——」村長看了雲實一眼，繼續說道：「三叔早就交代好了，等他走了，這二畝地連同河灘上的蘆葦蕩，都留給雲實。」

此話一出，不同人有不同的反應。

有些性子厚道的人，覺得理應如此，平日裡雲實對老人家的照顧所有人都看在眼裡；也有那些自認為和雲老頭血脈更近的人，心裡難免發酸；還有諸如劉蘭這種，自認為占了天大的便宜，差點當場笑出聲來。

所有人的目光不約而同地匯聚到雲實身上。

雲實卻沒有半分喜色，眉頭擰成一個疙瘩。「叔，說這些做什麼？小木昨兒個才給開了方子，我這就去煎藥！」

村長按住他，重重地嘆了口氣。「石頭，你三爺爺如今這樣，我若不把話說清楚了，他怎能走得安心？」

雲實一聽就急了，大聲嚷道：「三爺爺只是病了而已，我去找小木，對，小木一定有法子——」說著，便要起身往外跑。

村長使了個眼色，四、五個大小夥子一擁而上，將其攔住。

一位年長的族伯閉了閉眼，沈痛地說道：「石頭，好好陪陪你三爺爺吧！」

雲實登時噙了淚花。

雲冬青上前兩步，哽咽著說：「哥，你在這裡陪著三爺爺，我去請蘇娘子過來。」

儘管大夥兒都知道他這樣做不過是求安心罷了，然而，誰都沒有開口阻止。

雲實像是抓住救命稻草般，連聲應道：「好、好，你快去！」

雲冬青點了點頭，轉過身去，眼圈也不由得紅了。

屋內，一片靜默。

有人默默地走到床邊，小聲地和雲老頭說著話。

雲老頭雖然無法開口回應，一雙眼睛卻直直地盯著說話之人，彷彿聽進了心裡。不知道過了多長時間，雲老頭似乎累了，那雙努力睜著的眼睛緩緩地閉上。

雲實下意識地呼喊一聲。「三爺爺！」

雲老頭再次睜開眼，使出最後的力氣，扯開滿是褶皺的面皮，露出一個略顯怪異的笑，乾瘦的手拍了拍雲實。然後，老人便長長地出了一口氣，那隻手就那樣滑了下去，再也沒抬起來。

屋內頓時爆發出哀慟的哭聲，漢子們紛紛彎下身子，哭喊著——

「三叔！」

「三爺爺！」

「您一路走好！」

雲實卻直挺挺地跪在那裡，一滴眼淚都流不出來。

蘇木遠遠地聽到茅屋中的哭喊聲，險些摔了手中的藥箱。

雲冬青腳下一頓，然後便撒開腿拚命地往坡上衝去。蘇木反應過來，也趕緊跟上。

茅屋之內，已經跪倒一片。

村長忍住心裡的悲痛，指揮著小輩們收拾屋子，準備停靈。年長的族伯趁著老人的身子還沒有完全僵硬，顫著手給他換了壽衣、壽帽。

當蘇木進屋的時候，繡著大大「壽」字的蒙頭，已經嚴嚴實實地把雲老頭蓋住。

蘇木一時之間控制不住情緒，「哇」的一聲哭了出來。

村長一見，不由頭疼。如今還不到弔唁的時間，這裡也沒安排女眷，並沒有合適的人招呼蘇木，他一時間有些為難。

雲實聽到蘇木的哭聲之後，終於不再像一根木頭似地愣著。他從床邊站起來，走到蘇木身邊，愣愣地安慰道：「別怕，小木別怕……」

蘇木看到他，哭得更加厲害。她一邊哭一邊哽咽著說道：「昨日……昨日不是還好著嗎，怎麼說沒就沒了？早上不是喝了一大碗麵糊糊嗎？不是說吃了藥見好嗎？為何會這樣？」

想到這些，蘇木更加難受，還有些自責——如果沒有她那樁事，雲爺爺是不是就不會走？

「別哭，小木，別哭……」雲實伸出粗大的手指，一下一下地擦著小娘子冰涼的淚珠。

蘇木哭得渾身發抖，不自覺地倚靠在雲實身上。

雲實張開手臂把她圈在懷裡，喃喃地說道：「小木別害怕，三爺爺是好人，不會纏到人身上……當年，劉蘭把我扔在河坡，是三爺爺把我抱進屋裡，烤了香甜的地瓜給我吃——拳頭大的地瓜，我一口氣吃了三個，長那麼大我都沒吃那麼飽過……」

蘇木覺察出雲實的異樣，拍了拍他的臉，邊哭邊說：「雲實，你哭出來，哭出來就好了，別憋著……」

雲實直愣愣地看著她，豆大的淚珠從眼睛裡滾出來，一顆接一顆地砸到蘇木手上。

蘇木也放開聲音，陪著他一起哭。

大夥兒注意到這邊的情景，卻只是嘆息一聲，什麼都沒說。

直到雲家的婦人趕過來，才將蘇木勸了起來。

蘇木雖然心裡悲痛，卻也知道不能給人添麻煩，便收起悲傷的情緒，提著藥箱離開了。

雲實抹了把臉，從懷裡摸出捂了許久的銅錢，紅著眼圈交到村長手上。「叔，麻煩您給三爺爺置口棺材，若是不夠——」他的視線在屋內掃了一圈，看向雲柱。「爹，就當是我這些年的工錢，拿出一些……」

雲柱臉上同樣帶著哀戚之色，他正要點頭，劉蘭連忙拽了拽他的袖子，不輕不重地說道：「哪裡還有他的工錢？這麼多年的吃穿用度，早花光了。」

雲柱面色一僵，到口的話便生生地憋了回去。

雲實眉頭皺成一團，正要發作，村長便清了清嗓子，說道：「石頭放心吧，這些錢想來夠了，若是不夠，叔這裡還有些，怎麼也不能委屈了你三爺爺！」

雲實眼中滾出兩串濕鹹的淚珠，啞著嗓子說道：「那就託給叔了。」

村長重重地拍了拍他的肩膀，便叫上幾個人出去了。

剩下的人各自忙碌起來，摺紙錢、掛白幡，沒有一個人往那倆夫妻身上看上一眼。

劉蘭撇撇嘴，裝作一副不屑的樣子。

雲柱的臉色青了又白，煞是精彩。

第二十章 情愫

農家沒了人一般都是停靈三天，等到遠親近鄰弔唁完後，便抬到墳上埋了，隔一天圓墳上土，頭七再燒上一把紙錢，這事算是徹底結了。

三爺爺走前再三叮囑，他的靈不停，喪事也不大辦，裹個草蓆埋到他老爹、老娘跟前就行。

雲老頭之所以有這樣的打算，多半是不想麻煩別人，雲實卻不同意。

雲老頭沒有兒子，無人打幡，他願意代替；雲老頭沒有女兒，無人扶靈，還有叔伯兄弟、嬸子大娘。雲家人沒死光，怎麼也不可能讓老人家就這樣冷冷清清地走了。

村長和雲實是一樣的想法。

原本雲柱和劉蘭並不同意，私心裡覺得這樣不吉利，然而，他們的反對卻被村長一句話給堵了回去。「若當真不想要那房子跟地，只管攔著石頭！」

夫婦倆當時便一句話都不說了。

下葬的那天，左鄰右舍結伴前去弔唁。

蘇木家沒有大人，原本去不去兩可，蘇木卻比照著桂花大娘家的樣子，做了兩乾兩鮮，帶了一小罈高粱酒，又換了身素淨莊重的衣裳，牽著弟妹去了。

尋常前去弔唁送祭禮的，大多是嬸子、大娘或已經出嫁的媳婦，雲家也準備了輩分等同的人上來迎接。

蘇木牽著弟妹進門的時候，先是把門口唱喏的漢子弄得一愣，不知該報出何等稱謂，繼而又讓靈床一旁的子侄們為難一番，不知是否該跪拜還禮。

在一片靜默之中，蘇娃恭恭敬敬地跪到草蓆上，朝著雲老頭的靈床結結實實地磕了三個頭。

蘇木和蘇丫也神色肅穆地蹲身行了屈膝禮，真真切切地哭了句。「雲爺爺一路走好！」彼時雲實正披著孝衣、穿著孝褲跪在草蓆上，看到蘇家姊弟，他情不自禁地濕了眼眶，膝行向前，深深還禮。

蘇木連忙上前扶住他的手臂，低聲說道：「不必了、不必了。」

雲實抬頭，對上蘇木的視線。

寬大的孝帽底下，漢子眼睛紅腫，面色蒼白，讓人不由心疼。

蘇木鼻子一酸，哽咽道：「雲爺爺走得安詳，到底沒受多大罪，你也要珍重才好。」

雲實重重點頭，深深地看了她一眼，才不捨地收回手，退回了原來的位置。

一屋子的婆子、媳婦這才反應過來，七手八腳地上來招呼。

蘇木也沒推辭，按照她們的指引，到臨時搭建的靈棚裡稍坐了一會兒，喝了幾口涼茶。

直到日上中天，她才尋了個由頭離開，好叫她們有時間準備漢子們的午飯。

雖然先前沒有小娘子弔唁的先例，蘇木的禮數卻叫人不得不敬服，沒有人說得出半點錯處。她走之後，滿屋子的婆娘、媳婦湊在一起嘰嘰咕咕地議論了一番，大多都是稱讚的話。

過了晌午，嗩吶隊開始吹吹打打，雲家的兒郎們披麻戴孝，一齊把雲老頭從靈床上抬到棺材裡。

厚實的棺材對上卡口，釘上木楔，拴上麻繩，插上橫木，伴著嗚嗚咽咽的吹打聲，那個在孟良河邊守了四十餘年的老人，便這樣一步一步離開家門，離開了他心心念念的蘆葦坡。

孩童們不懂生離死別的痛苦，像看稀罕似地追著嗩吶隊嬉笑打鬧。

蘇家姊弟站在老杏樹下，遠遠地望著戴孝的人群出了家門，拐上土路，一直抬到雲氏一族的墳地裡。

蘇木一眼便看見隊伍前面打著白幡的身影，原本高大的漢子因為悲傷而深深彎著腰，興許是哭得太過疲憊，需得兩個人在旁扶著才能正常走路。

她嘆了口氣，再次落下淚來。好在，這時候並沒有人笑話她，不光是她，蘇丫和姚銀娘也在旁邊抽抽噎噎地哭。

這個村子裡哪個小漢子、小娘子，沒坐過雲爺爺的船、沒吃過他煮的芋頭？大夥兒都知恩。

起靈和下葬的時間都有一定的講究，村長盡心盡力地掐算著時辰，爭取不出半點差錯。幸虧無論是定穴、挖坑、下葬、填土，一切都很順當，不過一個時辰的工夫，送葬的隊伍便開始陸陸續續地往回走。

原先打頭的親眷們這時候在隊伍最後，大抵是不捨。三五成群的鄉親們覺得沒有熱鬧可看，也便散了。

子。

蘇木遠遠地望了雲實一眼，也領著蘇丫、蘇娃兩個回了家。她不想再看到對方難過的樣子。

距離雲老頭下葬已經過去了三天。

這三天裡，蘇木一直都沒見到雲實露面，她看著書案上擺放的一排木雕小人兒，心裡有些淡淡的思念。

一，二，三，四，五，六，七，八，不知不覺，竟有八個了。

她都不知道，雲實什麼時候送了她這麼多木雕，似乎那個人總能找到由頭——收了她的野菜，送個木雕；把她嚇得掉進水裡，送個木雕；幫他洗了衣服，送個木雕；拿他送的魚做了半鍋湯當回禮，還是會送個木雕……

看著一個個憨態可掬的小人兒，蘇木不由得彎了彎嘴角，那個人似乎並不像表現出來的那般木訥無趣。

不知不覺地，蘇木便走到了大杏樹下，這是雲實從前常常來的地方，也是兩個人第一次單獨相處的地方。

清明節時埋下的秋千還在，蘇木裹著裙襬坐上去，就著淺淡的月色，伴著清涼的晚風，一下一下地盪了起來。

周圍是潺潺的流水，悅耳的蟲鳴，間或幾聲蛙叫，倒是十分熱鬧。

蘇木仰著頭，長長地舒了口氣，壓抑了許久的心情不禁開朗了許多。

不知從哪裡傳來一陣悠揚的曲調，惹得她心思一動。

蘇木下意識地看向茅草屋的方向，空曠的河坡上，只有那裡燃著一堆篝火。她心頭一動，幾乎是毫不猶豫地提起裙襬，深一腳淺一腳地走了過去。

漢子支著腿坐在河坡上，兩隻手放在唇邊，似乎在吹奏某種樂器。

瘦了。

蘇木無聲地嘆了口氣。

在他旁邊，一大一小兩隻黑狗安安靜靜地臥著，遠遠聽到蘇木的腳步聲，小黑機靈地直起身子，一對尖尖的耳朵高高豎著。大黑卻像什麼都沒發現似的，依舊懨懨地趴在那裡。

「汪！」小黑示警般低叫一聲。

樂聲戛然而止。

雲實扭過頭，深邃的視線鎖定在那個嬌弱的身影上。

蘇木抬起手，輕輕地朝他揮了揮。

「汪、汪——」小黑站起來，作勢要衝過去。

雲實拍拍小傢伙的腦袋，站起來朝著小娘子的方向走了過去。

月光把他的影子拉得很長、很長，雲實緊走幾步，和小娘子矮小的影子疊到一起。

蘇木轉身，垂著腦袋看著比自己高了好幾頭的影子，幼稚地踩了一腳，又踩了一腳。

雲實靜靜地看著她，滿心的悲傷莫名地淡了些許。

「小木，妳怎麼來了？」清冷的夜色中，漢子的聲音沈穩，帶著絲絲沙啞。

「睡不著，出來走走。」蘇木抬頭，一雙美目顧盼生輝。

雲實靜靜地看著她，目光執著沈靜。

蘇木彎了彎嘴角，指著地上的影子說道：「你要不要踩回來？剛剛我踩了你的。」

雲實低頭，看向地上濃重的黑影，寵溺地說道：「妳若喜歡，多踩幾腳也沒關係。」

蘇木笑容變大。「你倒是大方，反正也不會疼。」

「疼也沒關係。」雲實一本正經。

蘇木眨眨眼，看向他垂在身側的手，好奇地問道：「你剛剛在吹什麼？」

雲實攤開手，掌心躺著一只小小的陶器。「是壎。」

蘇木恍然。中華傳統樂器，雖聽說過，卻從來沒見過。她伸出纖細的手指，小心地戳了戳那個看上去十分脆弱的小東西。

雲實看著她小心翼翼的樣子，不自覺地揚起唇角。他拿手使勁捏了捏那個半個巴掌大小的陶笛，輕聲說道：「別擔心，碰不壞。」

蘇木笑笑，興致更濃。「這個好學嗎？你吹得真好聽！」

雲實沒直接回答，而是拉著她坐在河坡，直接演示起來。

悠揚的曲調再次響起，伴著蟲鳴、蛙叫，還有沙沙的風聲，顯得越發動聽。

蘇木看著男人俊朗的側臉，不由得呆住了。此時此刻，她不自覺地被這個沈默寡言的男人吸引。

擅長捉魚，會刻木雕，還能吹奏樂器，這樣的男人即便放在現代，也會是小姑娘們競相追捧的對象吧？

不知道他將來會找一個什麼樣的娘子，無論怎樣對方都會很幸福吧？似乎只要有他在身邊，便沒有什麼解決不了的事。

這一刻，蘇木沒來由地開始羨慕那個不知道尚在何處的女子。

雲老頭去世的第五天，天有些陰。

一大早，蘇娃遛完小黑豬回來，並沒像往常一樣去玩木馬，反而冷著一張小臉，拽上蘇木就往外走。

「怎麼了這是？」蘇木以為他又被村裡的小孩子們欺負了，連忙問道。

蘇娃悶悶地說：「大黑沒了。」

蘇木心裡咯噔一下，急聲問道：「沒了？那個『沒了』嗎？」

蘇娃繃著小臉不再多說，抓著她的裙襬便把她拉出門。

姊弟兩個下了河堤，蘇娃便朝著蘆葦蕩的方向指了指。「雲實哥在那邊，我方才看到他把大黑埋到了河坡上。」

蘇木心裡懸著大黑的事，胡亂點了點頭，便朝著雲實的方向跑了過去。

蘇娃沒有跟過去，默默地回家習字去了。

雲實填上最後一鍬土，拿著鍬面拍實了。

蘇木看不到他的表情，卻不難想像，此時的他定然十分難過。

雲實遠遠地看見蘇木跑過來，把鐵鍬往土裡一戳，便朝著她的方向迎了上去。

蘇木只跑了這麼幾步，便覺得上氣不接下氣，脆弱的心臟彷彿要從胸膛裡蹦出來。

雲實邁著大長腿，三兩步便走到她跟前，稜角分明的唇抿成一條直線。「跑什麼？」

「大……大黑……沒了？」蘇木扶著腰，小心地問道。「是我想的那個意思嗎？」她喘著粗氣，期盼地看向雲實，希望從他嘴裡聽到否定的話。

雲實卻是點了點頭，指了指不遠處的墳包，艱難地開口。「牠去陪三爺爺了。」

蘇木的眼圈登時紅了。「大黑也病了嗎？」

「大黑太老了，三爺爺走後牠一直不吃不喝，沒能撐過去。」雲實不想多說，他怕蘇木難受。

蘇木不出意外地濕了眼眶。「帶我去看看牠吧，我想看看牠。」

雲實點點頭，猶豫了一下，抬起的手又放下。他特意放慢了步子，時不時扭頭看看蘇木。

蘇木卻沒有注意到他的心思，她一步步爬到埋著大黑的斜坡上，在那塊覆蓋著濕土的草皮旁蹲了下來。

小黑耷拉著耳朵趴在旁邊，烏溜溜的眼睛濕漉漉的，嗓子裡嗚嗚咽咽，聽起來就像在哭，蘇木心裡更加難受。

雲實站在旁邊，突然覺得小娘子單薄的背影十分刺眼。

「小木……」他突然開口。「妳想養牠嗎？」

蘇木下意識地問：「什麼？」

「小黑，妳想不想養牠？」雲實的大手慢慢順著小黑亂糟糟的背毛。「三爺爺走之前，我跟他要過小黑，想給妳牽過去看家護院，當時三爺爺同意了。」

淡淡的一句話，卻讓蘇木有種說不出來的感動。她怎麼也沒想到，雲實竟這麼替她著想。

「牠很聽話，吃得不多。」雲實試圖說服她。

蘇木不禁笑了，重重點頭。「好，以後小黑就是蘇家的一員了。」

「至於你，」她看著雲實，臉上露出一個俏皮的笑。「以後就是朋友啦！」

雲實一愣，臉上的表情實在是……一言難盡。

蘇木卻沒有看到，此時她已經轉過身，學著雲實的樣子順起了小黑的毛。

雲實暗自嘆了口氣，心思一轉，粗大的手掌落在小娘子肩頭，珍而重之。

蘇木抬頭，疑惑道：「有事嗎？」

雲實往蘆葦蕩一指。「想不想去那邊走走？」

蘇木順著他指的方向看了一眼。「裡面不是水嗎，可以進去？」

雲實「嗯」了一聲。

「有什麼好玩的嗎？」蘇木興致勃勃地問。

雲實想了好一會兒，才說道：「比較……涼爽。」

蘇木「噗哧」一聲笑了出來，心情一下子輕鬆了許多。她站起身，拍打了幾下裙襬上的土灰，爽快地說：「走吧，咱們去涼快一下。」

雲實看著小娘子鮮活的身影，心裡一陣滿足。

第二十一章 獨處

一高一矮兩道身影並肩穿行在蘆葦蕩裡，高大枯黃的葦稈沒過了兩人的頭頂，根部又伸出數條嫩莖，黃黃綠綠，重重疊疊，就像一個神奇的魔法世界。

一只簡陋的草鞋，一只精緻的繡鞋，兩隻腳每往前邁一步，水面上交疊橫生的葦稈便像小船似晃悠一下，有細細的水漬滲透過來，洇洇地沾濕鞋底。

蘇木不由驚嘆。「單從外面看著，只知道蘆葦長在水裡，沒承想裡面竟然能站人。」

「蘆葦生了多年，沒人割，越長越密。」雲實的聲音原本就沈靜敦厚，此時在高高密密的葦稈包圍下更顯磁性。

蘇木離他很近，此時聽著就如同在耳邊竊竊私語，不知怎麼的，她竟有些心猿意馬，心頭發熱，腳下一時沒了章法，不經意間被葦葉勾住了繡鞋。

「啊——」小娘子驚呼一聲，不受控制地向前栽去。

雲實眼疾手快地將人托住，溫熱的大手好巧不巧地環住嬌柔的腰肢，體溫相交的那一刻，兩個人不約而同地顫了顫。

雲實面上一熱，條件反射地鬆開手。

「啊！」蘇木身子晃了晃，雲實又趕緊把手放回去。

蘇木扶著他的手臂站穩了身子，面上飛起一片紅霞。「謝……謝啦。」她努力讓自己看上去鎮定自若。

雲實笑了笑，將手拿開。

蕩漾的蘆葦叢中，蘇木有種莫名的不自在。

好吧，大概是因為羞澀——天知道，這對單身了二十六年的她來說，是多麼陌生的情緒。

蘇木一雙美目東瞄瞄、西看看，就是不肯落到雲實身上。她在心裡一個勁兒罵自己——爭點氣啊，妳可是在現代混過的，什麼樣的小鮮肉、老臘肉沒見過，不過被人扶了一下而已，臉紅個頭啊！

小娘子暗自炸毛，高大的漢子依舊四平八穩。

他就那麼直勾勾地盯著小娘子紅撲撲的臉，這一刻，雲實真真切切地感受到一種從未有過的歡喜情緒。

寬大的手掌拉起垂在裙側的小手，大手的主人輕聲說：「走吧，這樣就不會摔了。」

蘇木愣了愣，等她反應過來的時候，已經被男人拉著走出一大截。

小娘子扭了扭手腕，試圖把手抽出來，沒承想卻被握得更緊。

蘇木撇撇嘴，乾脆放棄——拉個手而已，權當防摔好了。

雲實不著痕跡地捏了捏乖順下來的小手，眼中滿是寵溺。

蘆葦深處有一個用乾茅草搭的草垛，底下鋪著葦蓆，頂上搭著葦葉，裡面掏空，就像一個小小的草房子。

蘇木驚訝地瞠大眼睛。「這是……」

「是我搭的。」

蘇木腦子裡瞬間冒出一個美好的詞彙——「秘密基地」。她眼睛亮晶晶地東看西看，在草垛裡面發現了小桌子、小凳子，還有雕刻到一半的小木偶。

感受到她的情緒，雲實亦是高興。「要不要進去看看？」

「嗯嗯！」蘇木重重點頭，毫不矜持地鑽了進去，看看這裡，摸摸那裡，興奮地嚷著。「這裡真好，就像童話裡寫的一樣！」

雲實不知道「童話」是什麼東西，不過，看著蘇木高興的樣子，他便覺得十分值得。

「妳喜歡？」漢子認真地問道。

「嗯，喜歡！」蘇木忙不迭地點頭。

「妳若喜歡，便送妳。」這片蘆葦蕩從前是雲爺爺的，現在是他的，雲實完全有資格說這種話。

蘇木眨眨眼。「這麼大方？」

雲實霸道總裁秒上身。「只要妳想要。」

蘇木一下子愣住了——被、被萌到了，怎麼辦？

雲實沒有錯過她臉上細微的變化，他並沒有說什麼，而是俯身鑽進草垛裡，抓起蘇木的手，把她拖了出來。

蘇木剛剛冒出點苗頭的小心動，頃刻間煙消雲散。「唔……幹麼？」

「過來看。」雲實把她牽到不遠處的一片水域。

他把茅草撥開，露出一個濕濕的草墊子，上面挨挨擠擠地放著三枚白白滑滑的蛋。

蘇木眨了眨眼。「這是……鵝蛋？」

雲實朝著不遠外的河灣指了指，小聲回道：「是白鵠。」

蘇木朝著他手指的方向看過去，一下子驚呆了——什麼白鵠，那明明是天鵝呀！

在一個蘆葦圍成的小水灣裡，兩隻潔白的生物正緩緩游動，牠們優雅地展翅，親密地交頸，高貴而美麗。

雲實不想驚動牠們，湊到蘇木耳邊小聲解釋。「往年的時候會有二十餘隻白鵠落在這片水灣孵蛋，今年只來了兩隻，比其他時候早了半月。」

蘇木心思轉了轉，如果沒記錯的話，天鵝屬於游禽，每年三、四月間來到北方，五月產卵，大多都是二、三十隻一起行動。

眼下這個時節確實有些早，看來，他們遇上了一對心急的鳥爸鳥媽。

「這麼早把蛋生下來，能孵出來嗎？」蘇木不由擔心。

「我在蛋下加了草墊，又把周圍的茅草割掉一些，白天有暖陽照進來，夜裡有雌鵠守著，應該能活。」雲實看起來相當專業。

蘇木扭頭，對身邊這個男人再次刮目相看。

這個人還有多少才能、多少美好的品性沒有展露出來？這樣的人竟然沒人肯嫁，博陵鎮十里八鄉的姑娘真是瞎了眼！

一連幾日氣溫升得很快，偶爾還會下一場軟綿綿的春雨。

農人們突然忙碌起來，每天一大早便要到地裡鋤草、捉蟲，傍晚回家後也不會閒著，一個個都在菜園裡躬著身子種瓜點豆。

蘇木吃過午飯，便繞到屋後的小藥園裡，鬆鬆土、澆澆水，她做得慢，對自己的要求也不高，權當是活動、活動筋骨。

蘇娃隔著柵欄看到她忙活，連忙從小木馬上跳下來，提著小木桶去給葡萄苗澆水。

蘇木說過，等著這幾棵葡萄長起來，就請雲實搭個架子，架下放上石桌、石凳，炎炎夏日，一家人便能在葡萄架下吃飯、納涼。秋天一到，滿架的葡萄成熟，伸手便能摘上一顆，定是酸甜多汁。

蘇娃把這話聽到耳朵裡，從那之後可上心了，每天除了照顧小黑豬和大白鵝之外，便又多了一項任務——給葡萄苗澆水。

杏花村挨著三條大河，村裡沒有水井，大多數人家也捨不得花錢買上一個大水缸，平日裡人們吃水都是直接從河裡打，一早一晚各打兩桶，能供上一天的吃喝。

蘇木家有個深褐色的大陶缸，是外婆當年的嫁妝，一直放在堂屋東方，上面蓋著個厚實的木頭蓋子，防止雨水或飛蟲混進去。

蘇娃沒在缸裡舀水，而是扛著自己的小扁擔，掛著兩只小水桶，興沖沖地跑去了河邊。

這幾日，村子裡的大人們忙著做農活，孩童們沒人看管，一個個像皮猴子似的全都往河邊跑。此時，河邊就聚集了一堆小漢子，玩水的玩水，摸魚的摸魚，還有的在挖脆脆甜甜的白茅根。

蘇娃從小受這些人的欺負，雖不怕他們，卻也不會主動和他們搭話，只是繃著一張小臉專注地在上游處打水。小傢伙看上去不急不慌，手裡拿著一只圓乎乎的深底木瓢，一瓢一瓢地往桶裡舀水。

小漢子們都在各自玩著，起初沒人在意，然而，蘇娃舀得實在有些久了，便有人耐不住性子，好奇地問：「蘇娃，你手上拿的那是啥？」

蘇娃看了問話的小漢子一眼，很是矜持地回道：「木瓢。」

「我家用的和這個不一樣。你見過那種嗎？」問話的小漢子是個實誠性子，一邊說一邊拿手比劃。「一個葫蘆從中間砍開，就是兩個瓢。」

蘇娃「哦」了一聲，繼續舀水。

有了剛剛的對話，越來越多的人注意到了蘇娃的動作。

又有人忍不住問道：「你的木桶也和我家的不一樣，我家的很大！」

「小的方便，雲實哥做的，長姊說是我的專用。」蘇娃終於講出自己想說的話，眼中帶著幾分得意。「若用太大的，恐怕會壓得不長個兒。」

小漢子們聽到這話，又聯想到雲實的身高，紛紛變得在意起來。同時，對蘇娃更加羨慕。

蘇娃手上的動作明顯加快，沒一會兒兩桶水便被灌滿了，他貌似不經意地把長長的扁擔翻了個面，然後才勾到水桶上。

有眼尖的小漢子看清扁擔的模樣，再次驚訝地叫起來。「你們看，他的扁擔上刻著東西，是字嗎？」

「是字！唸……唸啥？」這些小漢子大多沒上過學塾，一個個大眼瞪小眼，全都不認識。

蘇娃抿著嘴，故意不吱聲。

直到有人問到他頭上，他才慢吞吞地說道：「那是我的學名——蘇槿，長姊起的。」這一回答又惹得小漢子們羨慕不已。「你們聽見了嗎？蘇娃說他有學名了——雲大頭這下可沒得顯擺了！」

「我知道了，吉子哥說，雲大頭在學堂跟蘇娃打架，是不是因為他唸書比不上蘇娃？」

「吉子哥說的？」

「嗯，我親耳聽到的。」

「我信吉子哥，肯定是雲大頭故意使壞，不讓蘇娃去唸書！」

幾句話的工夫，蘇娃已經挑著扁擔走出老遠，不過，他依舊一字不落地把這些話聽到耳朵裡。

小漢子故意表現出一副並不在意的樣子，高高揚起的嘴角卻出賣了他。

蘇木站在河坡上，把這一幕看在眼裡，笑得直不起腰——沒想到他們家慣愛冷臉的小漢子，原來是個小悶騷呀！

午後，蘇丫一邊納著鞋底，一邊同蘇木說閒話。「明兒個是穀雨，阿姊，咱們要不要去雲實哥那裡求個避蠍符？」

「避蠍符？那是什麼？」蘇木下意識地問道。

倒把蘇丫弄得一愣。「阿姊忘了嗎？每年穀雨，咱們都要求個避蠍符掛在門上，毒蠍蛇蟲看到了才不敢鑽進屋裡。說起來，往年的時候阿姊也會包些藥包，今年還沒見阿姊弄……是藥草不夠嗎？」

蘇木在記憶裡搜尋一番，這才想起，外公在時經常說，穀雨時天氣驟然轉暖，加之陰雨頻繁，毒蟲便會紛紛從陰處跑出來，這時候需得包些驅蟲的乾草，才能保得家裡安寧。

「回頭就弄，正好，咱們先去雲實那裡求避蠍符吧！」蘇木掩飾性地說道。

蘇丫原本想讓她一個人去，轉念一想，今日討避蠍符的人必定不少，其中不乏未出閣的小娘子，還是她跟著阿姊比較好。

小娘子鄭重地握了握拳，那架勢，就像蘇木會被人欺負了似的。

姊妹兩個到的時候，雲實正蹬在樹杈上摘嫩芽兒。

樹底下圍著一圈小娘子，一個個揚著細長的脖頸望著他。

「石頭哥，輪到我的！」

「下一個是我的！」

「妳筐裡早滿了，趕緊回家去。」

「哼，妳管我？」

蘇木忍不住笑——這傢伙，豔福不淺。

蘇丫不滿地跺了跺腳，瞪著一雙俏麗的杏眼迎了上去。

蘇木挑了挑眉，看著自家妹子的架勢，心頭驀地生出一股淡淡的憂傷。

雲實看到蘇木，唇邊帶上了明顯的笑意。他低下頭對著樹下的小娘子們說：「今日先摘這些。」

興許是見到雲實的笑臉，小娘子們膽子也大起來，一個個舉著籃子裝可憐。

「這些怎麼夠呢，石頭哥，再摘些吧！」

「是呀，石頭哥，你看我，一個籃子底兒都沒有，定然是不夠吃的。」

「石頭哥，求你了，整個杏花村就你最高，其他漢子都摘不到呢！」

樹下這些大多是雲家的堂妹，不說誰的，單是看在她們父兄的面子上，雲實也硬不下心腸。他無奈地對著蘇木笑了笑，伸長胳膊，繼續揪。

蘇丫鼓鼓臉，脆生生地說道：「不管個高個矮，都是要到樹上去的，只要會爬樹就行，不一定非得麻煩雲實哥。」

小娘子們看到她，不約而同地噘起嘴，哼道：「要妳管！」

蘇丫也不怕她們，不甘示弱地頂回去。

雲實眼看著事態不對，連忙清了清嗓子，面色嚴厲地朝著樹下掃了一圈。

小娘子們吐吐舌頭，一個個提著小籃子跑走了，經過蘇丫身邊的時候還不忘做個鬼臉。

蘇丫翻著白眼，只當沒看見。

蘇木在一旁站著，只覺得十分驚奇，按照她家蘇丫的性子，大多時候待人和氣有禮，怎麼今天是這副樣子？

她下意識地往樹上看了一眼，暗自嘆了口氣——當真是女大不中留哇！

第二十二章　親近

蘇木的注意力，很快被滿樹的香椿芽兒吸引過去。

穀雨前後，是香椿嫩葉和芽苞最香最嫩的時候，若是趁著這個鮮嫩勁兒摘上一把，或是涼調，或是混著雞蛋炒了，都能讓人飽上一頓口福。

淡淡的椿香飄蕩在鼻翼間，蘇木頓時十分心動，猶豫著要不要讓雲實幫忙摘上一把。不過，剛剛看他的樣子，似乎是不想摘了，蘇木一時間也不好意思開口。

遲疑的工夫，雲實已經從樹上跳了下來，對著蘇木笑笑，翻開一個倒扣的籮筐，從底下抓出一大把嫩綠中帶著微紅的新鮮椿芽，細小的葉片上還沾著水珠。

蘇木眼睜睜地看著雲實走過來，把東西塞到自己手裡。

「這是給妳留的。」他唇畔帶著暖暖的笑。

見蘇木沒吱聲，雲實便又補充一句。「穀雨吃，最合時宜。」

蘇木愣愣的，連句「謝謝」也忘了說。

剛剛，雲實說，這是給自己留的——她長這麼大從來沒有被別人如此特殊對待過。

素白的手指握著嫩綠的椿芽兒，蘇木一時間竟有些無所適從。

即便她一個「謝」字也沒說，雲實卻並不覺得失望。他從腰間掏出一個巴掌大小的木牌交到蘇木手裡。「回去掛到門上。」

淺黃的木牌，質輕，散發著淡淡的木香。

「這是什麼木頭？」蘇木拿在手裡細細地翻看，喜愛非常。

「桃木。」雲實看到蘇木愛不釋手的模樣，自然也十分高興。「這是避蠍符。」

木牌正中刻著一隻威風凜凜的大公雞，尖尖的喙上啣著蟲子，爪下還按著一隻大蠍子，雞冠高高地豎著，看上去十分傳神。

「這隻雞是你刻的？」蘇木忍不住問道。

雲實點了點頭。

「刻得真好。」蘇木由衷地讚嘆。「昨日聽蘇丫唸了段順口溜，寫在背面剛好應景。」說著，便扭頭看向在一旁默不作聲的小娘子。「那幾句話怎麼說來著？」

蘇丫原本在努力把自己偽裝成一根木頭，此時聽到蘇木問到自己頭上，才像是剛剛活過來似的，乖乖巧巧地回道：「我也是聽蘇大娘說的，若沒記岔，大抵是『穀雨三月中，蠍子逞威風，神雞一張嘴，毒蟲化為水』。」

蘇木拍拍手，笑道：「就是這幾句。怎麼樣，是不是很應景？」

雲實抿了抿嘴，沒說話。

蘇木看著他的反應，眨眨眼。「你覺得不好?唔，那就直說嘛，不刻就得了。」

小娘子嗔怪的語氣聽著像是撒嬌，雲實的心沒來由地顫了顫，他頓了頓，才悶悶地開口道：「不，很好，只是……我不識字。」

蘇木一愣，頓時覺得十分尷尬。「不好意思，我沒想到……你別介意。」

雲實心裡確實有些彆扭，卻不是因為蘇木的話，而是因為自責。他從未像現在這樣懊惱過，為何自己不能識文斷字，為何無法達到蘇木的期許。

好在，雲實並未一味沈浸在懊惱或者說是自卑的情緒之中，他很快找到一種解決方法。「若是妳能寫下來，我便可以照著刻上去。」

蘇木一聽，頓時抓住這個臺階，順勢說道：「真的嗎？那我寫大一些，這樣能看得更清楚。」

雲實抿著唇，點了點頭。

「你可真厲害。」蘇木毫不吝嗇自己的誇獎。

雲實嘴角微微上揚，深邃的眼眸中也像含著光，這讓他原本就英挺的外表平添幾分俊朗。

蘇木被這個笑容晃花了眼，靈機一動，想都沒想便邀請道：「不如我請你吃飯怎麼樣？權當答謝你送我香椿，還有避蠍符。」

雲實頓了頓，理智告訴他不能答應，這很有可能影響蘇木的名聲。然而，對上小娘子期待的目光，所有拒絕的話一下子吞進肚子裡，還鬼使神差地點了點頭。

蘇木的臉上頓時綻開大大的笑。「太好了，我原本還擔心你不答應——正好，今日就做香椿魚，讓你嚐嚐我的手藝。」

看著小娘子高興的模樣，雲實心底最後一絲疑慮徹底消失。

蘇家小院雖不大，卻被姊弟三個收拾得頗為雅緻。堂屋東方有個大肚水缸，旁邊放著矮凳和洗手盆，手巾和抹布搭在木架上。另一側長著一棵碗口粗的棗樹，再過些時日便到了開花的季節。

西牆下有棵大槐樹，樹冠大得能遮住一小半院子，剛好把豬圈和鵝圈擋在下面。鵝圈旁有個用土坯壘起的小窩，壘窩的泥匠手藝十分一般，許多地方都歪歪扭扭。好在，窩裡鋪著乾淨的茅草，窩口放著缺了口的小陶盆，倒是十分周到。

小黑狗看到雲實進門，「嗖」的一下從窩裡鑽出來，撒了歡地往他身上蹦。

蘇木笑道：「你看看，我們好吃好喝地供著，還費了老大勁給牠蓋窩，到頭來還是跟你親。」

雲實扭頭看了眼那個歪歪扭扭的狗窩，認真地說道：「下次我來弄。」

蘇木怎麼也沒想到他的重點在這裡，不由得笑了起來。「有你這句話就成，這次再有什麼力氣活一準叫你。」

「嗯。」雲實心內竊喜——最好每天都有。

「你稍坐，很快就好。」蘇木朝屋子裡喊了一聲。「三娃，給你雲實哥拿凳子，倒茶！」

蘇娃晌午剛剛長了臉，此時看雲實正順眼，蘇木一吱聲，小漢子便麻溜地跑出來，一手提著凳子，一手托著茶壺。

蘇木挑了挑眉，壞心眼地說道：「這是知道你雲實哥要來，早就準備好了？莫非是想謝謝他給你做了小水桶？」

蘇娃聽出蘇木語氣裡的調侃，鼓了鼓臉，並不理她。

蘇木忍著笑，故作親切地拍拍小漢子的肩。「放心，這個人情長姊替你還了，今兒個就請你雲實哥吃頓好的！」

蘇娃沈不住氣，白了她一眼，氣鼓鼓地說道：「快去做飯！」

蘇木扶著腰，哈哈大笑。蘇丫擇著菜，也跟著笑了起來。

雲實把木凳放在東牆根下，挨著那幾棵明顯高了一大截的葡萄苗，耳邊不時傳來姊弟三個的笑聲，恨不得時光停留在這一刻。

姚銀娘在自家院子裡隱約聽到雲實的名字，以為他來自己家吃晚飯，便特意躲在柵欄後面準備嚇他一跳。沒承想，她在那兒傻愣愣地蹲了半天，雲實連個影子都沒有。

姚銀娘耐不住性子，跑到蘇家門前看，意外地發現雲實正舒展著兩條大長腿，悠哉悠哉地坐在蘇家小院。

「我說表哥，你是不是走錯地方了？」

雲實看了她一眼，言簡意賅地回道：「沒有。」

姚銀娘隔著柵欄往廚房裡看去，發現蘇家姊弟正忙著做飯，沒有人注意到她。

於是，她便壓著聲音說道：「表哥，人家都要做飯了，你還在這兒賴著，若是被我娘知道了一準得罵你。」

「我原本便是來吃飯的。」雲實坦白地說道。想了想，又加了一句。「舅母從未罵過我，只會罵妳。」

姚銀娘一噎——扎心了，表哥！

「有本事你就賴在這裡，看我不告訴阿娘！」姚銀娘氣得跺了跺腳，轉身跑走了。

雲實扭過頭，完全不受威脅的樣子。他聽著牆外特意加重的腳步聲，一雙視線專注地放在那個忙碌的身影上，眼睛裡裝著連他自己都不知道的暖意。

不過半個時辰，蘇木便做好一桌子菜。

雲實給她留的香椿分量足，不僅煎了滿滿一盆香椿魚，還拌著雞蛋炒了一大盤。

胖嬸家殺了豬，一大清早便送來一條半肥半瘦的後臀肉，蘇木推辭不過只得收下，另外拿家裡的果脯作為回禮。沒料到晚上便有客要請，正好用上了。

胖嬸給的肉多，蘇木做了道軟糯香滑的東坡肉，用冰糖和蜜水收汁，更添幾分晶亮爽滑，光是這麼看著便叫人流下口水。還有年前曬下的乾豆角，她提前用水泡開，臘肉切成薄片，摻在一起炒了，也是香味獨特。

這樣的菜色，許多人家連過年都未必能吃上。

「嚐嚐這個香椿魚。」蘇木極力推薦。

雲實挾起一條焦黃的魚兒，滿足地放到嘴裡。

「可合你的胃口？」蘇木期待地問道。

雲實應了一聲，坦誠地說：「好吃，但是，沒有魚。」

「哈哈哈哈哈……當然沒魚。」蘇木邊笑邊說。「這個菜雖說叫『魚』，卻不是用魚做的。」

接下來她便細細地解釋了一遍這道菜的流程。「把五穀麵摻在一起，放上鹽和香辛粉末，細細地調了，再把洗好的香椿梗連著嫩葉一條條蘸進去，蘸得均勻了便放到油裡煎，反覆煎上兩次就成了。」

「小木的手藝真好。」雲實破天荒地誇獎。「說得也好。」

一時間，蘇木竟覺得比拿到獎狀還開心。

蘇丫看看這個，看看那個，撒嬌般說道：「阿姊偏心！我方才問時，妳只說我傻，怎麼雲實哥問起來，妳便說得這般細緻？」

雲實聞言，也抬起一雙黑亮的眸子，似是在等著蘇木回答。

蘇木戳著小娘子的腦門，調笑道：「哪來的恁多閒話？快吃吧，不然這些肉可就都讓三娃一個人吃進肚子裡了。」

彼時，蘇娃圓乎乎的小臉正埋在大瓷碗裡，狼吞虎嚥。聽到蘇木的話後，他使勁點了點頭，含含糊糊地說道：「好吃！」

蘇丫「噗哧」一下笑出聲來，蘇木同樣忍俊不禁。

雲實的視線放在蘇木身上，只要她笑著，他的心裡便是踏實的。

此時，太陽剛巧落到半山腰，給小小的院落鍍上了一層金邊。

村民們依舊在田間忙忙碌碌地勞作著，孩童無憂無慮地在河邊嬉戲、打鬧。

耳邊傳來清麗的小調，帶著濃濃的鄉情。

「穀雨來嘍，種穀喲——南坡北窪喲，忙種棉！」
「水稻插秧噢，好火候——種瓜點豆喂，撒點芝麻！」
「玉米花生喂，要趁種——地瓜栽秧喲，別偷懶！」
「若是還有閒餘地——深栽茄子喂，淺栽煙！」
這一刻，蘇木甚至不敢相信眼前的一切是真實存在的——原來生活可以這般美好。
祁州的風俗，穀雨這天家家戶戶都要到野外走走，有親戚的人家就去串串親戚，沒親戚的也要活動、活動筋骨。
最常見的便是到河裡舀些「桃花水」，拿它來洗洗身子，未來的日子裡便能消災避禍。所謂「桃花水」，便是穀雨時的河水，不知從什麼時候開始，人們給它起了這麼個好聽的名字。
一大早，蘇家姊弟吃過早飯，便帶著家裡的小黑豬、小黑狗、大白鵝——幾乎是全家出動，到河邊散步去了。
這時候河邊正熱鬧，打水的、坐船串親的絡繹不絕。
雲老頭去世後，雲實便接替了他，撐著船送鄉親們過河。
蘇木特意在河邊站了好一會兒，看著雲實來來回回走了幾遭，發現他的技術竟不比雲爺爺差。
雲實也早就看到了她，只是離得遠，人也多，便不好打招呼。等到終於有了空閒，他便把篙子一扔，邁著筆直的長腿朝著蘇木走了過來。

彼時蘇娃正帶著小黑狗在河邊玩水，小黑豬扎在草窩裡拱食吃，兩隻半大的白鵝在蘆葦蕩裡鑽來鑽去。

蘇丫原本站在蘇木身邊，一見雲實走近，便裝作沒看到似地突然跑到河坡上挖野菜去了。

於是，河邊只剩了蘇木一個人，對上了雲實含笑的眼。

「你不好好撐船，怎麼跑過來了？」蘇木看到雲實，熟稔地調侃。

雲實在她身前站定了，耐心地解釋：「花大娘家是最後一戶，其餘的都往北邊去，不用坐這條船。」

蘇木聽桂花大娘說過，北邊的沙河上常年有蘆葦溝的養鴨人，別管碰到了誰，只要喊上一句，對方都會熱心地捎上一程——這時候的人大多是淳樸的，像王二狗那樣爛心腸的人終歸是少。

兩個人相對而立，一時間也沒了話說，單是看著對方便忍不住笑。

不期然，旁邊傳來一道清亮的嗓音。「這兩人在這裡做啥呢？一個個笑得忒傻！」

蘇木扭頭一看，姚金娘正抱著小女娃同桂花大娘一前一後地走過來。

蘇木忙往前迎了兩步，笑著招呼道：「大娘和姊姊吃過飯了？呀，小荷也出來了？」

桂花大娘的視線往她和雲實身上轉了一圈，表情明顯不如往日裡自然。「今兒個暖和，帶她出來透透氣，省得在家裡憋壞了。」

蘇木點頭。「可不是。」說著，便湊到了姚金娘身邊，逗著襁褓中的小娘子玩。
姚金娘大方地問：「妳要不要抱抱她？」
蘇木一愣，繼而驚喜地說：「可以嗎？我怕我抱不好。」
姚金娘笑笑。「哪有那麼金貴。」說著，便把襁褓往蘇木懷裡送。
蘇木慌慌忙忙地接住，滿臉緊張。「是這麼抱嗎？她身子好軟！」
姚金娘看著她的樣子忍俊不禁。
蘇木兩隻胳膊彆扭地彎著，臉上的表情小心翼翼，生怕把小娘子給摔著。
雲實走過去，輕輕地抓著她的胳膊往她懷裡彎了彎，語氣親暱。「這樣，脖子放在胳膊彎，另一隻手，嗯，托著屁股……對。」
蘇木順著他的力道調整好姿勢，小娘子把圓乎乎的小腦袋，自然而然地搭到了她的胸口，濕漉漉的眼睛望著她，當真是軟萌可愛。
蘇木既驚又喜，忍不住問道：「你怎麼會的？」
「我抱過她，阿姊教的。」雲實如實說道。
此時，兩個人挨得很近，一個高大俊朗，一個眉眼精緻，中間夾著個粉粉嫩嫩的小娃娃，乍一看倒像和和美美的一家三口。
姚金娘的視線在兩個人身上轉了一圈，突然生出一個大膽的猜測。

第二十三章　開竅

桂花大娘略帶責備地掃了雲實一眼，不著痕跡地將蘇木拉到身邊，笑著說道：「小木這麼喜歡娃娃，不如早點成親，自己生一個。」

這話若是說給尋常娘子，必定會羞紅了臉，就連蘇木一時間都不知如何接話。

桂花大娘並沒等她回應，繼續說道：「小木今年也十六了，合該尋個媒人，把親事說了。」

蘇木訕訕地笑著，多少有些尷尬。

姚金娘看出蘇木的不自然，連忙接口道：「小木剛剛同石家退了親，急惶惶地說親不合適，更何況蘇先生剛剛過世，這婚事怎麼也急不來。」

桂花大娘剜了她一眼，不贊成地說道：「雖說和石家退了親，卻也不算什麼，正好趁著這個工夫把親事說了，等到孝期一過，剛好成親。」

桂花大娘轉臉看向蘇木，態度十分親暱。「小木家裡沒個長輩，這件事不如就交在大娘身上，保管給妳尋個踏實可靠的。」

蘇木僵著臉，連忙說道：「可別，大娘，我一點都不急。」

開玩笑，連面都不見，就靠著媒婆的一張嘴便把兩個不相干的人湊到一起，這樣的婚姻，她怎麼可能接受？

蘇木心裡清楚得很，作為現代人，無論是思想觀念還是生活習慣，必定和這裡的男人十分不同，要想找到一個理解並支持她的人幾乎不可能，因此，她早就做好了孤獨終老的準備。

桂花大娘還想說什麼，卻被雲實截了話頭。「舅娘，明日廟會，您去賣酒不？」

桂花大娘不甘心地嘆了口氣，道：「去呢，怎麼不去？一年裡除了逢年過節，就這十天賣得好。」

雲實「嗯」了一聲，便不再開口。

雖然他現在和往常一樣都沒什麼表情，熟悉他的人卻不難看出，他此時的心情不大好。

姚金娘在心裡暗暗地嘆了口氣，努力活躍氣氛。「我聽銀子說，小木先前不愛出門，可去逛過祁州城的春廟？」

蘇木從記憶裡搜羅了一番，應該是逛過的。那時候小蘇木的母親還在，每年廟會外公和父親便會一人支一個攤子，一個給人看診，一個代寫書信，雖掙不了幾個錢，卻享受那份樂趣。

母親會用他們掙來的銅板買塊花布給她做衣裳，有時候看中的布料好，錢不夠，她自己還要搭上好多。

現在想想，真是無比美滿的日子。

蘇木沈浸在回憶裡，一時忘了回應。這樣的表現看在其餘人眼中，就像為著方才的事不開心似的。

桂花大娘目光閃爍，不免有些自責，她求助般看向姚金娘。

姚金娘嘆了口氣，剛要開口，雲實突然說道：「不如明日一起去。」說完又覺得不夠似的，補充道：「人多熱鬧。」

蘇木這才反應過來，有些猶豫。上次的心理陰影還沒有徹底消除，雖然她心裡清楚這件事不是自己的錯，然而還是十分膈應，若再遇到壞人，還能像上次一樣幸運嗎？

雲實就像能看透她的心思似的，認真地保證道：「小木不用擔心，這回我必定跟著，不讓妳……你們出任何差錯。」

桂花大娘皺了皺眉，想要說什麼，姚金娘眼疾手快地捏了捏她的手。她看著雲實堅定的神情，動了動嘴，最終還是把話嚥了回去。

姚金娘暗地裡鬆了口氣，笑著勸道：「咱們這祁州城的春廟在整個直隸府都是出了名的盛大，那些雜耍班子從老遠趕過來，有跑竹馬的，有耍社火的，還有敲鑼打鼓唱大戲的，好不熱鬧！除了這些看著玩的，還有南來北往的商販，有許多咱們這裡見不到的新鮮東西，說不定能遇到喜歡的。」

姚金娘眼瞅著蘇木的表情有所鬆動，繼續勸道：「就算妳不想去，還有二丫和三娃呢！小孩子們喜歡湊熱鬧，到時候小漢子、小娘子們一股腦兒去了，唯獨剩下你們一家，妳說他倆能高興？」

蘇木看著她，終於忍不住笑了起來。「得了，聽金娘姊姊這麼一說，便是颳風下雨掉冰雹我也得去上一回了。」

姚金娘笑了笑。「颳風下雨不必，好好地玩上一回是正經。」

「金娘姊姊也去唄，方才也說了機會難得，錯過還要等一年！」蘇木想到這句經典的廣告語，借來用一用。

姚金娘想都沒想便搖了搖頭。「有小荷在，我走不開。再者，我這剛剛和離的人，也不適合拋頭露面。」

還有一個原因她沒說出口，到時候十里八鄉的人都去趕廟，她還真怕碰上從前的婆家人。

蘇木一聽，便不贊同地說道：「和離怎麼了？又不是金娘姊姊的錯，咱們將來把日子過好就行，可不能把這個當成負擔。」

雲實也跟著開口道：「阿姊不必擔心遇到南石村的人，他們若敢說三道四，我必定再把他們打上一頓！」

桂花大娘一聽，當即拍了雲實一巴掌，板著臉訓斥道：「若是去逛便好好玩，千萬別惹事，不然我必定告訴你舅舅，不讓你去！」

雲實抿了抿嘴，悶悶地「嗯」了一聲。

桂花大娘一轉臉，對姚金娘說道：「小木說得沒錯，日子還得好好過，妳安心去逛，小荷我在家看著。」

姚金娘柳眉微皺。「阿娘，妳不是還要跟爹去賣酒，哪有工夫看著她？」

桂花大娘下意識地瞄了雲實一眼，不甚在意地說：「一天的工夫總是有的。」

姚金娘看著她娘的樣子，無奈地點了點頭，小聲道：「再說吧。」

第二天，天還沒亮，村子裡便熱鬧起來。

姊弟三個出門的時候，天還黑著。

蘇木睡眼矇矓地挪出自家院子，不期然撞到一個結實的胸膛，耳邊傳來低沈的輕笑。「在打瞌睡？」

蘇木聽到熟悉的聲音，心便安定下來，身體本能地倚靠過去，從鼻子裡「嗯」了一聲，似乎還有些小小的抱怨。

雲實抬起手，起初有些猶豫，之後又十分乾脆地放到烏黑的秀髮上，輕聲道：「再睡會兒吧。」

蘇木點了點頭，心安理得地閉上了眼。

蘇娃眼睜睜地看著自家長姊，就這麼大大咧咧地靠在一個漢子身上，當時就急了——怎麼能這樣讓人占便宜？即便是雲實哥也不行！

小漢子捏著拳頭就要衝上去，卻被蘇丫一把拉住。

蘇娃瞪著眼睛低吼。「妳拉我作甚？」

「不要過去打擾阿姊和雲實哥。」蘇丫用更加小的聲音說道。

蘇娃繼續瞪眼，頗為憤憤不平。「妳看他們——」

「噓——」蘇丫比了個噤聲的手勢，悄悄地把蘇娃拉到旁邊教導。「你想不想要個姊夫？」

蘇娃一聽，眼睛瞪得更圓了，幾乎是嚷著說：「蘇丫，妳也去勾搭野漢子了？」

蘇丫連忙捂住他的嘴，小心翼翼地看向兩人的方向。

雲實抬頭往這邊瞧了一眼，目光深沈。

蘇木的腦袋動了動，咕噥道：「要出發了？」

寬厚的大手輕撫在頭頂，柔順的髮絲在手下摩擦，雲實用平生最輕柔的語氣說道：「安心睡吧，走的時候叫妳。」

於是，蘇木真就安心地繼續睡了。

另一邊，蘇丫誇張地拍了拍胸口，責備地看向蘇娃，嚴肅地說道：「你覺得雲實哥怎麼樣？」

小漢子的眼睛一直瞄著那邊，順便還警覺地看著左右路口，生怕突然轉出個人來——簡直是操碎了心。

等到蘇丫又問了一遍，他才不耐煩地應道：「挺好的。」

「與村裡其他漢子比怎麼樣？」

「自然是好的。」

「那……與石楠哥相比呢？」

蘇娃撇了撇嘴，小大人似地嗤笑道：「石家的人……哼，根本沒法兒比！」

蘇丫捂著嘴笑了笑，看來自家小弟是個明白人。

於是她也不再藏著掖著，乾脆把話挑明。「阿姊雖然根本沒人能配得上，然而咱們家如今這樣，她的親事肯定會受些連累，萬一她遠嫁了，我是怎麼也捨不得的。」

小漢子轉了轉眼珠，眼中帶著明顯的驚恐。「阿姊要遠嫁？」

蘇丫頗為嚴肅地點了點頭，又搖了搖頭。「現在還不會，過上兩年若再沒人提親就保不齊了。」

蘇娃抿了抿嘴，懊惱道：「那怎麼辦？」

蘇丫指了指不遠處的人影，湊到他耳邊，悄悄說：「雲實哥。」

小漢子眨眨眼。「啊？」

蘇丫滔滔不絕。「你看啊，雲實哥長得好看，個子又高，幹活是一把好手，還什麼都會，十里八鄉的漢子沒有一個比得上，配阿姊，正好！」

蘇娃抿著軟軟的嘴巴，時不時往那邊瞄上一眼，似乎在拿著蘇丫的話與真人做對比。

蘇丫也不催他，她一早就知道自家弟弟是個心思深沈的人，比一般的小漢子要聰明、通透並且可靠得多。

果然，沒一會兒，蘇娃便認真地點了點頭。「就雲實哥吧！」

不管怎麼說，他都不希望蘇木遠嫁，儘管說不上具體的原因，總之，就是不希望。

蘇丫聽到他的答覆，開心地笑了起來。「既然你也同意，那以後要和我站在一條線上。」

後面的話，不言而明，蘇娃重重地「嗯」了一聲。

姊弟兩個在這邊「密謀」，自認為神不知，鬼不覺。殊不知，儘管隔得遠，卻架不住雲實耳力好，兩個人的話一句不落地被他聽了去。

雲實表面依舊是一派淡然，內心卻早已掀起驚濤駭浪。在此之前，他只覺得小木與別家娘子都不同，笑得好看，說話好聽，想和她待在一起，想照顧她，不讓別人欺負她。他卻從未想過，這是怎樣一種感情，更是從來沒敢想過，有一天可以跟她成親。

實際上，當年被繼母破壞親事、毀損名聲的時候，雲實就對成親這種事死了心。然而，此時此刻，雲實的心彷彿突然活了起來，他感受著頸間輕淺的呼吸，心臟劇烈跳動著。

他，真的可以娶小木嗎？

從杏花村到祁州城要渡過孟良河，再穿過一個叫「梨樹台」的村子。

祁州城北門外有個城隍廟，城隍廟與梨樹台之間有好大一片空地，幾乎占了半個村子。這片地原本歸在城隍廟名下，供廟裡的道士們種些糧食供給吃穿。

後來，不知道從什麼時候開始，漸漸地有小商販聚集在這裡，城隍廟裡的道士們心地好，便漸漸地把這塊地方讓了出來，沒有再種糧食。

祁州城的春廟設在這片地方，早在好幾天前地方便收拾好了，臺子也架起來，商販們摩拳擦掌地想要大賺一筆。

蘇木幾人一路行到祁州城外，還沒看到廟會的影子，便先聽到了「嗡嗡」的人聲，他們不由自主地深吸一口氣。

道旁有許多停車拴牲畜的地方，只須付上些草料錢並相應的看管費，就能停上一整天。

雲實率先從車上跳下去，轉身把幾個小娘子扶下車，輪到蘇娃的時候，小漢子卻搖了搖頭，「咚」的一聲跳下車。

「三娃真是長大了。」小娘子們不由得笑出聲來。

四個水靈靈的小娘子圍在雲實身邊，可把旁邊的年輕漢子們羨慕得要死。

有個上了年紀的漢子，看樣子像是車馬行的管事，主動跟雲實搭話。「小兄弟，你們是哪個村的？」

雲實也友好地回道：「杏花村。」

漢子對身後的小夥子們露出一個意味深長的笑，那意思似乎在說，只能幫你們到這裡了。

年輕漢子們受到鼓勵，紛紛開始招攬生意，都希望娘子們坐過的車能停在自己棚子裡。

「小哥把驢子放在這裡吧，我們這兒信譽最好，只收你一半的錢。」

「是啊、是啊，放這兒吧，一準給你看好了。」

雲實點了點頭，剛要把驢車牽過去，卻被蘇木抓住衣襬。

雲實回頭，輕聲道：「怎麼了？」

蘇木朝著街道盡頭的方向指了指，小聲說：「放那邊吧！」

雲實循著她指的方向望過去，只見那邊有個小棚子，看上去甚是寒酸，棚子裡停著三頭模樣奇怪的動物，攤主的長相和打扮也很奇怪，一看就不是本地人。

第二十四章 廟會

蘇木晃了晃他的衣襬，再次說道：「放那裡，好不好？」

雲實十分自然地摸摸她的頭，笑著「嗯」了一聲，蘇木也跟著笑了起來。

兩個人的互動親暱而自然，儼然像是一對黏糊糊的小夫妻。

有人酸溜溜地說：「兄弟，別說哥兒幾個沒提醒你，那可是個外鄉人，頭一回在咱們這祁州地界幹這行，你若把驢車放在那邊，若是被人騙走了可沒地兒哭去。」

雲實耐心地聽完，只沈穩地說了句「多謝提醒」，便牽著驢車，護著娘子們往那邊走去。

後面一眾漢子「嘿嘿」笑著調侃了幾句，沒再多說。

蘇木等人的視線被路頭那個棚子吸引住了。

那是所有車馬棚裡最破的一個，看上去搖搖欲墜，彷彿下一刻就要塌了似的。棚子裡跪坐著三隻皮毛泛黃、身形高大的動物，三隻大傢伙雖然處在最破的棚子裡，神態卻甚是安詳。蘇木一眼便認出，那是駱駝。

這三頭駱駝脾氣溫和，不像左邊那隻小驢子，一直「嗯哼嗯哼」地尋找存在感，也不像右邊那匹高頭大馬，就像不滿自己和一群「低等生物」關在一起似的，時不時噴出幾口怒氣。

棚子前面坐著一個穿著皮毛馬甲、光著胳膊的異族漢子，他下身穿著絳色長褲，本該套著皮靴的腳上卻只有一雙磨損嚴重的草鞋。他身邊倚靠著一個眼睛大大的小孩子，孩子身上穿著一件寬大的外袍，腳上踏著一雙成年男子的長靴。

父子兩個顯得頗為消瘦，琥珀色的眼睛卻十分有神。

那位成年漢子甚至還在彈奏著一個模樣奇怪的樂器，看上去像是一把縮小版的古琴，剛剛就是這個聲音吸引了蘇木的注意力。

小娘子們看到這樣一副情景，好奇之餘，也不由露出同情的神色。

雲實神色如常地問道：「你這裡可以停驢車嗎？」

彈琴的漢子顯然沒料到會有人來他這裡，乍一聽到雲實的問話竟然沒有反應過來。

反而是小孩子使勁點了點頭，舉出一隻瘦瘦的小手，滿臉期待地說道：「可以，停，五個，只要五個。」

他說得很慢，語調也有些奇怪，雲實沒聽懂。

蘇木在一旁翻譯道：「他大概是說只要五個銅板。」

雲實了然地點了點頭。

這時候，異族漢子也終於反應過來，連忙說道：「只付五文錢，我們替您看上一整天，不斷了水草，您可以帶著娘子們放心去逛。」

漢子一開口，便叫蘇木吃了一驚，他雖然長相不似中原人，說的卻是一口地道的官話。

雲實神色淡然地把驢子牽到棚子裡拴好。

漢子積極地上來幫忙，雲實放心地把驢子交給他。

棚子裡臥著三隻大傢伙，其實已經把地方給占滿了。

漢子牽著小驢進去的時候，嘴裡吆喝了一句什麼，最邊上那頭駱駝好脾氣地挪了挪，騰出一個不大不小的地方。漢子連忙把草料備上，裝水的木桶也提了過來。

好在，姚貴家這頭驢子也是個不挑不揀的，一見有草可吃，便安安生生地待了下來。

雲實提前付了三個銅板，兩方說好了，等到回來時再付剩下的兩個。

異族小孩激動地看著那三枚銅錢，男子也緊緊地握著。僅僅三個銅板，對他們來說可能就是一碗保命的熱湯麵。

儘管如此，漢子並沒有表現出任何諂媚的模樣，只是爽朗地對雲實說道：「多謝，您放心去逛吧！」

雲實點點頭，扭頭看向蘇木。「還有什麼要說的嗎？」

蘇木搖了搖頭，眼下的情景讓她心裡不大好受。

雲實揉了揉她的髮頂，又很快放開。「那便走吧。」說著，便率先出了草棚。

蘇家姊弟隨即跟上。

姚銀娘回頭，大概想說些什麼，卻被姚金娘阻止。「快走吧，還想不想逛廟會了？」

姚銀娘只得鼓鼓嘴，被姚金娘拉著走了。

雖然見慣了大都市的繁華，蘇木依舊覺得這地地道道的古代廟會毫不遜色。

氣氛並不像她設想中的那樣嘈雜紛亂，整體布局反而十分有規劃，售賣區和雜耍區分在兩處，過渡帶排著一溜賣茶水、零嘴的小攤位，多則數十文，少則一、兩文便能買上一包香嘴的小零食。

沒有人推推搡搡，也沒有形跡可疑的人來回穿梭，不時有穿著戎裝拿著長矛的兵士反覆巡邏。

旁邊不時傳來喝彩聲，那裡有個耍猴戲的老人，帶著自己養的小猴子正在表演，周遭圍了一大圈人。

姚銀娘興致沖沖地拉著蘇丫鑽進去，蘇娃緊跑著跟在後面。

雲實走到零食攤上買了好幾包炒豆子，分下來正好一人一包，除了他自己。

姚金娘拿在手裡，又是欣慰又是心疼。「買這麼多做什麼？咱們在家就能做，平白地浪費了銀錢！」

雲實悶著頭沒有說話。

蘇木笑道：「金娘姊姊，出來玩嘛，一定要盡興，在家的時候，妳能一邊看猴戲一邊吃豆子嗎？」

姚金娘當即笑了，往手裡倒了一小把，其餘的全都塞給雲實。「你吃吧，我吃不完這麼多。」

雲實也沒推辭，只是把紙包拿在手裡，並沒有吃。

三個人說了這麼幾句，也連忙擠到了人群裡。

此時，小猴子正表演到高潮處，只見牠們各自拿著一只木頭雕的桃子高高地舉過頭頂，在黏著假鬍鬚的老人面前一拜一拜，引得眾人連連發笑。

「猴子拜壽，這個是猴子拜壽！」有人高聲叫道。

老人笑咪咪地說：「不錯，諸位再來看這個——」

老人說著，便套上一個灰撲撲的道袍，拿著一把木劍，在空地上開始練了起來。

小猴子們一見，立馬扔了木桃，也一個個抓起劍，學著老人的樣子比劃起來。

和現代的版本不同，這些小猴子們身上並沒有拴著長長的鐵鏈，也並非瘦骨嶙峋、可憐巴巴的樣子，相反牠們一個個肉乎乎的，機靈中透著嬌憨，很是討人喜歡。

蘇木鬆了口氣，暗自欣慰。

當牠們表演完一輪一個個舉著小盤子過來討賞的時候，蘇木把銅錢分給蘇丫和蘇娃，囑咐他們每個盤子裡都放一些。

其他人不是悄悄走掉，就是總共只放個一、兩枚，無論怎樣，老人都是一副笑咪咪的樣子。

沒得到銅錢的小猴子著急得「吱吱」叫，蘇木看不過去，又給牠們添補了一些。旁邊，姚家姊妹雙雙露出不贊成的神色。

雲實卻學著蘇木的樣子，往銅錢少的盤子裡也跟著放了一些。

老人連連阻止，一迭聲地說道：「給多了、給多了。」

蘇木笑了笑，沒有說話，帶著弟妹離開了人群，雲實亦步亦趨地護在後面。

姚家姊妹緊緊跟著，一臉的欲言又止。

雖然娘子們對於賞錢方面的觀念有著小小的不同，不過，等走到香粉街的時候，她們很快就把這件事給忘了。

雲實原本也想跟進去，卻被姚銀娘笑嘻嘻地攔住。「表哥，你瞅瞅，一整條街全是小娘子，你一個高高壯壯的漢子也好意思進去？」

雲實木著一張臉，往旁邊一錯身，絲毫沒有不好意思的樣子。

姚銀娘一看就急了，連忙跑過去，張著雙臂擋在他面前。「表哥，我說真的，待會兒我們還要買些娘子用的東西，不方便你跟著，你便在這裡等著吧！」

雲實抿了抿唇，看了看姚金娘，又看向蘇木。

姚金娘對他點點頭，唇邊帶著溫婉的笑。

蘇木開口說道：「放心吧，滿街都是娘子，不會有什麼意外。」

雲實還沒表態，姚銀娘卻是撇了撇嘴，揚聲道：「小木姊姊，正經漢子遠遠地看到香粉街逃還來不及呢，更別說上趕著往裡走了，表哥這樣的，我還真是第一次見到。」

姚金娘敲了敲她的腦門，責備道：「噤聲吧，妳才多大，統共見過幾個漢子？整日裡胡說八道！」

姚銀娘撇撇嘴，不滿地嘟囔道：「我知道，妳們都向著表哥，哼！」

姚金娘瞥了她一眼，無奈地搖搖頭。

雲實並沒有在意她的小性子，從剛剛開始，他的一雙眼睛就一直仔細地觀察著香粉街進出的人群，發現果真沒有漢子之後，才終於點了點頭，說：「妳們進去吧，我在這裡等。」

這話一出，姚銀娘使勁跺了跺腳，丟下一句。「早這樣說不就好了！」然後便率先跑走了。

姚金娘怕她賭著氣跑丟，連忙跟了上去。

蘇木對著雲實笑了笑，這才帶著蘇丫離開。

蘇娃自動把自己歸入漢子的行列，選擇和雲實一起找了個人少又陰涼的地方等候。他們選的這個地方位於拐角處，略顯冷清，攤位也不多，不遠處恰好有個賣木梳的攤子，攤主是個上了年紀的老大娘。

原本對方並沒有把這一大一小放在眼裡，卻架不住雲實一個勁兒地往人家攤上瞅。

雲實身材高大，膚色略黑，又慣愛冷著張臉，怎麼看怎麼像是個找碴兒的。

老大娘忍了又忍，最後終於忍不住，顫著聲音問道：「後生，買把木梳嗎？」

雲實悶了半晌，終於不輕不重地「嗯」了一聲。他往那邊挪了挪，價也不問，拿起一把便說：「要這個。」

老大娘這才鬆了口氣，趕緊點了點頭，說了個最便宜的價錢。

雲實也不講價，從懷裡掏出銅板便往老大娘手邊遞。

老大娘手一哆嗦，三個銅板全都掉到地上。

雲實也不惱，好脾氣地蹲下身，一一撿了起來，放到攤位上。

直到他走回陰涼處，還能聽到老大娘和旁邊的攤主用非常大的聲音「竊竊私語」。「是個好後生呢，就是長得凶了些。」

「是呢，也不知道他這模樣會不會嚇到家裡的小娘子。」

雲實腳步一頓，臉色更加冷了三分。他在蘇娃身前站定，把手裡圓潤精緻的木梳遞了過去。「交給你阿姊。」

蘇娃瞅了他一眼，冷呵呵地問道：「蘇ㄚ啊？」

雲實手一頓，悶悶地說了句。「不是。」

蘇娃翻了個白眼。「別管是誰，想給，你自己給。」

雲實抿了抿唇，最終還是把手收了回來，並且不忘囑咐道：「你別說出去。」

蘇娃扭了扭腦袋，用和他如出一轍的冷淡語氣說：「我什麼都沒看到。」

雲實這才放心地「嗯」了一聲，然後把木梳收到懷裡，小心地拍了拍。

再說蘇木這邊，三個人陪著姚銀娘看了一大圈撲臉粉，時間大概過去了兩炷香的工夫，姚銀娘居然還在那兒猶豫。

蘇木腳都站麻了，她也不講究，乾脆在店家門外的臺階上坐了下來。

來來往往的路人，看到這家香粉店門前，坐著一個粉面玉腮的小娘子，還以為是店家招攬生意的手段，不由得多看了幾眼。

眾人的目光被吸引過來，娘子們三五成群地走到店裡，挑選喜歡的東西，這可把掌櫃的高興壞了。

人一多，是非也多。這不，姚金娘就碰到熟人了。

穿著碎花春衫的婦人站在臺階下，上下打量了姚金娘一番，待看清了她臉上的氣色和身上的穿著之後，原本準備好的蔑視姿態立馬就變成了氣憤。

她怎麼就忘了，姚家雖然沒兒子，卻十分有錢，不然，她娘當初怎麼可能同意這門親事？

婦人心裡嫉妒，嘴上便越發刻薄。「喲，我說這是誰呢？怎麼，被休的婦人不好好在家待著，竟然還有心思出來丟人現眼？」

這婦人身邊跟著一小撥人，大概是相熟的，如今聽她一說，紛紛指指點點起來。

姚金娘扯著一條素白的帕子，蒼白的嘴唇哆哆嗦嗦，氣得一句話都說不出來。

姚銀娘卻不能忍，捲起袖子就要衝上去打架。

蘇木把她攔住，慢慢悠悠地往前走了兩步，卻沒下臺階，只是居高臨下地看著那個面相刻薄的婦人，輕笑道：「妳方才說我家姊姊『丟、人、現、眼』？」

婦人猛地對上如此嬌俏冷豔的小娘子，氣勢立馬矮了一截。

蘇木也沒打算等她開口，便回身拿手往姚金娘身上比劃了一下，揚聲道：「妳的眼睛若是沒瞎，便好好瞧瞧，我家姊姊要模樣有模樣，要體面有體面，哪裡丟人現眼了？」

她的聲音不高，氣勢卻足，一下子便把一干婦人鎮住了。

第二十五章 吵架

先前說話的婦人支支吾吾半晌，最終只丟出來一句。「她被夫家休了，就是丟人！」

蘇木哼笑一聲，拿眼乜斜著她，不冷不熱地說：「我怎麼覺得是和離呢？」

婦人脖子一梗，咧著嘴說道：「別管是被休還是和離，說到底是因為她生不出漢子。磨蹭了這麼多年，到頭來還不是生了個丫頭？和她娘家一樣，半個漢子也沒有，再有錢又如何？」

提到這個，那婦人像是終於把風頭找回來似的，扠著腰笑了起來。身後的婦人們也跟著哄笑成一片。

姚家姊妹氣得紅了眼，從小到大她們因為這個不知道受了多少欺侮，偏生無言反駁！

蘇木都給氣笑了，她上下打量了那個婦人一圈，掩著嘴笑了起來。

婦人被她笑得心虛，卻又故作凶惡地瞪著眼睛，問道：「妳笑什麼？」

蘇木看了她一眼，不緊不慢地說道：「我看妳這長相……高顴骨、尖下頜、瞇縫眼、薄嘴唇，原本以為只是個模樣刻薄的婦人，沒承想竟然是個漢子。」

婦人一聽就惱了，扠著腰嚷道：「妳說誰是漢子？眼瞎啊！」

蘇木挑了挑眉。「竟然說錯了嗎？難道果真是個娘子？」她搖了搖頭，故作驚訝。

「那就奇怪了，我只知道這天底下有漢子看不起娘子的事，可從沒碰上過娘子看不上娘子的——妳方才口口聲聲說著『生不出漢子，只生得出丫頭』，那我問妳，妳是漢子生的還是娘子生的？」

這話說起來像繞口令似的，卻有不少聰明人一下子便聽懂了。

不知道哪個爽朗的娘子帶頭，一時間，大半條街上全都叫起「好」來。還有那些性子火爆的，乾脆幫著蘇木說了起來。

婦人自知討不到甜頭，恨恨地瞪了她們四人一眼，面紅耳赤地快步走了。原本和她在一起的人，興許是不想丟人，特意慢了好幾步，同她拉開一大段距離。

婦人見了，差點氣個倒仰。

姚銀娘對著她的背影罵了好大一通，直到對方走得瞧不見了，這才撲到蘇木跟前，抓著她的胳膊大叫道：「小木姊姊，以後妳就是我親阿姊！」

蘇木好笑地繞過她，牽起姚金娘的手，輕聲說道：「姊姊別怪我自作主張。」

姚金娘眼裡含著淚花，臉上卻極力帶上幾分笑意。「怎麼會怪妳？我只恨自己沒有小木萬分之一的學識和膽魄，否則也不會被她們母女欺壓這好些年。」

蘇木明白過來，原來是過了氣的小姑子，怪不得這麼囂張。

姚金娘擦了把眼淚，雖然旁的話一句沒說，蘇木卻從她的眼睛裡看穿了從前的水深火熱。

東西沒買成，還碰到顆老鼠屎，小娘子們也沒有繼續逛下去的心思，四個人一商量，便決定回去找雲實。

就在這時，一臉精明的掌櫃從店裡跑出來，手裡拿著四個精緻的脂粉盒。

掌櫃的瞅了一圈，不由分說地把東西交到看上去年紀最小的蘇丫手上，眼睛卻是看向蘇木的。「這四盒脂粉算是在下對小娘子的謝意，還請您以後多多光顧。」

姚銀娘「呀」的一聲輕呼，一雙視線便牢牢地黏在了上面——這分明就是方才她試過的裡面最好用的，而且也是最貴的那種！

蘇木原本不想要，卻架不住掌櫃的能說會道，再加上姚銀娘從旁攛掇，她只得滿懷謝意地收下。

掌櫃的見她收下，臉上笑意更深。

雙方再次說了些客套話，掌櫃的又急匆匆地回到店裡看顧生意去了。

蘇木看著手上的脂粉盒子，頗有些哭笑不得。她也不打算獨吞，便一人一盒分了，想必掌櫃一口氣拿了四盒出來，也是這麼個意思。

姚家姊妹又是一番推辭，最後耐不住蘇木「不要就還回去」的威脅，才笑盈盈地收下了。

經過這個小小的插曲，娘子們的心情倒是一下子好了起來。

從香粉街出來，娘子們又結伴逛了布料、古玩、花鳥市場，即使不買，就這麼逛著也開心。

雲實和蘇娃跟在後面，雖然一大一小兩張臉如出一轍地板著，卻也沒表現出任何不耐煩的神色。

等到肚子開始咕咕叫的時候，時間早就過了晌午。

雲實帶著娘子們挑了個清淨又整潔的麵攤，吃碗熱呼呼的麵。

攤主是個說話帶著濃重鼻音的中年人，臉龐黑紅的漢子一見來的大多都是娘子，便叫他家媳婦上來說話。

那位婦人看到蘇木等人之後，笑得滿臉皺紋，給人的感覺十分熱情。「娘子們來碗彪彪麵（注）嗎？」

蘇木一聽，便露出驚喜的表情。「彪彪麵？」

「是的，俺們打漢中來，在這祁州城做麵已經有二十多年了。」婦人自豪地應道。

蘇木連忙點點頭，對著姚金娘說：「金娘姊姊，咱們就在這裡吃吧，彪彪麵可好吃了！」

姚金娘有些遲疑。「好是好，只是這桌子……不大方便。」

聽她一說，蘇木才注意到，古代吃食攤上的桌子，大多是那種又窄又長的條狀，每張桌子能坐上七、八個人。

凳子也是，只有一尺來高，長長的一條，能坐四、五個人，若是其中一個沒坐穩摔倒了，和他同座的也得跟著遭殃。即使大周朝民風再開放，若是讓娘子們和陌生漢子坐成一團，也是不妥當。

蘇木下意識地看向雲實，目光中帶著連她自己都沒有察覺的求助之色。

雲實摸摸她的頭，溫聲道：「無妨。」

說完，他也沒跟攤主打招呼，便直接挑了張空桌子，拿手一舉就抬到了灶臺的另一邊。那裡正好是個死角，一面挨著灶臺，另外兩面都是牆，既沒有其他攤位，也沒有行人經過，恰好能放一張桌子並兩條長凳。

蘇娃跟在雲實身後，雲實搬桌子他就抬凳子，雲實平地他就拔草，沒一會兒便把那塊荒廢的空地收拾出來。

攤主看見了，不僅沒有什麼意見，反而一個勁兒地感謝雲實。「小哥真是幫了大忙，您是不知道，先前也有娘子過來問價，大多因為座位不方便就又走了，俺要是也能同小哥想到這麼好的法子就妥當了！」

雲實點點頭，並未搭話。

蘇木笑著替他說道：「現在想到了也不晚，這才是廟會的第一天，之後肯定還會有娘子們過來吃麵的。」

攤主看到這麼俊俏的小娘子主動和自己說話，一下子便愣住了，其他桌的漢子們也有意無意地看過來，視線在幾位娘子身上打轉。

雲實面色一冷，反手把蘇木推到矮凳上，沈聲道：「去那邊等著。」

蘇木孩子氣地鼓了鼓臉，順從地坐了過去。

姚金娘親暱地捏了捏她的臉頰，溫潤的眸子裡帶著善意的調侃。姚銀娘看看蘇木，又看看雲實，總覺得哪裡怪怪的。

注：在陝西關中地區知名傳統風味之麵食，狀如麵片，寬而厚，猶如「褲腰帶」。

蘇丫看到她的模樣，連忙拉著她說起閒話來——天知道，如果讓姚銀娘反應過來，她家阿姊和雲實哥就別想安生了！

另一邊，雲實帶著蘇娃和其他漢子坐到一起，同時還時刻關注娘子們那邊的情況。等到彪彪麵端上桌的時候，蘇木只看了一眼，口水就被勾出來了。

麵條寬大且厚薄均勻，色澤微微發黑，大概是摻了蕎麥，澆頭用料足，辣子顏色正，蘿蔔丁、芹菜碎、肥厚的木耳，再混上一小勺肉燥，那香味頓時盈滿了小小的角落。

「我忍不住了，先吃啦！」姚銀娘深深地吸了口氣，便呼嚕呼嚕吃了起來。

姚金娘拍拍她的後背，笑著囑咐道：「注意吃相，這是在外面。」

「嗯嗯，我曉得！」姚銀娘一邊胡亂點頭，一邊繼續大口大口地吃。

蘇木看她吃得香，自己也忍不住，抓起筷子挾起一根麵條放進嘴裡——麵片筋道，澆頭鹹香，雖然有點辣，卻也十足地夠味兒，好吃！

蘇丫和姚金娘也吃了起來。兩個人剛開始還保持著斯文的姿態，等到辣得眼冒淚花的時候，她們也顧不上什麼了，一邊吃一邊吸氣，模樣十分有趣。

漢子們看著她們，不約而同地多添了一碗。

雲實既氣悶，又有種無法言說的自豪。

吃過飯後，姚金娘開始脹奶，沒了逛下去的心思。

蘇木也累了，幾個人一商量，便決定早點回去。

駱駝棚在車馬街的盡頭，那個滿臉鬍子的男人正站在棚子前和一個明顯矮了一頭的少年說著什麼。少年似乎要把手裡的東西交給他，男人卻不肯收。走近了之後，蘇木驚訝地發現，這少年竟是認識的——因為之前在市集的相助之恩，蘇木還託桂花大娘去他家送了禮。

她還沒來得及打招呼，旁邊的蘇丫率先叫道：「林小江？你怎麼在這裡？」

少年轉頭，原本是茫然的神色，等到發現蘇丫之後，一雙漆黑的眼睛裡立馬放出了光。

「蘇小娘子？妳也在！」

蘇丫掩著嘴笑了一下，溫溫柔柔地回道：「我同阿姊、小弟還有鄰家的哥哥、姊姊們搭伴過來趕廟會。」

林小江眨了眨眼，這才注意到旁邊的一行人。

年輕的漢子搓著手，訕訕地朝著蘇木打招呼。「蘇家姊姊，妳也在啊？」

蘇木挑了挑眉，忍著笑回道：「可不是嘛，我還比二丫要高上半頭呢，林小哥竟然沒發現嗎？」

林小江騰地紅了一張臉，支支吾吾地不知道如何接話。

蘇丫在旁邊扯了扯蘇木的袖子，撒嬌般叫著。「阿姊！」尾音軟軟的，真是可愛。

林小江快速瞄了她一眼，通紅的臉彷彿下一刻會燒起來似的。

蘇木看著兩人，臉上滿是揶揄的笑。

姚家姊妹也掩著嘴，肩膀微微顫動，把蘇丫臊得狠狠瞪了林小江一眼。

林小江對上小娘子的目光，就像犯錯的孩子似的，拚命想著要如何好好表現。然而越是這樣，他就越緊張，整個人僵硬得話都說不出來了。

就在這時，異族漢子似乎終於明白過來，驚奇道：「你們認識？」

林小江聽到這話，連忙說道：「對、對，我們認識，這位是蘇家小娘子，還有她家阿姊和小弟。」

他說著，突然想起什麼似的，話音一轉。「濤拜，莫非你方才說存放驢子的人便是蘇家娘子嗎？」

被喚作「濤拜」的異族漢子剛要點頭，突然聽到一聲異樣的馬嘶聲，繼而是男人驚慌的呼叫。「讓開！快讓開！」

眾人下意識地回頭一看，臉色齊齊一變，一輛烏篷馬車正直直地朝著他們衝過來。

駕車的馬匹體型高大、皮毛油亮，原本應該是上好的品種，此時卻像瘋了似的高高撩起前蹄，直立而起。

牢牢掛在馬身上的烏篷車被帶動得傾斜開來，坐在車轅上的車夫一個不慎，被重重地甩了下去。

眾人分明聽到一聲娘子的驚叫從車廂內傳了出來。

那匹馬四蹄著地，猶自不甘心似的朝著人群橫衝直撞起來。

人們臉上露出驚恐的神色，紛紛閃躲。

雲實一手拉著蘇木，一手拉著姚金娘，毫不猶豫地把她們甩到車棚裡，之後又迅速去拉姚銀娘。

蘇娃倒騰著兩條小短腿朝蘇丫跑去，卻有人比他更快。

林小江瘋了似地拽住蘇丫，結果一不小心栽了個大馬趴。蘇丫驚叫一聲，同他一起滾到地上。

馬車離他們已經很近了，濤拜看到蘇娃還在沒頭沒腦地往那邊衝，不由分說地把他夾到胳膊底下，連同自家兒子一起，往旁邊躲去。

就像上天故意和他們作對似的，那匹馬好巧不巧地朝著他們所在的車棚衝了過來。

雲實沈著一張臉站在車棚前面，不閃不避，一雙深邃的眼睛沈靜地盯著棗紅馬的動作。其餘人嚇得在草棚中大喊，叫他快躲開，雲實並不理會。

濤拜看出他的意圖，毫不猶豫地跑到他身後，大喊道：「兄弟，我助你一臂之力！」

雲實來不及應聲，這時候馬車已經衝了過來，他往旁邊一跳，借著棚柱的力道高高躍起。

與此同時，濤拜衝到另一邊，一把拉住馬韁，使出渾身的力氣，把棗紅馬拉得打了個踉蹌。

雲實瞅準機會，一下子落到馬背上。

濤拜連忙把韁繩甩給他，雲實順勢接住，一手握著韁繩，一手撫著馬脖子，把馬安撫在原地。

這一刻，所有人都屏住了呼吸。

好在，棗紅馬隨即踢踏著蹄子，打著響鼻漸漸地停了下來。

就在這時，車廂內傳出一道略顯虛弱的聲音。「多謝壯士搭救，小女是祁州府李氏女，還請壯士留下姓名，稍後定當登門道謝。」

第二十六章 哈密瓜

這位自稱李氏女的小姐，便是李家藥園這代唯一的嫡女——李佩蘭。

雲實聽到李佩蘭的話之後，不僅沒有露出半分欣喜，反而面色冷淡地說了聲「不必」，便從馬上跳了下來。

李佩蘭隔著車簾看到這一幕，微微地愣了一下。這還是第一次，她受到這樣的冷遇。先前被甩遠的車夫，在路人的幫助下一瘸一拐地走回車旁，一邊道歉一邊驚慌地詢問著李佩蘭的狀況。

李佩蘭雖然心裡有氣，卻也沒有過分責備他，只是吩咐他去雲實那邊問明了身分資訊——就連她自己也不知道為何會這般執著。

這時候，雲實已經回到棚子裡，把蘇木和姚金娘從茅草堆上扶了起來。

林小江和蘇丫也相互攙扶著從地上爬起來，眼中的神色驚慌未定，卻又透著十足的慶幸。

蘇娃看到自家阿姊平安無事，大大地鬆了口氣。

姚家姊妹看著雲實，眼中既有慶幸，又有擔憂。

雲實眼裡只有蘇木。他看到蘇木掌心的紅痕，微不可察地蹙了蹙眉。

蘇木卻像沒有覺察似的，抓著他的衣袖，一迭聲地問道：「你怎麼樣？有沒有哪裡受傷？」

雲實沒有答話，他的眼睛依舊盯著蘇木的手，心疼道：「疼不疼？」

蘇木一愣，低頭一看，才發現自己的掌心一片紅腫，有的地方甚至還滲著細微的血絲。她知道，這不是被木碴兒劃到的，而是她自己的指甲摳的——此時看到了，方才感到一陣火辣辣的疼。

雲實毫不避諱地把那隻細白的手放到掌心，拿粗糙的指肚輕輕撫觸。「疼不疼？」他再次問道，語氣中滿是憐惜。

蘇木的心跳沒來由地漏跳半拍，紅著臉把手抽回來，囁嚅地說道：「無妨。」

雲實抿了抿唇，眼中透著不易覺察的失落。

這時候，車夫拖著痠疼的腿走過來，對著雲實深深一揖。「感謝壯士搭救，請受小老兒一拜。」

雲實伸手扶住他，還算和氣地說道：「不必如此。」

他猶豫了一下，再次開口道：「烈雲本是戰馬，骨子裡滲著衝鋒殺敵的天性，並不適合出現在人群之中，以後還是不要用來拉車的好。」

車夫點點頭，露出一個苦笑。「我又何嘗不知，只是……」他說到一半，又猛地頓住，驚訝地看向雲實，音量不由提高。「壯士怎麼知道這馬叫『烈雲』？」

「我先前在李家藥園做工，養過烈雲一段時日。」否則他也不可能讓發狂的棗紅馬安靜下來。

車夫「啊」了一聲，眼睛迸發出驚喜之色。「原來還是自家人，敢問年輕漢子可是杏花村人氏？」

雲實點了點頭，淡淡地回道：「我已經被辭退了。」言下之意，也便不是自家人了。

「被辭退」三個字雲實說得坦然，卻讓車夫十足尷尬。他再次作揖，說了些感謝的話，便跛著腳回到馬車上。

李佩蘭將車簾掀開一條細縫，遠遠地朝著雲實看了一眼，這才吩咐車夫駕車回府。

平白無故受了場驚嚇，幾人更無心待下去。

結算銅錢的時候，雲實多付了一些，算是感謝濤拜出手相助。如果沒有他，蘇娃很有可能被馬蹄傷到。

濤拜卻虎著臉，耿直地說道：「說好了多少就是多少，哪裡有多要的道理？」

雲實不善言詞，只一味把錢給他扔下，緊接著又被濤拜扔回來，兩個人來回推拒著，不知道的還以為他們在吵架。

林小江在一旁撓了撓臉，提議道：「雲大哥，我看你也不用多給了，濤拜這個人就是這樣，不肯多占一分便宜——方才阿姊讓我來給他瓜錢，他都不要，說什麼送出去的就是送出去的，沒有再要錢的道理。」

蘇木聽了一耳朵，乘機問道：「什麼瓜，賣不賣？若賣的話我們也想買些。」

濤拜聞言，先是一喜，既而又有些為難，高大的漢子猶豫著說道：「是我從家鄉帶過來的甜瓜，半路遇到賊人，財物被搶劫一空，瓜也壞了大半。」

「竟是壞了嗎？」蘇木笑笑。「既然能送給林小哥，看來還能吃，不如拿出來讓我們看看。」

雖然嘴上這樣說，實際上大家心裡都清楚，蘇木不過是想幫這對父子一把，順便還了方才的人情。

濤拜也是個性子乾脆的人，聽蘇木這麼一說也不再猶豫，轉身走到角落，從沙土裡刨出幾個青乎乎帶著細白色紋路的大頭瓜。

蘇木眼睛一亮，驚呼道：「哈密瓜！」

其他人不明所以，濤拜卻是吃了一驚。「小娘子知道這個？我們叫它『甜瓜』，不過，確實是我從哈密帶來的。」

蘇木這才反應過來，強作鎮定地補救道：「先前隨家父遊歷京城時，曾經見過……」

濤拜嘆了口氣。「我就是聽家鄉的兄弟說，京城的達官貴人愛吃這個，才買了好多帶過來，沒承想還沒走到京城便失去路資，原本打算在這裡把瓜賣了湊些錢，卻不料這裡的人都沒見過，沒一個人肯買。」

姚銀娘看著他手上橢圓形的哈密瓜，點了點頭，附和道：「我們確實沒有見過，並不知道能不能吃。」

濤拜對著她笑笑，說：「能吃的，很甜。」

姚銀娘對上漢子真摯的目光，不知怎麼的，突然紅了臉。小娘子躲到自家阿姊身後，再也不肯出來。

濤拜一愣，還以為自己做錯了什麼，多少有些無措。

姚金娘心裡打了個突，面上卻對著濤拜友善地笑笑，濤拜這才鬆了口氣。

蘇木適時開口道：「你這瓜打算怎麼賣？」

「京城裡賣得貴，這麼大的一個能賣到一吊錢，若是再大些，還能賣得更貴。如今裂的裂、爛的爛，想必一個銅板也賣不出去了。」說這話時，濤拜深深地蹙著眉頭，眼中一片悲涼。

他的兒子波塔站在一旁，細瘦的小手緊緊地抓住他的衣服下襬，棕色的眼睛裡也透著難過的神色。

蘇木眼珠一轉，拿出一吊銅錢，遞到他面前。「我看著倒也沒壞，只是時間長了有些乾癟而已，倘若你覺得不想占便宜，便一吊錢多賣我幾個——先別忙著拒絕，就算不為你自己想，也該為孩子想想，過了穀雨會越來越熱，總不能讓他一直穿著你的冬衣。」

「小木說得對，拿著這些錢給孩子置辦兩身衣服也好。」姚金娘說著，便從隨身的小包袱裡掏出一吊錢。「我和小木一樣，也買上幾個，嚐嚐鮮。」

林小江也連忙說道：「我也買、我也買！我現在沒帶著錢，待會兒到攤子上去拿。」

濤拜垂著眼，看看腿邊披著寬大衣袍的兒子，再看看自己身上不合時宜的毛皮馬甲，最終還是點了點頭。

漢子紅著眼圈，右手扣在左胸處，一字一頓地說道：「各位今日的恩情，濤拜記下了。」

蘇木笑笑，爽朗道：「說不著這個。」

雲實默默地將手探入內兜，從裡面掏出僅剩的幾個錢，一言不發地塞到了濤拜手裡。他悄悄地看向蘇木，小娘子恰好扭過臉，對著他笑了笑，雲實這才鬆了口氣。

要趕緊賺錢才行，哪怕到土窯裡搬磚——又帥又窮的漢子默默地下著決心。

濤拜蹲在沙土堆旁刨哈密瓜，波塔也伸著小胳膊幫忙。

小小的孩子就那麼把手伸到沙土裡，一下一下地刨著，蘇木和姚金娘在旁邊看著，不由心疼起來，偏生還不能用鐵鏟，否則會把瓜戳壞。

雲實一言不發地走過去，跟著一起刨。蘇娃也沒猶豫，和波塔一樣用小手一下一下扒著沙土。

蘇木並未阻止，蘇丫也半句沒說「沙土髒」之類的話。

蘇木坐在木板上同姚金娘閒聊。「妳們吃完了瓜，吐出來的籽可別扔，挑些個大飽滿的種到河坡上，興許能長出新瓜來。」

穀雨前後，正是華北平原上種瓜點豆的時候，這個時節種下一點都不算晚。

姚金娘疑惑道：「河坡上都是沙土地，以往時候種啥都長不好，這瓜籽種下去能活嗎？」

蘇木笑道：「沙土地能種的東西多了，金娘姊姊以後就能知道。」

濤拜聽到她們的對話，對一旁的雲實說道：「你家娘子懂得真多。」

雲實挖沙子的手一頓，隨即輕輕地「嗯」了一聲，嘴裡一直咀嚼著「你家娘子」這四個字，怎麼說怎麼覺得好聽。

濤拜也有些上心，繼續問道：「你們村真有能種瓜的地方？」

「小木說有，那便有。」雲實毫不猶豫地應道。

濤拜瞅了他一眼，露出一個了然的笑。「看不出來你還是個疼娘子的。」

雲實沒有吱聲，只是下意識地摸了摸胸口的位置——那裡放著買給蘇木的木梳。

濤拜又問：「你們的村子叫什麼？」

「杏花村。」

濤拜默默地記下了這個名字。

趁著眾人刨瓜的時候，林小江急急忙忙地跑到自家攤位上拿錢。他回來的時候，最後一個哈密瓜恰好被蘇娃和小波塔合力從沙堆裡刨了出來。

林小江不僅自己回來了，後面還跟著個打扮俐落的年輕婦人。

對方一邊快步走著一邊數落林小江。「你個毛頭孩子，一聲不吭拿了錢就跑，我倒要看看你是打算做甚。若是骯髒事敢沾上半點，看我不替阿爹、阿娘打斷你的腿！」

這時候他們已經走得很近了，林小江生怕在蘇丫面前丟臉，悄悄瞄了她一眼，扭頭瞪著自家阿姊。「林四妞，妳閉嘴！」

林家四姐雖性子潑辣，卻眼明心亮，一看林小江這反應，立馬朝蘇丫這邊看了一眼。

蘇丫穿著一身鵝黃色的襦裙，梳著螺子髻，面上帶著盈盈的笑意，端的是乖巧秀麗。

林四姊眼睛倏地一亮，態度當即來了個一百八十度大轉彎。「哎呀，我說這小子怎麼心急火燎的，肯定是有什麼重要的事，我就尋思著跟過來看看，想著沒準兒能幫上一把。」
這話林四姊完全是對著蘇丫說的，著實把小娘子弄得一愣。她看看林小江，又看看蘇木，完全不知道如何反應。
林小江瞪著他姊，又是責備又是懇求地說：「四姊，妳快閉嘴。」
林四姊笑笑，這才不說話了。
與此同時，蘇木也鼓勵般拍了拍蘇丫的肩膀。
蘇丫這才鎮定下來，溫聲回道：「林姊姊不必擔心，林小哥是為著買瓜的事，興許是怕走得慢了，瓜便沒了。」
林四姊聽到她回話，臉上立馬帶上熱情的笑，還不忘瞥上林小江一眼，那眼神頗有些意味深長。「原來是為著買瓜的事啊，我說呢！」
林小江咕噥著，一張娃娃臉騰地紅了。
蘇丫的兩腮也微微泛紅，更襯得整個人嬌俏可愛。
林四姊笑意更深，並朝著蘇木友好地福了福身，自報了家門。「我家住在梨樹台，在城隍東北角上支著個果脯攤子，娘子們閒來無事不妨去逛逛，咱們家的果脯隨便吃。」
蘇木笑著回了個禮，爽快地應道：「若有機會，定當拜訪。」
這樣的態度更讓林四姊看得上。
回去的路上，林四姊一直在打聽蘇家姊妹的事，尤其是蘇丫，她簡直要好奇死了，自家弟弟毛頭小子一個，怎麼就能結識如此出挑的小娘子。

林小江被問得煩了，紅著臉吼道：「林四妞，妳煩不煩？」

林四姊哼笑道：「方才我可聽到有人叫『姊』了，聽著可親。」

林小江氣哼哼地說：「就妳這樣，休想讓我再叫上一聲。」

林四姊瞥了他一眼。「當著小娘子的面也不叫了？」

林小江賭氣道：「當著誰的面也不叫！」

林四姊誇張地嘆了口氣。「我跟你說啊，倘若連阿姊也不叫，肯定討不到小娘子的歡心。」

林小江一愣，猶猶豫豫地問：「妳說的可是真的？」

林四姊煞有介事地說道：「那當然，若我看得沒錯，蘇小娘子可是家教甚好，更何況，她家裡興許也是有弟弟的，自然看不上連阿姊也不叫的那種。」

林小江頓了頓，咕噥道：「她還真有弟弟……」

林四姊掩著嘴，忍笑忍得可辛苦。

李佩蘭回到李府之後，對於先前的事故絲毫沒有聲張。她只把車夫叫到自己的小院裡，細細地詢問情況。

車夫大抵也是內心愧疚，便把戰馬並不適合在鬧市中拉車載人的事說了，其餘的卻是一句沒提。

李佩蘭雖然沒有當場發作，臉色卻十分難看。

那匹戰馬是杏花村的藥園管事李大江送給她的，當時對方並沒有言明。她每月月中都要去城隍廟走一趟，這是李府中人人都知道的。這些事連在一起，若說只是巧合，李佩蘭是怎麼也不肯信的。

她把火氣壓下來，又問起雲實的身分。車夫沒有絲毫隱瞞，把他和雲實的對話原原本本地陳述了一遍。

當時，李佩蘭的大丫鬟秋兒就在不遠處站著，她把「杏花村」和「被辭退」聯繫在一起，腦子裡當即浮現出一個高大的身影。

等到車夫走後，秋兒才把那日的事細細地同李佩蘭說了一遍。

李佩蘭依稀還有些印象，怎麼也沒料到，那日鬧事的婦人竟有個如此俊朗的兒子——此時，她還不知道雲家的那筆糊塗帳。

李佩蘭不死心地問道：「妳那日看到的婦人，她身邊的年輕漢子可是十分高大？」

秋兒點點頭。「確實高大，那般高壯的漢子整個祁州估計都沒幾個。」

李佩蘭眉頭微蹙，轉念問道：「可問清他被辭退的原因？」

秋兒應道：「照李管事手下人的意思，大約是他打死了人，咱們藥園子便不敢收了。」

李佩蘭這才想起來，這件事秋兒先前跟她提過，只是她當時被帳簿分去了注意力，沒甚在意罷了。

李佩蘭沈吟片刻，乾脆地說道：「叫人去查，他若果真是那種性情暴虐之人那便罷了，倘若這其中另有隱情……到時候，咱們少不了要往杏花村走一趟。」

「是。」秋兒一改方才的隨意姿態，規規矩矩地行了個禮。

她心裡明白，李佩蘭既然肯去查，便已經表明她更相信另有隱情，倘若果真如此……說不得她們就要有一位新「車夫」了，這讓秋兒不得不上心起來。

第二十七章　生病

經過這一系列的意外事故，一行人回到家的時候，天已經黑了。

小黑狗見他們進門，撒著歡地跑過來，上躥下跳地表示歡迎。小黑豬和半大的白鵝也不甘寂寞，小小的院落裡登時熱鬧起來。

姊弟三個不約而同地深吸一口氣，心裡滿滿的都是踏實。

蘇木和蘇丫齊齊衝到屋裡，洗臉、梳頭、換衣服，急不可耐地除去一日的髒污。蘇娃沒那麼講究，趁著小娘子們磨蹭的工夫，把灶火點起來，將早上剩的飯菜放到屜上熱了。

這番行為又讓蘇木感動一番，她都不知道小漢子是什麼時候學會的這些。

蘇丫自然也十分高興，若不是蘇木勸著，她差點就哭了起來。

一家人就在這種溫馨的氣氛中把飯給吃了。

蘇木端著水盆往院子裡潑，隱約看到柵欄外站著一個高大的身影。儘管天色已經黑透了，她依然一眼認出那是雲實。

怪不得小黑沒叫，反而搖著尾巴扒在柵欄上獻殷勤。

蘇木抱著木盆走過去，笑道：「吃飯了沒？怎麼在這裡傻站著？」

雲實捏了捏手裡的東西，抿著嘴，悶悶地「嗯」了一聲。

蘇木並不知道，他已經在這裡站了小半個時辰。

蘇木看著他的樣子，突然想起白天的事，便想著逗逗他。「你今天看到林小江的樣子沒？那天在鎮上我就看出來了，他一準是對我家二丫有意思。」

雲實定定地看著她，沈聲道：「妳只能看出林小江的意思嗎？」

蘇木聞言，眨了眨眼。「怎麼，你也對我家二丫有意思？」

雲實一噎，目光複雜地看著她。

蘇木咬了咬下唇，莫名覺得這玩笑似乎一點都不好笑。她看了男人一眼，悶悶地說道：「若是這樣的話，你可得加把勁兒了。我看著林小江甚好，家裡又有果脯攤子，二丫似乎對他也頗有好感……」

雲實抿了抿唇，敏銳地察覺出蘇木話裡的意思。「小木莫非覺得，我中意蘇丫？」

「方才我是逗你的，放心，二丫也中意你……」蘇木喉嚨裡像是堵著個大疙瘩似的，再多一個字也說不出來了。

雲實不想再聽下去，咬了咬牙，轉身走了。

蘇木驚訝地張了張嘴，不明白他為何會是這種反應——不是應該欣喜若狂，既而求自己成全嗎？

雲實走到路口，突然停了下來。蘇木目光一頓，心尖彷彿也跟著顫了顫。

雲實轉過身，黑著一張臉，邁著大步朝她走了過來，那樣子就像是要衝上來打架。

蘇木丟下木盆，轉身就往屋裡跑。沒承想，剛邁出半步，便被雲實一把抓住——兩人之間還隔著一道齊腰高的木柵欄。

肌理分明的手臂穿過小娘子的腋下，人高馬大的漢子單用一隻胳膊就把小娘子抱出了柵欄。

「啊！做什麼？」蘇木驚叫出聲，下一刻便被厚實的手掌捂住了嘴。

她縮著脖子，對上男人深邃的目光。

雲實把她圈在懷裡，盯著她的眼睛，再次問道：「妳當真以為我中意蘇丫？」

蘇木抓著他的手，用了吃奶的勁兒才掰開一條小縫，不怕死地說：「是你剛剛說的！」

「我沒說。」雲實沈聲道。

蘇木撇了撇嘴，一副「懶得跟你計較」的模樣。「我跟你說，就算你想娶我家二丫，我還不一定答應呢！」

雲實氣得胸悶，恨不得就這樣把人搶回家去，徹底讓她知道自己中意的到底是誰！

蘇木被他盯得越發心虛，只得拿手推拒著，小聲嚷道：「快放開，大晚上的像什麼樣子！」

然而，無論她如何用力，雲實都紋絲不動。

似乎過了好長時間，直到蘇丫不放心地出來尋人，雲實才不情不願地把她放開。

蘇木後退一步，誇張地拍拍胸口。「你剛剛真嚇到我了。」

雲實也不理她，只是抓過她的手，把攥了一路的東西塞過去，便頭也不回地走了。

蘇木看著手裡帶著汗漬和體溫的木梳，心情有些複雜。

月亮在天上彎成一個小小的牙兒，夜顯得尤其安靜，就連牆角的蟋蟀也漸漸歇了聲。

這一天發生了許多事，蘇木身上的每一根神經都在叫囂著疲憊，頭腦卻異常清醒。在床上輾轉反側了好大一會兒，她乾脆爬起來，點亮了床頭的蠟燭。

這是他們家剩下的最後一根蠟燭了，蘇木打算用完了之後換成油燈，省下來的錢給蘇丫和蘇娃買練字用的毛邊紙。

日子一天天慢慢地過去，桌角上堆的大字越摞越厚。

蘇丫規定每天要寫一百張，並且要把字儘量寫得小一些，這樣就可以多練許多遍。起初蘇娃無法完成，蘇丫就狠心地罰他不許吃飯。

蘇木心疼小傢伙，常常趁蘇丫不注意偷偷給他送飯糰吃。

慢慢地，蘇娃漸漸能趕上了，有時候甚至會故意多寫幾張，拿到蘇丫面前炫耀。蘇丫表面不說什麼，背地裡卻總是在姚銀娘面前誇。

每每想到這些，蘇木都會不自覺地笑出來——這些生活中的點點滴滴，正漸漸替換著小蘇木留下的那些，成為真真正正屬於蘇木的記憶。

她從床上下來，端著燭檯走到窗前。書案上擺放著一排姿態各異的木雕小人兒，還有不久前雲實送給她的木梳。

似乎是一把桃木梳，比門外的避蠍符顏色更深，花紋也好看，背脊處刻著「巧手王」的字樣，大約還是出自名家之手。

蘇木嘆了口氣，苦惱地趴在書案上。如果說當初她只是覺得雲實對她比旁人特別些，現在她卻不能這樣想了。

頻繁的牽手，夜色中霸道的擁抱，這些十足用心的小禮物，如果蘇木仍舊看不清雲實的心意，那就太離譜了。

然而，她卻不知如何回應，甚至不知道，該不該回應……倘若回應的話，說什麼呢？拒絕嗎？從今以後不相往來？

單單是這樣一想，蘇木心裡便有些不好受。

接受嗎？

蘇木很清楚，至少到目前為止，她還沒有產生同雲實攜手一生的想法。或者說，她並不認為自己適合同任何一個封建社會的男子共度後半生。

蘇木這樣想，並不是覺得雲實配不上她，相反，她覺得自己的「離經叛道」或許會害了對方，甚至會毀掉他們將來的家。

蘇木不是真的只有十四歲，她所考慮的總會比一時的喜歡要多些。她無法想像自己將來會安安穩穩地相夫教子、以夫為天，更不可能大門不出，二門不邁，她還有許多事要做，還有許多風景要看，不可能剪掉翅膀捆綁在一個男人身上。

蘇木始終認為，這種觀念上的差異是很難磨合的，就算現在還沒表現出來，等到朝夕相處的時候也會逐漸暴露，繼而上升為不可調和的矛盾。

僅有一種情況，她和雲實可以有個比較好的結局，那就是兩個人觀念相似，他能接受她的離經叛道，而她也能發現他的與眾不同。

無論有沒有這種可能，都需要時間去驗證。她覺得，眼下或許應該和雲實談談。

蘇木趴在書案上，不知不覺地睡著了。

僅剩的那根蠟燭就那樣一直燃著，直到燒盡最後一絲燭芯。

睡夢中的她並不知道，有人坐在老杏樹下，望著這邊的燭光，一夜未眠。

第二天，蘇木被雞叫聲吵醒，只覺得渾身發冷，便哆哆嗦嗦地回到床上，裹著被子繼續睡去，意識一直昏昏沈沈，明明能聽到外面的聲音，就是睜不開眼。

蘇丫一大早便把飯做好了，見蘇木沒起，便給她留一份在鍋裡溫著。

姊弟兩個也沒偷懶，像往常一樣坐在南窗下讀書、習字，順便等蘇木起床。然而，直到天色大亮，小黑從外面跑了一圈回來了，蘇木依舊沒起。

蘇丫這才意識到不對勁，她把門輕輕推開，試探性地喊了聲。「阿姊，還沒起嗎？」

蘇木窩在床上，模模糊糊地說了什麼，卻含含糊糊地聽不清。

蘇丫疑惑地走過去，想要湊近了再問一遍，沒承想，手剛放到蘇木枕邊就被她臉上的熱度驚得一哆嗦。

蘇木似乎是感受到她的存在，磨蹭著翻了個身，又說了句什麼。

蘇丫這才猛的反應過來，拔腿就往外跑。

她第一時間想到的便是去找雲實，下意識地認為，雲實哥一定能救阿姊，一定能！她不要阿姊死，不要！

小娘子跌跌撞撞地跑在土路上，豆大的淚珠一顆接一顆地從臉頰上滑落。即使跑得太猛栽到地上，弄髒了最喜歡的衣裙，她也絲毫沒有停下。

雲實聽到蘇丫哭哭啼啼地說著「阿姊得了熱症」的時候，手上的陶碗「啪」的一聲掉到地上，瞬間摔了個粉碎。他瘋了似一腳踩過去，用生平最快的速度朝著杏樹坡旁的小院子跑去。

彼時蘇娃剛從茅廁裡出來，原本想著趁他阿姊不在偷懶一會兒。結果突然就見一陣風颳過去，堂屋的門「咣噹」一聲被踹開，然後，好像有一個男人跑進了蘇木的屋子裡。

太快了，蘇娃沒看清。

小漢子懵頭懵腦地扒到蘇木的窗臺下，伸著脖子往裡面看，只看到雲實正把蘇木用被子裹了，緊緊地抱了起來。

蘇娃渾身一個激靈，小舅子之魂立馬燃燒起來。他也不走正門，直接踩著石頭從窗戶外面跳進去，抱著雲實的腰大吼道：「放開長姊！」

雲實早在聽到蘇丫的話時就失去理智了，此時看到蘇木渾身發燙、迷迷糊糊的樣子，頭腦裡的風暴陡然升了一級。

「讓開。」雲實的聲音低沈，甚至陰冷。

此時的他只有一個心思，那就是救蘇木，救蘇木！

蘇娃並不怕他，抱著他的腰大喊。「放開我長姊，你這個野漢子！」

雲實黑著臉，眸光深沈而危險，彷彿在醞釀著可怕的事。

就在這時，蘇木終於艱難地睜開眼，眨了眨，一臉茫然。
「雲實？」她以為自己還在作夢，不然怎麼能看到雲實的臉，還離得這麼近？
雲實身體一震，終於找回一部分理智，幾乎是顫抖著聲音應道：「是我，我在。」
蘇木難耐地扭了扭身體。
雲實連忙問道：「哪裡不舒服？」
蘇木腦袋終於清醒了些，無力地搭在雲實肩膀上，咕噥道：「頭暈，身上也疼……被子好緊。」
天知道，雲實多想就這樣抱著她一直不撒手。然而，他更不想讓蘇木難受。
雲實曲著腿半跪在床邊，無比珍重地把人放到床上。
蘇娃這才撒開了手，抬著下巴，挑釁般看向雲實。雲實的注意力全都放在蘇木身上，連個眼神都沒給他。
高大的漢子操著生平最為溫和的聲音，低聲哄道：「小木，妳換身衣裳，咱們去鎮上看郎中，可好？」
蘇木虛弱地笑笑，一雙含水的眸子看向雲實。「你是不是忘了，我外公可是神醫，我自己也不差……」
「即便是神醫，倘若生病了也要去看的。」雲實辯駁起來，嘴半點不笨。
蘇木抬起胳膊摸了摸自己的腦袋，又捏了捏痠疼的胳膊，故作輕鬆地說：「不過是晚上受了風寒，發燒了而已，讓蘇丫幫我沏碗薑糖水，發發汗便好。」

雲實一聽，乾脆地拒絕道：「不行，必須去看大夫，開藥方，抓藥。」

蘇木還是第一次看到雲實對她冷臉，不滿地撇了撇嘴。「我自己開方子，讓二丫去配藥。」

雲實依舊是冷著臉，不鬆口。

蘇木幾乎是憑著本能，親暱地抓住他的手，撒嬌般搖了搖，軟著聲音求道：「就聽我一回吧，外面的方子不一定比我開的好，家裡的藥也是齊全的，就在西邊的耳房裡，靠著牆放了四個大藥櫃，每一個抽屜上都寫著藥材名字，我教二丫認過……」

蘇木絮絮叨叨地說著，同時拿那雙濕漉漉的眼睛可憐巴巴地看著眼前的男人。

最終，雲實還是妥協了。他不是因為蘇木撒嬌，而是考慮到她的身子恐怕受不了來回的顛簸。更何況，她說得沒錯，蘇家的藥材不比鎮上的差。

說話的工夫，蘇丫才終於氣喘吁吁地跑了回來，身上沾著泥泥水水不說，髮髻也是亂的。

這還是蘇木第一次看到小娘子不修邊幅的模樣，當即笑了。

蘇丫望著自家阿姊蒼白的笑容，眼淚止不住地流了下來。「阿姊……」

蘇木笑笑。「哭什麼，只是普通的風寒，吃些藥便好。」

蘇丫連連點頭。

雲實沈聲吩咐道：「去拿紙筆過來，記下藥方。」

蘇丫被他的氣場震住，愣愣地點了點頭，連忙去辦。

這時候，蘇娃也終於反應過來，自家長姊這是病了。

看著虛弱的蘇木，小漢子難掩擔憂，他丟下一句「我去燒水」便急急忙忙地跑向灶間。蘇娃前腳出去，蘇丫後腳就進來了。小娘子花著一張臉，手上拿著紙，微微發抖。

蘇木頭腦尚且清明，她在腦子裡過了一遍自己的症狀，半瞇著眼，一味一味地報起了藥名。這些東西雖然她沒有親自學過，卻像本能般印記在這具身體的記憶裡，她下意識地知道要如何調整、如何搭配，如何才能效果更好。

蘇丫到耳房去抓藥，屋子裡只剩雲實和蘇木兩個人。

雲實像哄孩子似地拍拍她的身子，溫聲道：「睡會兒吧，藥熬好了便叫妳。」

蘇木輕輕地「嗯」了一聲，聽話地閉上眼。

將睡未睡之時，她又突然想起什麼，如同夢囈般說道：「雲實，你不要急，好嗎？給我一些時間……」

雲實「嗯」了一聲，幫她蓋好薄被，溫聲哄道：「睡吧，不要多想。」

實際上，他並沒有聽清蘇木的話，然而他卻清楚，無論她說什麼他都願意答應。

蘇木見雲實應了，便放心地睡了過去。

直到睡夢中，蘇木還在想著，真好，雲實應下了，他們還有許多時間，許多……

第二十八章　餵藥

蘇木覺得自己似乎睡了很長的時間，整個人如同浸泡在一個黏乎乎的泥潭裡，腦袋裡如同有一萬隻麻雀在吱吱喳喳地叫，吵得人不得安寧，直到她聽見一個聲音，那麼低沈、穩重，帶著讓人安心的魔力。

「藥熬好了？」

「熬好了，阿姊還在睡嗎？可是，阿爹說過，藥要趁熱喝才好。」

蘇木的意識清醒了些，她聽出是蘇丫的聲音，想睜開眼，眼皮卻彷彿重逾千斤。正在著急的時候，她察覺到一隻溫暖而乾燥的大手，輕輕地撫在自己的耳邊、臉頰、眼角……

蘇木彷彿被這隻手拉回了現實，她長長地舒了口氣，眼睛很輕易地睜開了。雖然仍舊虛弱，她卻努力對著床邊的人露出一個溫暖的笑。

雲實的心驀地一顫，手上不由自主地加重了力道。

蘇木被他弄疼，鼓著臉，控訴般看向罪魁禍首。

「抱歉。」雲實在她臉上捏了捏，才把手拿開，而且語氣中明顯沒有多少誠意。

蘇木想也沒想便抱住他的大手，送到嘴邊，一口咬了上去。

旁邊，蘇丫眼睜睜地看著這一幕，頗有些哭笑不得。

雲實卻是爽朗地笑了起來，調侃道：「解氣了？」

蘇木橫了他一眼，牙齒用力，又咬了一口。

雲實頓時笑意更深，眼中滿是寵溺。他回過頭，把蘇丫手裡的藥碗接過去，在蘇木眼前晃了晃，溫聲道：「先把藥喝了。」

一股濃濃的中藥味鑽進鼻孔，蘇木無比懊惱，為什麼自己還能聞到味道——說實話，有點反胃。她甚至開始懷疑起自己的醫術，這麼一碗黑湯湯，真的不會喝死人嗎？

這樣想著，蘇木便悄悄放開雲實的手，並且不著痕跡地往牆邊挪了挪，重新閉上眼，假裝自己從未醒來過。

雲實無奈地搖了搖頭，結實的手臂伸過去，不由分說地把小娘子從床上托了起來，直接環著扶她靠在床欄上。

雲實把藥碗端到她嘴邊，淡淡地說道：「想自己喝，還是我餵妳喝？」

聽到這話，蘇木「噗」一聲笑了出來。

雲實挑了挑眉，作勢要餵。

蘇木連忙伸出手，把藥碗端住，說道：「我自己喝、自己喝。」

雲實拿眼看著她，並不十分信任的樣子。

蘇木撇了撇嘴，為了證明自己的可信程度，豪爽地抱著藥碗，狠狠地喝了一大口。然後，差點吐了出來。

如果不是怕晚上沒床睡，她真的會吐——好苦啊！

蘇木強忍著苦勁兒把湯藥嚥下去，紅紅的舌頭伸出來，一個勁兒地哈氣。

雲實不厚道地笑了。

就連蘇丫也在一旁笑嘻嘻地說：「阿姊要不要吃一顆果脯，杏脯呢，酸酸甜甜。」

蘇木白了她一眼。「早知道就應該提前吃，白白地喝了一大口苦藥！」

「阿姊忘了？那些杏脯是林家姊姊送的。」蘇丫掩著嘴笑，發現生病的阿姊異常好玩。

「林家姊姊送的呀……」蘇木眼睛裡滿是揶揄。

蘇丫俏臉一紅，跺了跺腳，跑出去拿果脯了。

蘇木在後面看著，笑得可開心。

雲實看著眉眼彎彎的小娘子，心裡的擔憂也漸漸少了些。他敲了敲藥碗，提醒道：「趁熱喝完。」

原本笑著的人立馬苦下一張臉。「等著吃杏脯呢，吃完杏脯就喝。」

雲實抿著唇，不說話，選擇相信她。

好在，蘇木的確沒有食言，只是那喝藥的速度實在讓人不敢恭維——她一連吞掉三顆果脯，才能勉強喝下一小口湯藥，那怕苦的樣子，也是沒誰了。

好不容易把一碗藥喝完，蘇木誇張地攤在床鋪上，慘兮兮地說：「我覺得，我可能要中毒身亡了……」

雲實原本是笑著的，聽到這話，神色一下子緊張起來，難得冷著臉訓道：「不許亂說！」

蘇木小聲反駁。「開個玩笑，不要那麼認真……」

雲實的臉色依舊沒有緩和，他替蘇木蓋上被子，木著聲音問道：「想吃什麼？」

蘇木把薄被拉到臉上，只露出一雙眼睛，小聲回道：「什麼也不想吃。」

這話是真的，她覺得自己現在渾身都透著苦味，什麼胃口都沒有。

蘇丫在一旁焦急地說：「阿姊，多少吃些吧，妳早上就沒吃。」

蘇木皺著臉，不吭聲。

雲實抿了抿唇，開口道：「煮碗粥。」

蘇木悶悶地說道：「不想喝粥，沒味道……」她並不知道，此時她弱弱的聲音就像撒嬌似的。

雲實的臉色終於稍稍緩和，聲音也變得溫和了些。「想吃什麼？」

蘇木好笑地說道：「我若說出來，你去做呀？」

雲實一愣，沒想到蘇木會這樣說。他沈默了三秒，才點了點頭，應道：「好，我去做。」

蘇木挑了挑眉，玩笑般說道：「我想吃刀削麵，把麵和成一團，用鋒利的刀削成指頭寬的薄片，直接下到煮沸的高湯裡……」

雲實認真地聽著，等她說完，便點了點頭，繼而轉身對蘇丫說道：「顧著妳阿姊，我去做麵。」

蘇丫張了張嘴，有些跟不上節奏。

等到雲實走出門去，她才反應過來，扶著門框嚷道：「雲實哥，不然還是我去做吧，就算做不成刀削麵，做碗手擀麵也是好的……」
雲實卻擺了擺手，頭也不回地說：「我來。」
蘇丫還是有些擔心。「聽阿姊說你不會做飯……」
「無妨。」
蘇丫回過身，頗有些忐忑地看向蘇木。
蘇木眨了眨眼，同樣有些回不過神——她方才是在開玩笑呀，而且還特意把做法說得複雜了，雲實竟然當真了！
等到那碗麵端到床邊的時候，蘇木的視線先往雲實身上轉了一圈——臉上沒有水泡，胳膊上沒有油點，手指還是十根……唔，還好。
蘇木撐著床柱坐起來，蘇丫原本要扶，卻被她阻止了。
她頗有些期待地看向那只大碗公，沒承想，雲實下意識地躲了一下，避過了她的目光。
蘇木挑了挑眉，唇畔帶上了笑。「莫非不是做給我吃的？」
雲實老實回道：「是做給妳吃的。」
蘇木調侃道：「只能吃不能看呀？」
雲實抿了抿嘴，這才一步一步地湊近，下定決心般把碗遞到蘇木面前，悶聲說道：「嚐嚐看，如若不合胃口……我再去做。」
蘇木往那碗裡一瞅，差點沒笑出聲來。
不知道雲實是不是把麵和得太硬了，那哪是「麵」啊，就像一根根鐵片似的，直挺挺地沈在湯水裡，多虧了他刀功好，還真就削成了寬窄一致的小細條。

當然，還得力氣大，不然的話或許削不動。

蘇木忍著笑，拿起筷子，一根一根地吃了起來。

不得不說，除了矼牙之外，沒毛病！

有生之年，她第一次吃到模樣如此獨特的刀削麵——是雲實做的。

此時，蘇木發著燒，抬著痠軟的手臂，一口接著一口地把那碗麵吃了個乾淨。

直到許多年後，兩個人白髮蒼蒼，她依然記得此時的味道。這是雲實給她做的第一頓飯，就算以後雲實學會了做許多美食，蘇木依然認為，這碗麵是最好吃的。

蘇木吃過藥之後，精神明顯好了許多，她坐在床邊和雲實說了好一會兒話，等到藥勁兒上來了，才又睡了過去。

雲實試了試她額上的溫度，不由鬆了口氣——總算是正常些了。

儘管如此，他晚上還是留了下來，打算在堂屋的太師椅上將就一夜。

蘇丫沒說任何客套話，她一心覺得蘇木和雲實早晚都是要成親的，因此早就在心裡把雲實看成了自家人，眼下有雲實在，她心裡才能踏實些。

蘇丫也沒回屋睡，而是把自己的鋪蓋一捲，抱到蘇木屋裡打起地鋪。就連蘇娃這個小漢子心裡也惦記著，一直沒睡安穩，時不時就要起來看一眼，或是給雲實倒碗茶，懂事得讓人心疼。

雲實前一天晚上就沒睡，而是在大杏樹下坐了一夜，白天又不錯眼地照看了蘇木一整天，即便是鐵打的人此時也有些疲憊了。他歪在太師椅上，剛剛打了個盹兒，蘇丫便急匆匆地跑了出來。

「雲實哥，阿姊又燒起來了！」小娘子說著，便控制不住地紅了眼圈。

雲實聞言，一下子便精神了，抬腳就往屋裡走去。

蘇丫亦步亦趨地跟在後面，滿臉擔憂。

屋內，床頭點著油燈，把蘇木的臉照得分明。此時她的狀況似乎比白天更糟些，臉頰燒得嫣紅不說，嘴裡還嘟嘟囔囔地說著夢話。

「怎麼辦啊？雲實哥……」蘇丫急得直掉眼淚。

雲實沒有多餘的心思去安慰她，他把手放在蘇木的額頭上，驀地一顫，那滾燙的溫度彷彿把他的心都給燙到了。

雲實緊鎖著眉頭，拚命勸說自己冷靜下來。

蘇木難受地在床上動著身子，嘴裡依舊在說著什麼。

他坐到床上，用被子把蘇木裹住，緊緊地抱進懷裡，頭也不抬地說道：「再去熬藥。」

蘇丫應了一聲，抬腳便往外走，然而走到門口，她又像是想起什麼似的說道：「阿姊先前說，這劑藥最多四個時辰吃一次，前面那碗喝下不足三個時辰，不知會不會——」

「不會！」雲實沈著嗓音打斷她的話，無比堅定地說。「不會有事，小木吃過藥就能好起來——先前不是退了熱嗎？說明這藥是管用的。」

雲實難得話多了一回，並且說得頭頭是道——只是不知道，這裡面有幾分力度是想說服自己。

好在，這無疑是給蘇丫吃了一顆定心丸，小娘子重重地點了點頭，油燈都沒拿，就著月色往廚房裡跑去。

蘇娃正好也起來了，看到蘇丫又去熬藥，便猜到了什麼。他想了想，咚咚地跑到水缸邊上，舀了盆涼水端到蘇木的屋子裡。

蘇娃放下水盆才想起沒拿布巾，又風風火火地跑了一趟。

這麼大的動靜，卻絲毫沒有驚動到雲實。此時，他的全部心思都繫在懷裡的小娘子身上，哪怕是對方一個皺眉的動作，都足以讓他懸起心來。

蘇娃把布巾打濕又擰乾，殷勤地遞到雲實手邊，雲實卻一個眼神都沒分過來。

小漢子只得悶聲悶氣地開口道：「涼布巾，給長姊用。」

雲實這才轉過頭，面無表情地看了他一眼。

蘇娃看著臉龐發紅的蘇木，難得耐著心思解釋道：「先前的時候，我見阿娘給阿姊使過——那回阿姊也發了熱症。」

不知被這話觸動到了哪根神經，雲實整個人精神一振，開口問道：「你是說蘇丫也發過熱症？」

蘇娃如他所願般點了點頭。

既然蘇丫發過熱症能好，小木也一定能好！雲實的面色愈加堅定。

他照著蘇娃說的，拿著沾過涼水的布巾，在蘇木臉上、脖子上輕輕擦拭。一開始蘇木並不適應，皺著眉頭直躲。

雲實咬著牙，狠下心繼續，時間一長，蘇木習慣了那種冰涼的觸感，反而覺得舒服起來，他這才鬆了口氣。

就這樣，布巾熱了便換新的，雲實耐心而輕柔地擦拭著，蘇娃便在旁邊盡職盡責地換水、擰布巾，一大一小兩個漢子誰都沒有說話，卻配合得十分默契。

似乎過了許久，蘇丫才端著熬好的湯藥推門而入。

雲實捏捏蘇木的耳邊，輕聲叫道：「小木醒醒，喝藥了。」

蘇木咕噥一聲，眼皮依舊沒有睜開。

雲實加重力道，聲音也提高了些。「小木，喝完藥再睡。」

蘇丫也在旁邊說著：「阿姊快醒醒吧，先把藥喝了。」

他們每喊一句，蘇木都會有些反應，然而她就像中了夢魘似的，一直都無法醒來。

雲實皺著眉頭，伸手拿過一顆杏脯，抵在蘇木唇邊，看樣子是打算誘哄她張嘴。然而，就算他狠著心把杏脯塞進去大半，蘇木都沒有任何咀嚼或吞嚥的動作。

雲實抿了抿唇，把藥碗送到自己唇邊，毫不猶豫地喝下去一大口。

蘇丫驚呼一聲，尖聲道：「雲實哥，你怎麼把藥給喝了？快吐出來！」

雲實哥莫不是急瘋了吧？

當然，雲實並未曾瘋，他把湯藥喝下去之後沒有嚥，只是在嘴裡含著。他深深地注視了蘇木一眼，便下定決心低下頭，溫熱的唇瓣就這樣覆在小娘子蒼白的櫻唇之上。

蘇丫倒吸一口涼氣，繼而連忙捂住嘴，眼中滿是驚慌。相比之下，蘇娃倒是淡定得多。

雲實探出舌尖，靈巧而霸道地撬開小娘子的皓齒，口中的藥湯便這樣渡了過去。他並沒有立即離開，而是本能地舔舐逗弄著，引導著對方做出吞嚥的動作。

好在，他真的成功了。

儘管蘇木皺著眉，有些嫌棄，並毫不客氣地把入侵者趕了出來，但幸好大部分藥湯還是被嚥了下去。

蘇娃機靈地遞上擰好的布巾，雲實接過，拭去娘子頸間的藥漬。

白皙的脖頸是那麼脆弱而美好，讓他本能地珍視。

擦拭乾淨之後，雲實沒再停留，再次端起藥碗重複之前的動作。

在此期間，蘇木一直沒醒，姊弟兩個也一言未發，屋子裡安靜得只能聽到蘇木稍顯急促的呼吸聲，以及不情不願的吞嚥聲。

等到一碗藥終於餵了個乾淨，蘇木的呼吸聲也漸漸輕淺，繼而平穩綿長，臉色也跟著好了些，屋內三人這才不約而同地鬆了口氣。

雲實雖說不捨，依然把蘇木放回床上，不忘把被子的四角細心地掖好。

做完這些，他才看向姊弟兩個，神色平靜地說：「我會向小木提親，對她負責。」

蘇丫重重地點了點頭，脆生生地「嗯」了一聲。

蘇娃依舊是那副冷冷的樣子，不過，從他的眼睛裡卻能看出是支持的。

第二十九章　提親

蘇木的燒起得快，退得也快，第二天一睜眼，整個人便覺得輕快了許多。

渾身的骨頭不再那樣鈍鈍地疼，身子不像之前那樣痠軟，身上的熱度也明顯降了下去。她扭頭看到倚在床柱上的人，眼下兩片明顯的烏青不說，下巴上的鬍碴也冒了出來。

蘇木原本不想打擾他，然而她又忍不住想要趁他睡覺摸一摸。

結果，她剛一動，雲實便醒了。

就像從未睡著似的，雲實甫一睜眼，眸中便一片清明。

「還難受嗎？」雲實俯身，習慣性地探向蘇木的額頭。

與此同時，蘇木白白軟軟的小手也如願撫在他的下巴上，還調皮地蹭了蹭。

雲實鬆口氣的同時，心又跟著提了起來——肌膚相觸的感覺是那般清晰，彷彿所有的注意力都集中到下巴上，無暇他顧。

蘇木唇畔帶著輕淺的笑，目光柔和地看著上方之人，有那麼一瞬間甚至產生了「就這樣過一輩子也不錯」的想法。

「怎麼了？」半晌，雲實才啞聲問道。

蘇木笑容放大，手指調皮地摳了摳他青色的鬍碴。「多久沒刮了？」

雲實抬手摸了摸，沒有回答。

蘇木也不執著於答案，而是拍了拍他厚實的肩膀，笑著說：「去刮一下吧，刮完好好睡一覺。」

雲實看著她，本能地就想拒絕。然而，小娘子的目光太溫柔，彷彿蘊含著某種支配人心的力量，他鬼使神差般點了點頭。

於是，蘇木笑了，繼續說道：「今天還想吃刀削麵。」

雲實溫聲應道：「好。」

「多放些鹽，上次的有些淡了。」蘇木乘機要求道。

「嗯。」雲實應下。

「還要放些辣子。」蘇木得寸進尺。

「不行，妳還病著。」雲實拒絕得十分乾脆。

蘇木不滿地撇撇嘴，嘟囔道：「小氣鬼。」

雲實只當沒聽見似的，捏捏她軟乎乎的臉頰，用從未在人前出現過的溫柔聲音哄道：「再睡會兒，待會兒吃麵。」

蘇木自然地點了點頭。

兩個人都沒有意識到，這樣的對話就像一起生活許多年的老夫老妻，平淡自然中，又透著無法言傳的親密和默契。

「閉眼。」

「剛醒，睡不著。」

「閉目養神。」

蘇木撇撇嘴，只得把眼睛閉上。

雲實又看了她一會兒，才轉身走出房間。

蘇木聽到開門又關門的聲音，這才把眼睛睜開，對著房門吐了吐舌頭。然後，自己又忍不住笑了——都說被人寵慣了會變幼稚，看來一點都不假。

接下來的幾天，蘇木都被要求憋在屋子裡，不許出門。

蘇丫甚至還把早春的夾襖翻出來，讓蘇木穿上，即使退燒之後，一天三頓苦藥湯還得按時喝。如果蘇木嫌熱不穿，或者嫌藥苦不吃，小娘子就會淚眼汪汪地看著她，每當這個時候，蘇木都會無條件妥協。

這幾日，雲實每天都會過來，挑水、劈柴這樣的活兒他全給包了。這倒省了蘇娃許多事，如今小漢子只需一早一晚，帶著家裡的小豬和白鵝出去找吃食就成。

到了傍晚，雲實便會回到河坡那邊的小茅屋，不過他並不會早早歇下，總會趁著月色開墾屋前屋後的荒地，一直幹到月上中天。

實際上，這片地方雲實早就開始收拾了，著實下了不少功夫。首先得把雜草鋤了，一坨坨的草根挖出來，遠遠地丟到河裡；碎石頭得一塊塊撿出來，摞到茅屋後面，留著鋪路用；堅硬的土塊拍碎，太乾的地方澆上水；最後還得用鐵鍬、鋤頭深深地翻一遍。

就這樣起早貪黑地幹了一個來月，半畝多的荒地終於讓他鼓搗成了能種菜、種糧的中等田。

村民們瞧見了，沒一個不誇的。

「見天地抱怨沒地種、沒地種，你看雲家那小子，硬生生把荒地墾成了良田！」

「可不是嘛，平白地多了半畝地，這得省下多少地租？真叫人羨慕！」

「說起來雲家那小子也是個好的，勤快、手巧、心眼也實在，偏生就是娶不著媳婦兒……」

「不是說他命相不好嘛，哪家的女兒敢嫁？」

「唉！要不怎說可惜呢……」

村民們的議論進到雲實耳朵裡，就像沒聽見似的，照樣白天到蘇木家，晚上回來墾地。

每次他往蘇家門前的小路上拐的時候，都會被村民們看見，不過，大夥兒都會下意識地認為他是去姚貴家，因此接連好幾天，村裡竟是沒有傳出任何閒話。不得不說，這讓雲實鬆了口氣——他並不在意別人怎麼說自己，卻不想蘇木被說一個字。

說起來也是趕巧了，這幾日酒廬裡要出新酒，姚貴和桂花大娘每天早出晚歸，一次都沒撞見過他。

有回姚銀娘跑過來找蘇丫編絡子，一進門便瞅見雲實正在大槐樹下劈柴，小娘子當時驚得下巴都快掉了，險些以為雲實走錯了院子。

這件事她原本想當個稀罕講給桂花大娘聽，沒承想剛開了個頭，便被姚金娘截了話，後來她自己也就給忘了。

再說蘇家這邊，很快就習慣雲實的存在，一到飯點，蘇丫總會主動做出四個人的飯菜，蘇娃也是問都不問便會攏上雲實的碗筷。

雲實也不推辭，坐下就吃，不過他每天都會拿捆青菜或者帶條魚，權當加菜。

日子就這樣一連過了五天，蘇木的身子便徹底好了。

這天，雲實沒有像往常一樣早早地來到蘇家，直到快要晌午的時候也沒見他出現。

蘇丫原本想著要不要叫蘇娃去看看，是不是茅屋那邊出了什麼事，卻被蘇木阻止了。

「原本因為我病著，妳雲實哥才耽誤著自個兒的工夫天天來幫忙，如今我好了，咱們也不能再麻煩人家。」

蘇丫聽著蘇木的話，不禁替雲實叫屈——雲實哥哪裡是外人啊！那天、那天……還那樣了呢！

小娘子生怕自己憋不住給說出來，乾脆鼓著臉跑到後院拔草去了。

蘇木挑了挑眉，繼續收拾手上的榆錢兒，她打算中午摻著白麵和黍子蒸些榆錢兒疙瘩，再搗些蒜泥拌上，吃起來保准香。

眼前浮現出雲實在飯桌上狼吞虎嚥的模樣，蘇木不由笑了起來。

等著做好後給他送些過去吧，正好看看他為何沒來，省得讓蘇丫擔心。

這樣想著，蘇木便從竹籃裡又抓了兩大把榆錢出來，仔細地淘洗起來。

此時，被娘子們惦記的雲實正坐在雲家堂屋裡，對著劉蘭那張陰陽怪氣的臉。

原本雲實剛剛進門的時候，劉蘭還是高興的，她甚至難得迎上來，喜氣洋洋地說著。

「石頭啊，我可聽說了，你自個兒動手闢出一塊上好的田地！」

實際上，她不僅聽說了，還親自去看了，甚至把將來要種什麼都想好了。

雲實並不接她這話，只是看向旁邊那個瘦瘦弱弱的小娘子，問道：「咱爹在家不？」

小娘子怯生生地點了點頭，細聲細氣地應道：「在堂屋……」

雲實「嗯」了一聲，便往屋裡走。

劉蘭大大咧咧地攔在他前面，依舊自顧自地說道：「雖是坡上，卻也能種些瓜、點些豆子——這樣一來，再加上雲老頭留下的那兩畝，咱家就有兩畝半地了——雖不多，到底不用交租子，想想就叫人高興！」

劉蘭笑得開懷，雲實卻是木著一張臉，毫不客氣地回道：「那些地都是三爺爺的，不是『咱家』的。」

劉蘭笑容一僵，眼瞅著就要發作，旁邊一個瘦長臉的半大少年，連忙揪了揪她的衣袖，小大人似的給她使了個眼色。

劉蘭這才把火氣壓了下去，轉而陰陽怪氣地說道：「雲老頭把地給了你，就是你的，你到底姓雲，是你爹雲柱的種——那地不是咱家的，莫非還能是姚家的？」

雲實皺了皺眉，懶得同她扯嘴皮，抬腳便往屋子裡走。

此時，雲柱正坐在堂屋的木椅上，一口接一口地喝著溫熱的苦蕎茶。他把雲實和劉蘭的話聽了個一清二楚，卻依舊在這兒安穩地坐著，一言不發。

說起來，他屁股底下這把椅子，還是當年老木匠看在雲實的分上給他打的，不過是為了讓他對雲實好些。

事實證明，並沒有什麼用。

雲實看見雲柱，誠誠懇懇叫了聲「爹」。

雲柱應了一聲，臉上的表情還算溫和，他指了指旁邊的杌凳。「坐吧。」

雲實的臉色也和緩了些。

雲冬青的媳婦在東邊屋子裡聽見了響動，掀簾子出來，恭恭敬敬地招呼道：「大哥過來了，可曾用過飯？」

「吃了，不必忙。」因著雲冬青的關係，雲實對這個弟媳婦並不陌生，說話也自然些。

冬青媳婦笑笑，和善地說道：「冬青領著小豆子到西頭買豆腐去了，一會兒就回來，大哥若是著急找他，我這就去尋。」

「不必。」雲實應道。「我今兒個過來找阿爹說些事。」

冬青媳婦這才點了點頭，特意去了院子裡，方便他們父子說話。

劉蘭雖然也沒進屋，卻像個賊似的守在門口處偷偷聽著，連帶著雲小三一起，母子兩個臉上帶著如出一轍的算計神態。

冬青媳婦默默地嘆了口氣，低垂著眉掩去眼睛裡的厭惡之色。她把雲小四的手一拉，笑著說道：「走，嫂嫂帶妳到河邊挖甜根兒去。」

小娘子高興地點了點頭，瘦黃的小臉隨即染上幾分紅潤的色澤。

屋內，雲實言簡意賅地表明自己的來意。「阿爹，我想娶蘇家大娘子為妻，請您找個媒人到蘇家提親。」

雲柱喝茶的動作一頓，疑惑道：「蘇家大娘子？何郎中的外孫女？」

雲實點了點頭，期待地看向雲柱。

雲柱卻是皺了皺眉，明顯不大贊成。「石頭啊，你想成親爹不反對，蘇家的娘子卻是不行。雖然何郎中已經走了，家底卻還在，更何況人家還是秀才公的閨女，能看上咱們？」

雲實殷切地說道：「無論能不能看上，總得試試。」

雲柱卻是把眼一瞪，一臉恨鐵不成鋼。「試什麼試？若是被人家拒了，你爹這張老臉往哪兒擱？若是旁人便罷了，偏生是那個娘子，不知道得有多少人在你爹背後戳脊梁骨！」

雲實聞言，當即沈下了一張臉。他原本就知道這件事不會順利，卻怎麼也沒想到，雲柱會為了面子如此乾脆地拒絕。

不得不說，雲實多少是有些寒心的，他把牙一咬，冷聲說道：「阿爹，您若不願替我去請媒人，我便自己去。」

「混帳！」雲柱把桌子一拍，紅著臉罵道。「你爹我還好好地活著呢，你自己去請媒人？你去請個試試，我看有哪個媒人能答應你！無媒無聘，就是苟且野合，我倒看看那個蘇家小娘子能不能答應你！」

雲實緊緊抿著唇，雖氣憤，卻絲毫說不出反駁的話。

婚姻大事，不能越過父母，不能越過媒聘，這是大周朝的風俗，也是律法。若是無媒無聘私訂終身，那可就成了十里八鄉的大笑話，一個村子都跟著丟人。嚴重的，甚至還會被送到官府，遊街示眾。

雲實就是考慮到了這一點，才忍著心底的反感，踏進了這個院子。沒承想，他還是低估了雲柱的自私程度，對方竟然因為「有可能」被笑話，而直截了當地堵住雲實的機會。

萬一成了呢？

想來，哪怕有很大的機會能成，雲柱也根本就不會考慮，他更加在意的是「萬一不成」。

雲柱的反應著實令人心寒。

雲實咬了咬牙，啞著嗓子，無比艱難地開口道：「阿爹，從前的時候無論如何我都沒向您開過口，如今，我只求這麼一件，倘若您不答應，我便去找村長，讓他做保把我過繼給三爺爺！」

雲柱聞言，眼睛倏地瞪圓了，顫抖著手指向雲實，半晌才憋出一句。「孽子！」

劉蘭扒在門邊上聽到這句，原本心裡是高興的，這樣一來，她不必花任何心思，家裡這屋子就跟雲實沒有任何關係了，說不定還能想個法子，把雲實他娘那套也要過來，正好給她兩兒子一人分一套！

劉蘭打得一副好算盤，旁邊的雲小三卻瞪著眼睛提醒道：「阿娘，老大若是過繼走了，那兩畝地可咋著？咱們還能要到手不？」

劉蘭一想，可不是嘛，若是認真論起來，地可比房子划算得多！不行，不能讓他過繼！

劉蘭跺了跺痠麻的腳，一擰身便進了屋子，也不怕暴露自己偷聽的事實，不管不顧地嚷嚷道：「雲實，不是我說你，你也老大不小了，怎就這麼不懂事？我怎麼樣先放在一邊，到底不是親生的，對你再好你也看不到，單說你爹，怎麼將你一把屎，一把尿拉扯大，你都忘了嗎？如今你長大了，能養活自己了，提起『過繼』二字便像吃顆豆子那麼簡單——你叫我們兩個老的上哪兒說理去！」

劉蘭嘴裡慣愛放炮，有的沒的從來是一通胡說，雲實早就習慣了，只沈著一張臉，並不搭理她。

雲柱卻是聽到心裡去，一時間更加生氣，跳著腳罵道：「白眼狼！我雲柱養了個白眼狼哇！」

劉蘭壓下心中的得意，硬是擠出兩滴眼淚。「雲實啊，你爹對你怎麼樣，別人不知道，我卻是拿眼看著的，你怎麼著都不該歪看了他。你若是對我不滿，不妨直接說出來，能改的我就改，就算改不了的，大不了我便帶著冬青走，這一大家子就我們兩個是外人。」

雲柱一聽，卻是急了。「渾說什麼？要走也不是妳走！」

雲實拿眼看著這兩個人，突然覺得，自己二十年的人生就像一場笑話。

第三十章　誤會

二十年來，雲實習慣了不爭、不搶、不聞、不問，他完全沒有把這些噁心的人放在眼裡。

自從蘇木出現之後，他的世界才變得鮮活起來。

如今為了蘇木，他願意付出任何代價。不，確切說，還是為了他自己，是他一心一意想要娶到蘇木的，至於蘇木，並不一定會答應。

儘管如此，雲實依舊無怨無悔。

雲實心裡清楚，如果想要堂堂正正地娶到蘇木，他爹這一關是必須要過的。在他爹面前，劉蘭的一句話頂他的一萬句。他也知道，劉蘭想要的是什麼。

雲實握了握拳，悶著聲音開口道：「阿爹，你若答應到蘇家提親，我便同意把三爺爺的一半地交給冬青種。」

雲柱的臉上並沒有任何變化，似乎根本就不在意似的。

劉蘭一聽，眼睛卻一下子亮了。「你說的可是真的？你真打算把地分給冬青一半？」

儘管心裡厭惡，雲實還是忍著噁心回道：「不是分給他，只是給他種，想種多久都可以。」

倒不是雲實不捨得，只是他堅持認為那地是三爺爺的，他無權買賣或送人。

劉蘭卻像吃了個大虧似的，尖聲說道：「不行，沒有這樣的道理！什麼叫『想種多久就種多久』？保不齊你啥時候就變卦了，我們上哪兒說理去？」

雲實突然就笑了，原本沈靜的眸子中滿是諷刺。「妳跟我說『道理』？」

他的眼神太過透澈，在這雙眼睛的注視下，劉蘭無端地自慚形穢起來。然而，她並沒有因此愧疚或反省，而是不由分說地惱羞成怒。

好在，她還沒有發作出來，雲冬青便「啪」的一聲把門推開，他站在門口，逆著光，黑著臉說道：「那地我不要！不管是分給我，還是讓我種，我都不要！村長說得明明白白，那地是三爺爺留給我哥的，我憑什麼去分？」

雲實的眼中並無波瀾，他早就知道，雲冬青會是這樣的反應。

劉蘭卻瞬間壓下對雲實的惱怒，轉而一臉恨鐵不成鋼地看向雲冬青。「你是不是傻啊？我當初怎麼生了你這麼個沒腦子的東西！」

「阿娘，如果當初我知事一些，如果我能夠算到今日，哪怕餓死在那個家裡，我也必定不會隨妳嫁到雲家！」雲冬青憤憤然地說道。

劉蘭一聽就火了，跳著腳尖聲叫道：「你爹對你不好嗎？啊？雖說不是親生的，哪樣比親生的差了？」

「阿爹對我確實好，好得我晚上睡覺都不踏實！我哥當初是怎樣對我的，妳看不到嗎？村裡的娃子們都罵我野孩子，把我的衣服扒下來扔到河溝裡，若不是我哥追著他們一個一個教訓，我能在杏花村站住腳？」雲冬青看向雲實，眼中滿是愧疚。「你們又是怎麼對我哥的？我日日夜夜地想著，我哥那麼好，我卻自私地搶了他的阿爹，搶了他在這個家的一切！」

劉蘭不知道被觸及到心裡的哪根弦，一下子便坐到地上，嚎啕大哭。

這樣的鬧劇，雲實一刻也看不下去。「我方才說的話依然有效，再多便沒有了，妳自己打算吧，想好了叫冬青告訴我一聲，我備好媒人紅和登門的小禮。」說完，他也不管劉蘭有沒有聽見，抬腳便走。

臨出門，雲實又轉過身來，對著雲冬青說道：「我對你怎樣是我應該的，其餘的你不必自責，有些東西若果真是我的，誰也搶不走——地的事你不必回絕，也不要折騰，就當是……幫哥一把。」

雲實說完便毫不遲疑地走了，雲冬青卻愣愣地站在原地，久久不能回神。

長這麼大他還是第一次聽雲實說這麼長的話，而且，還這麼有道理，怪不得他能喜歡上蘇娘子那樣的人。

雲冬青看著坐在地上大哭大鬧的劉蘭，暗自下定決心，一定要盡力幫到他哥！

雲實猜得沒錯，劉蘭到底是答應了。

她叫雲冬青去說的時候，雲實已經把媒人紅和登門的小禮都準備好了。

媒人紅走的是村裡規矩，一整吊錢，登門的小禮他特意準備得豐厚了些，兩條活蹦亂跳的大草魚，一方肥瘦相間的五花肉，並一大匣子點心——這些是要送給女方家的，不管能不能成，這些東西都不退，所以才叫「登門禮」。

登門禮豐厚些，更能體現出男方的誠意，同時也代表著男方家境富裕，女方嫁過去了不會受窮。

雲冬青比雲實還高興，雲實默默準備東西的時候，他便興奮地在旁邊喋喋不休。「埋秋千那會兒我就看出來了，蘇娘子早晚得做我嫂子！哥，你打算什麼時候成親？看來小豆子很快就能有個弟弟了，哦，妹妹也行，豆子他娘就一直想要個小娘子——哥，你別擔心，我阿娘已經找好媒人了，明兒個一早就到蘇家提親。」

他說了這麼一大通，直到說到這句的時候，雲實才勾了勾嘴角，淡淡地「嗯」了一聲。雖然面上依舊是那副穩重的模樣，雲冬青卻能看出來，他心裡一定是極高興的。

說起來，劉蘭找的媒人不是別人，正是她娘家的嫂子，也是村裡唯一的媒人。

劉蘭的娘家是本村人，她上面有三個哥哥，家裡過得都不錯，尤其是劉大一家，因著他家媳婦生著一張巧嘴，走村串巷地給人說媒，多年下來，也掙了不少銀錢。

那天劉蘭被雲冬青逼著回了娘家，不情不願地把雲實的事跟劉大嫂子說了。

劉大嫂子一聽，眉頭便不由得皺了起來。

劉蘭一看，忍不住問道：「大嫂為何這般反應？莫非妳也覺得，我不該替那個小崽子說這個親？」

劉大嫂子和劉蘭脾氣相投，關係一直親密，她也不拐彎抹角，直接說道：「確實不該，當初妳費盡心思把那個小子的名聲弄壞了，不就是為著讓他結不了親、分不了房子嗎？怎麼現在反倒主動提了起來？」

劉蘭嘆了口氣，也不瞞著，便把雲賣如何逼迫，又是如何提到分地的事一五一十地說了。

劉大嫂子聽完，眼睛滴溜溜地轉了兩圈，臉上的表情也有些怪異。

劉蘭連忙問道：「大嫂莫不是有什麼想法？妳知道我腦子向來不好使，別讓我猜，不妨直說吧！」

「那我就直說了——要我看，那個小子心眼是真多，他說提親是假，過繼才是真。」

劉蘭一愣。「這話從何說起啊？」

劉大嫂子白了她一眼，沒好氣地說道：「妳想啊，他現在有房子、有地，還有那麼大一片蘆葦蕩，什麼樣的媳婦娶不著，幹麼非要娶那麼個剋星？他真正在意的是你們這一家子！」

劉蘭一聽，不禁倒吸一口涼氣。「大嫂的意思是說……他莫非是擔心我們分了他的房子和地，所以想出這麼個藉口？」

「可不是，若是別家的娘子我還信些，若是蘇家那個，光是剋父剋母這一點，便把多少媒人擋在了外面？」

劉蘭當即恍然大悟，繼而露出明顯的惱恨之色。

劉大嫂子拍拍她的手，自以為是地說道：「妳看妳，也值得生氣？他有他的招數，咱們也有咱們的辦法，咱們吃了多少鹽、走了多少路，還能被他一個毛都沒長齊的小崽子糊弄了？」

劉蘭臉上訕訕的，咕噥道：「若是沒有大嫂提醒，我可不就被他糊弄了！」

劉大嫂子眉眼帶笑，慢悠悠地應道：「妳若信我，便把這事交到我手上，嫂子替妳想個主意，定叫他人財兩空！」

劉蘭眼睛一亮，忙不迭地點頭。「我啥時候不信大嫂了？若是沒大嫂的關照，當初我一個帶著拖油瓶的小寡婦能有今天？」

劉大嫂子故作親暱地白了她一眼，道：「多少年的事了，還提它做什麼？我是妳大嫂，自然要替妳著想，如今妳能跟雲柱好好過日子，我和妳大哥也放心了。」

「雲柱他……確實是不錯的。」提到這個，劉蘭臉上難得顯現幾分羞色。

劉大嫂子臉上露出意味深長的笑。「我還不知道嗎？雲柱那廝事事都聽妳的，我家妹子剛一過門就當起了那個家。」

劉蘭藉機奉承道：「還不是因為我有個好娘家？若是換成那些個無依無靠的，人家定然不會這樣看得起我。」

劉大嫂子臉上露出自得的笑，明顯十分受用。

劉蘭把桌上的登門禮推到劉大嫂子跟前，憤憤地說：「我看這禮也不必送了，大嫂若不嫌棄，便留下自家吃吧。」

劉大嫂子瞅了一眼，當即就樂了。「妳總是這麼客氣。」

劉蘭也陪著笑，心裡卻是琢磨著雲實的事，氣得不行。

劉媒婆是晌午時候到的蘇木家。

當時蘇木正提著小木桶給葡萄苗澆水，全然未注意到有個麻稈身材、瘦長臉的女人招呼都不打一聲，推開柵欄門便進了院子。

「喲，這是種的啥？」

尖利的聲音突然在耳邊響起，蘇木嚇得一哆嗦。

「妳看我，嗓門高，倒把蘇娘子給嚇著了！」劉媒婆說這話時，掛著滿臉的笑，讓人看著倒是有幾分親切。

於是，蘇木連忙收起驚訝的神色，笑道：「是我一時沒反應過來，您是……」

劉媒婆臉色一僵，稍稍有些不高興。「蘇娘子大門不出，二門不邁的，許是不認得我。夫家姓劉，咱們這十里八鄉的小娘子、小漢子們，見了我都叫聲『嬸子』！」

蘇木笑了笑，不緊不慢地叫了聲「劉嬸子」，劉媒婆的臉色這才好了些。

「劉嬸子屋裡坐吧！」蘇木引著她往屋裡走，轉頭對蘇丫說道。「給嬸子沏壺茶水。」

蘇丫應了一聲，轉身就要去燒水。

劉媒婆卻擺擺手，似笑非笑地說：「不必忙，沒那麼多講究。今兒個過來就是有件事跟小娘子說，說完了我還得到別家去。」

蘇木眨了眨眼，轉身拿了兩杌凳放在當地，笑著說道：「既然如此，嬸子便坐下說吧！」

劉媒婆不再推辭，依言坐了下來。蘇木坐在她旁邊，擺出認真聽的姿態。

蘇丫想了想，依舊進了廚房——客人上門，總不能連水都沒有。

「是這麼個事，」劉媒婆清了清嗓子，便說了起來。「雲家老大，雲實，今年有二十了，原本因為一些不好的名聲，耽誤著一直說不成親，我就合計著呀，蘇娘子這不也剛剛退了親，你們兩個年紀倒是合適，如果蘇娘子有意，我便兩邊說合、說合。」

這話叫蘇木聽得一愣一愣的，她怎麼也沒想到，對方竟是來給她說親的，說親對象居然還是雲實！

更讓人不解的是，說親就說親吧，怎麼還把對方「名聲不好」掛在嘴邊上——這是想讓人成的意思嗎？

劉媒婆觀察著她的臉色，就像剛反應過來似的，突然笑著拍了拍大腿。「哎呀，妳看我這張嘴！蘇娘子該不會是介意雲家小子名聲不好吧？我跟妳說，不過是一些『不敬長輩』、『為人冷淡』之類的，大可不必理會。」

蘇木幾乎可以肯定，對方定然沒安好心。

讓她不解的是，為什麼呢？既然不安好心，為何要來「說合」？

蘇木在心底冷笑一聲，面上卻是裝作一副懵懂的樣子，問道：「我想問嬸子一句，您今天過來說這個親，是受了誰的託付嗎？」

劉媒婆頓了一下，很快說道：「沒有，妳也知道，我們這些給人保媒的就是有這個習慣，若是看著哪兩家的小娘子和小漢子般配，自然想著說合、說合。」

「哦，原來是孀子主動說合呀。」蘇木彎著一雙眼睛，微微笑著注視她。

沒來由的，劉媒婆便升起一陣心虛。她猛地站起身，拍了拍衣角，滿臉帶笑地說：「就是這麼個事，蘇娘子覺得行還是不行？」

蘇木依舊坐在杌凳上，勾著唇笑道：「讓我想想吧。」那樣子，一看就是興趣不大。

劉媒婆自認為達成了目的，隨意客套了兩句，便扭著腰身出了門。

蘇丫拎著茶壺從門裡走出來，皺著眉頭說道：「雲實哥也真是的，既然是來提親，怎麼就找了這麼個人？竟然連個登門禮也沒有！」

「妳沒聽人家說嘛，這哪裡是提親，是這個媒人主動過來說合的。」

蘇丫咬著嘴唇，悶悶地唸道：「哪裡有這樣的道理……」

蘇木思量著整件事，總覺得哪裡都不大對勁。

「回頭我問問雲實吧。」蘇木拍了拍裙角，轉身回了屋。

再說那劉媒婆，從蘇家小院出來，直接去了村南頭的劉蘭家裡。

劉蘭從一大清早就惦記著這事，裡走外轉，什麼都做不下去。此時她正站在院子裡，遠遠地看見劉媒婆走過來，忙迎了出去。

「怎麼樣，大嫂？」劉蘭迫不及待地問道。

劉媒婆得意地笑笑，並不說話。

劉蘭看著她的神色，面上一喜。「可是成了？」

劉媒婆揚著眉毛，得意地說：「還能有不成的道理？」

劉蘭當即便喜上眉梢，一個勁兒拉著劉媒婆的手，千恩萬謝。「多虧了我的大嫂，不然這事能愁死我！大嫂，妳今兒個別過去了，在這邊用晚飯，我叫小三子去打些甜酒，好喝又不醉人！」

劉媒婆向來是個眼皮子淺的，聽她這麼一說，立馬應了下來。

劉蘭心裡高興，手上也不吝嗇，自然是一頓好酒好菜伺候。

一頓胡吃海塞之後，劉蘭把人給送走了，她心裡壓不住事，轉頭就去了河坡上的小茅屋。

彼時，雲實正坐在河坡上朝著河裡扔石子。他心裡也不踏實，一整天都做不下什麼事，甚至都不敢去蘇家小院那邊，生怕一不小心把好事給攪和了。

扭頭看見劉蘭走過來，雲實難得產生了一種期盼的情緒。他蹭地一下站起來，心裡越緊張，臉上的表情越冷，反而把劉蘭嚇了一跳，她原本準備了一大堆嘲諷的話來著，這麼一嚇竟全憋了回去。

雲實依舊冷冷地盯著她，劉蘭心裡發虛，木著臉說了句。「人家沒答應。」

雲實的心「咚」的一聲砸到地上，腦袋一陣陣發懵。他聽到自己近乎顫抖地說：「小木……為何……沒答應？」

「人家沒看上你唄，還能有別的緣由？」劉蘭白了他一眼，故意做出一副理直氣壯的樣子。「你若不信，便另請媒人去說吧。」

雲實沈著臉，稜角分明的唇抿成一條直線。
此時他滿腦子都迴盪著劉蘭尖刻的聲音——人家沒答應……沒答應……沒答應……
小木，沒答應。
那一瞬間，彷彿整個世界都黯淡了。

——未完，待續，請看文創風653《陌上嬌醫》下

2018年7月出版

陌上嬌醫

文創風 652～653

她是剋父剋母；他則命相不好，
在鄉里間被傳成是這等命數，
應是另類的天災人禍吧？
與許是負負得正，他倆倒結下不解之緣……

人情冷暖間，良緣到眼前／言笑晏晏

蘇木本以為穿越到古代農村能一圓田園夢，
雖然沒爹沒娘，好歹有藥田和醫術傍身，
卻未料會被人視作「剋星」處處刁難。
既然擺脫不了掃把星的惡名，
她倒是不介意跟村中潑婦一戰，
再背上個「潑辣」的聲名！
像她這般出格的女子，本該孤老終身，
卻偏偏遇上村中大暖男——雲實，
他的霸道與貼心不知不覺打動了她的芳心……
而她蘇木，也成了他所珍視的那個人。
有了手巧心善的上門夫婿相伴，
再憑藉著她的醫術及知識，
還不領著全家奔小康，逆轉成福星～～

2018年6月出版

起手有回小女子

文創風 646～649

前一世盼星星盼月亮的，終於盼到父親來接，
於是，她便迫不及待地帶著母親與姊姊奔向火坑，
孰料，他只是為了拿她們姊妹來政治聯姻，鞏固權勢罷了，
結果最後害得母親吐血身亡、姊姊被虐待致死，
幸好，老天爺給了她贖罪的機會，這回她絕不重蹈覆轍！

人生如戲　悲歡離合／笙歌

林莫瑤仗恃著自己的才智，硬是憑藉己力助心愛的二皇子登上皇位，
為了他，即便承受天下人的唾棄、謾罵，她也甘之如飴，
為了他，就算落下病根，此生恐難有孕，她亦無悔無怨，
然而，縱使她聰明一世、機關算盡，也沒能算出他的狠心無情，
這個她付出生命愛著的男人對她沒有感情，只有利用，
而她那個楚楚可憐、嬌嬌弱弱的異母妹妹則一心覬覦著她的后位，
原來啊，從頭到尾被蒙在鼓裡的人只有她，可憐又可悲的她……
赫連軒逸，前世對她一往情深，曾為了救她而獨闖敵營的男人，
沒想到，這一世他與她初次見面，竟是渾身浴血、昏迷不醒，
林莫瑤心中只有一個念頭──她要救他，不計一切代價！
上輩子因為她，這人眾叛親離、一無所有，最後死無葬身之地，
欠他的恩與情，她就是幾世加起來都不夠償還的，
所以，這輩子自個兒能為他做的，就是義無反顧地愛著他。
反正自己有滿滿的愛，這回就由她主動出擊擄獲他的心吧！
今生，換她來守護他，至死不渝……

7月 PUPPY 熱情共熱浪來襲

Doghouse X PUPPY

牽線寶寶

情場如戰場，
需要一點潤滑劑；
愛情迷路中，
幸有寶寶來牽引～～

NO／523

女神當我媽 著 季可薔

「當你的老婆小孩還不如當你的藝人！」
前妻改嫁，從此他和兒子與狗，展開了亂糟糟的生活；
沒想到宛如女神般的她，竟然也要加入他的人生?!

NO／524

我是好女人 著 梅貝兒

父母擅自幫他挑了結婚對象，女友竟然因此不告而別?!
好不容易找到她跟孩子，她竟還聲稱要當個好女人……
他決定來個「機會教育」，教她如何當個真正的好女人！

NO／525

愛人別想逃 著 左薇

他想和她共度未來，除了結婚生子外，什麼都願意承諾，
但她卻還是選擇離開……跟她分手，是他唯一的遺憾。
直到再相遇，才知道她為他帶來了天大的禮物──

NO／526

美男逼我嫁 著 路可可

這男人愛她，就如同她是家人一般，但她卻笨得愛上他，
一愛就十年。她受夠暗戀、受夠老是要看管自己的心，
從明天起，她決定要去交男朋友、她要結婚去！

7/21 萊爾富 愛牽紅線 單本49元

流浪貓狗介紹所

為流浪貓狗加油 和貓寶貝 狗寶貝 廝守終生(一定要終生喔！)的幸福機會

對人來說，貓寶貝狗寶貝只是生活的一部分，
但妳（你）對牠們來說，卻是生活的全部，領養前請一定要考慮清楚——

▲ 有著迷人微笑的守護天使　小四

性　　別：男生
品　　種：米克斯
年　　紀：約1歲多
個　　性：穩重親人，對熟人具有佔有慾。
健康狀況：身形健壯，無疾病，已按時接種疫苗。
目前住所：台中市霧峰區

『小四』的故事：

在2017年的初夏，中途當志工的狗園救援了一批幼犬，小四便是其中的一隻。中途說，小四其實在九個兄弟姐妹中，較不起眼，也沒什麼特殊之處，因而也較無法吸引一般人特別留意。

然而，中途幾次去狗園幫忙後發現，打掃時，小四會突然出現在身旁，但不會打擾人工作，也不會沒多久就離開，反而會默默守在一邊看著。每當暫時停下手邊工作，向牠招招手時，小四便立刻走向前來，而且是很溫柔的、慢慢的靠近，不像其他同年紀相當活潑的狗兒那樣，因為興奮而徑直地飛撲上來。

中途表示，小四總是會這樣，靜靜地跟在一旁守候，等到有人呼喚牠，才會上前來依偎著，然後再藉機撒嬌、討摸摸，令她覺得十分體貼又窩心，尤其小四還會露出牠的招牌笑容，每次看到，甚至後來想起時，都會不自覺微笑，真是甜死人不償命呀！

若您希望能有一個專屬自己的「守護天使」，不妨考慮一下小四喔！歡迎來信leader1998@gmail.com（陳小姐），或傳Line：leader1998，或是私訊臉書專頁：狗狗山-Gougoushan。

認養資格：

1. 認養者須年滿23歲，有穩定經濟能力，並獲得全家人的同意。
2. 須同意簽認養寵物切結書，並讓中途瞭解小四以後的生活環境。
3. 同意送養人日後之追蹤探訪，對待小四不離不棄。
4. 同意讓小四絕育，且不可長期關、綁著小四，亦不可隨意放養。
5. 為讓中途對您有更深入的瞭解，中途會先有份線上問卷請您填寫。

來信請說明：

a. 個人基本資料：姓名、性別、年齡、家庭狀況、職業與經濟來源等。
b. 想認養小四的理由。
c. 過去養寵物的經驗，及簡介一下您的飼養環境。
d. 若未來有結婚、懷孕、出國或搬家等計劃，將如何安置小四？

文創風
652

陌上嬌醫 上

國家圖書館出版品預行編目資料

陌上嬌醫 / 言笑晏晏著. --
初版. -- 臺北市 : 狗屋, 2018.07
冊 ; 公分. --（文創風）
ISBN 978-986-328-885-5（上冊：平裝）. --

857.7　　107007811

著作者　言笑晏晏
編輯　黃鈺菁
校對　黃亭蓁　林安祺
發行所　狗屋出版社有限公司
地址　台北市104中山區龍江路71巷15號1樓
電話　02-2776-5889～0
發行字號　局版台業字845號
法律顧問　蕭雄淋律師
總經銷　知遠文化事業有限公司
電話　02-2664-8800
初版　2018年7月
國際書碼　ISBN-13　978-986-328-885-5

本著作物由北京晉江原創網絡科技有限公司授權出版

定價250元
狗屋劃撥帳號：19001626
網址：love.doghouse.com.tw　E-mail：love@doghouse.com.tw